Inselfrieden

Sylvia Schwarz
Inselfrieden

Die Deutsche Nationalbibliothek verzeichnet diese Publikation in der Deutschen Nationalbibliografie; detaillierte bibliografische Daten sind im Internet über www.dnb.de abrufbar.

© 2015 Sylvia Schwarz

Herstellung und Verlag: Books on Demand, Norderstedt

ISBN: 978-3-7347-8508-5

Kapitel 1

Bleierne Müdigkeit rief ein Frösteln hervor, das ihm einen Schauer über den Rücken und hinten an den Beinen hinab jagte. Unwillkürlich umklammerte er seine lederne Aktentasche fester und riss die Augen auf. Wäre er glatt eingenickt, wenn der Minibus nicht mit einem Ruck vor dem Hoteleingang gehalten hätte. Lennart blinzelte durchs Fenster. Es dauerte einen Moment, bis er das, was er sah, auch wahrnahm und sich wunderte. Die Palmen und Rosenbüsche, die den Eingang zierten, wirkten computergemacht, wie aus Plastik. Sämtliche Blüten schauten der Sonne entgegen. Keine verwelkten waren darunter, kein gelbes oder braunes Blatt; kein einziges bewegte sich.

Die dunkel getönten Fensterfronten des Empfangsgebäudes schluckten das Licht. Rund um das einstöckige Haupthaus verlief unterhalb des Daches eine Stuckatur aus nach unten weisenden Dreiecken. Weiß hoben sie sich wie Zähne vom dunkelroten Mauerwerk ab. Auf der leicht schrägen Dachfläche funkelte Fotovoltaik; ein Zugeständnis an den Umweltschutz, den die Gäste, die viele tausend Kilometer mit Fliegern, Schiffen, Autos und Booten anreisten, selbstverständlich forderten. Irrsinn, dachte Lennart und spürte dabei eine gewaltige Welle schlechter Laune in sich hochkochen. Wasch mich, aber mach mich nicht nass, dieses Motto kam dem Tourismus heutzutage am nächsten und solche Leute konnte er nicht einmal verknusen, wenn er nicht übermüdet und von der langen Anreise verschwitzt in einem stickigen Bus hockte.

Der Mann, der die Gäste mit dem Boot von der Hauptinsel zu diesem kleinen Eiland geholt und im Minibus hergefahren hatte, stand von seinem Platz auf und drehte sich zu den Passagieren um. Er legte die Hände auf die vorderste Sitzlehne und verzog die Lippen zu einer Grimasse, die er als Lächeln hätte deuten können, wenn Lennart nicht so erledigt gewesen wäre. Die dunkelrote Uniform des Hotelangestellten gefiel ihm überhaupt nicht, die goldenen Knöpfe und flatternden Kordeln fand er lächerlich. Der Mann hätte mit diesem Outfit im Zirkus als Requisiteur arbeiten können. Nur passte zu jemandem, der in einer Zirkushierarchie ganz unten stand, nicht dieser überhebliche, herablassende, arrogante Gesichtsausdruck. Lennart mochte es nicht, wie dieser Kerl die Gäste der Reihe nach musterte und die ältere Dame, die ihm am nächsten saß, fragte: „Wie finden Sie es, Madame?"

Die Frau wandte ihm das faltige Gesicht zu. Ihre dunkelbraune Dauerwellenfrisur saß kurz über den Ohren und war von der langen Anreise zerknautscht. Die weiße Stoffhose und die bunte Bluse konnten trotz aller Farbenpracht nicht über ihre Müdigkeit hinwegtäuschen. Ihre runden Augen blickten ins Leere. Sie hatte entschieden, ob sie antworten oder weiter sinnieren wollte: „Hinreißend."
Lennart spürte seine linke Augenbraue nach oben zucken. Offenbar hatte der Alten die lange Anreise nicht gut getan. Ehe sein Gesicht diese unfreundlichen Gedanken verriet, guckte er wieder aus dem Fenster, hin zu der Mauer, die das Hotelgelände zur nordwestlichen Seite begrenzte. Sechs schmiedeeiserne Tore waren in die Mauer eingelassen, was die gesamte Erscheinung auflockerte und dem Flair das gefängnisartige nahm. Dichtes Grün wucherte über die Mauer und schwer mit Blüten beladene Rosentriebe baumelten auf die Außenseite. Von Innen, überlegte Lennart, war die Mauer wegen der üppigen Bepflanzung wohl kaum zu erkennen.
„Kommen Sie", winkte der Mann vom Hotel. „Steigen Sie aus, meine Damen und Herren. Lassen Sie die beste Zeit Ihres Lebens beginnen, eine Zeit, in der Sie vollkommene Glückseligkeit erleben werden. Kümmern Sie sich nicht ums Gepäck, das wird Ihnen gleich gebracht."
Als wäre die Choreografie lange einstudiert, erhoben sich die Gäste einer nach dem anderen. Sie standen vom Sitzplatz auf, traten in den Mittelgang und verließen den Kleinbus mit dem linken Fuß voran. Kein Wort wurde gesprochen, niemand drängelte oder schimpfte über die Unvernunft der anderen, niemand suchte verloren geglaubtes Gepäck zusammen. Nichts, was Lennart vertraut vorgekommen wäre. Selbst das obligatorische Gejammer über die Hitze, die einen wie mit einer Keule niederknüppelte, und das schlechte Essen im Flieger fehlte. Obwohl er nach tausend langen Anreisen aus ebenso vielen Bussen gestiegen war, kam ihm diese Situation überhaupt nicht bekannt vor. In seinem Magen begann es zu ziehen. Er schob sein Unwohlsein auf die Müdigkeit, nahm seine Ledertasche vor die Brust und stieg als Letzter aus. „Ference", las er auf dem Namensschild des Angestellten mit dem zementierten Lächeln. Keineswegs freundlich, wie Lennart fand, bestenfalls höflich. Tiefe dunkle Augen, leblos wie die Palmen, die sich nicht rührten. Leblos wie die Blätter der Rosen in der stockenden Luft. Lennart ging einen Schritt vom Minibus weg und wunderte sich.
„Haben Sie ein Problem, Sir?", sprach ihn Ference an und Lennart drehte sich zu ihm, die Augen zu einer stummen Gegenfrage weit

geöffnet. Ference legte die Finger vor der Brust aneinander. „Als Concierge ist es meine Aufgabe, die Sorgen meiner Gäste zu eliminieren, Sir." Ein Schatten legte sich über die ohnehin dunklen Augen. „Sie wirken", sagte der Concierge leise, „als gehörten Sie nicht hierher. Steht Ihnen der Sinn nicht nach Ruhe, Erholung, gutem Essen? Oder möchten Sie lesen, sich sportlich betätigen, den Gedanken nachhängen? Sir?"
Urlaub, Ruhe, Entspannung? Lennart spürte jeden Muskel im Rücken, ein Hungerloch im Bauch und bleischwere Gewichte, die seine Augendeckel nach unten zwangen. „Ich würde mich tatsächlich gern ausruhen. Die Anreise war lang und ermüdend." Diese immense Hitze ließ ihn schwer atmen. Wie eine Decke legte sie sich um seine Schultern und drückte ihn nieder. Er fühlte sich, als würde er keine Luft bekommen. Er schob einen Finger zwischen Hals und Krawatte, obwohl er diese Geste, wenn er sie bei anderen sah, zutiefst verabscheute.
„Außerdem, Sir?"
„Nur das Wetter." Lennart drehte sich halb um sich selbst, ohne mit dieser Bewegung wenigstens einen leisen Luftzug zu erzeugen. „Mich irritiert die Windstille."
„Ah." Ference guckte ihn aus leicht zusammengekniffenen Augen an und knetete nebenbei seine Finger, bis die Knöchel knackten.
Lennart ignorierte dieses scheußliche Geräusch und den Schauer, den es ihm über den Rücken trieb. Vor dem Einchecken wollte er es sich mit dem unsympathischen Concierge nicht verderben. „Meer und Wind", lachte Lennart gezwungen, „das gehört zusammen wie Urlaub und Entspannung."
„Wie Nacht und Dunkelheit", bestätigte Ference. „Wie Tod und Trauer, Schmerz und Leid..."
„Bitte", hob Lennart die Hand, „keine weiteren düsteren Vergleiche. Mir ist schlicht Windstille am Meer nie vorgekommen."
Ference hielt ihm die Glastür auf. „Alles ist immer so, wie meine Gäste es wünschen, Sir."
Lennart stutzte. Aus den Augenwinkeln sah er, wie steif und unbewegt die Palmblätter standen. Gerade als er den Kopf drehte, um mit einer Geste auf die starren Pflanzen aufmerksam zu machen, begannen sich die Blätter zu bewegen. Sie schwangen nicht einfach nur im lauen Wind, sie zappelten regelrecht, als hätte sie eine unsichtbare Hand angestoßen. Einen Luftzug, der von der Stärke her nicht zum Zappeln der Blätter passte, sondern viel schwächer war, spürte Lennart nun

auch. „Na so was." Er suchte den Weg, den sie gekommen waren, nach einem Grund für sein ungutes Gefühl ab.
Eine einzige Straße führte vom Anlegeplatz, einem ins Meer gebauten Steg, der die Bezeichnung Hafen nicht verdiente, zum einzigen Hotel der Insel. Ihm waren keine weiteren Häuser aufgefallen und auch keine Straße, die am Hotel vorbei in die andere Richtung führte, wo die Mitarbeiter zusammen mit ihren Angehörigen wohnten. Groß war die Insel nicht. Es gab einen Berg und einige Hügel in der Mitte und vielleicht verbarg sich das Inselleben dahinter, abgeschieden von den Urlaubern, die sich im fremden Land die Sonne und Entspannung nicht gern vom Anblick verarmter Einheimischer vermiesen ließen...
„Ist etwas, Sir? Ein weiteres Problem, Sir?", fragte Ference mit hörbar wachsender Ungeduld. „Darf ich Ihnen die Tasche abnehmen, Sir?"
„Diese Tasche trage ich immer selbst", beharrte Lennart und seine Finger schlossen sich fester um den Griff. „Darin befinden sich nicht nur all meine Dokumente und Papiere, sondern auch ein ideell sehr wertvoller Füllfederhalter. Damit will ich Sie nicht langweilen; ich fragte mich gerade, warum es hier so still ist. Kein Geräusch, kein Motorenlärm, keine Kinder."
„Sir, ich bringe meine Gäste nun zu ihren Zimmern."
„Wo wohnen und leben denn die Einheimischen? Setzen sie, um zur Arbeit zu gelangen, täglich von der Hauptinsel über?"
„Ich zeige auch Ihnen Ihr Zimmer, Sir."
„Okay." Lennart machte seine Tasche auf und holte den Hotelvoucher hervor, der ganz vorn separat in einem Fach steckte. Er reichte ihn Ference. „Hier, bitte."
„Bei allen Heiligen!" Ference nahm den Voucher und warf ihn mit derselben fließenden Bewegung in den Abfalleimer, der hinter ihm stand. „Sie brauchen mir nichts anzubieten, Herr Schneider. Ich verfüge längst über alle relevanten Informationen. Nun folgen Sie mir bitte. Die Herrschaften sind erschöpft und die Zimmer warten."
Ference ging voraus, gefolgt von der Dame, die im Bus vor Lennart gesessen war. Ference wies sie auf die Gartenanlage hin, sie kommentierte: „Hinreißend!" Ference erzählte von den Rosenbeeten, den Steinplatten im Weg, der Farbe der weißen Bungalows. Die Dame sagte: „Hinreißend. Hinreißend. Hinreißend!"
„Der Garten", sagte auch die Frau, die hinter der „hinreißenden" Dame marschierte, „der Garten ist eine Wucht, nicht wahr, Manfred?"
„Verschone mich damit", murmelte Manfred, der in seinem faltenfreien

Anzug kerzengerade schritt. Offenbar war er ein Mann, der öfter lange Fernreisen unternahm und wusste, wie man sie spurlos überstand.
„Siehst du die perfekt geschnittenen Pflanzen?", fuhr seine Gattin fort. Sie wischte ihre aus der Form geschlagene Dauerwelle nach hinten. Frisch gewaschen und geföhnt wirkte sie wohl wie eine Löwenmähne, im Moment allerdings machte der Löwe einen ziemlich zerzausten Eindruck. „Da steckt sehr viel Arbeit dahinter, Manfred, das kannst du mir glauben. Man muss ein Händchen haben dafür und viel Ahnung von den verschiedenen Pflanzgruppen. Welche Bedürfnisse die Pflanzen haben, wann sie blühen, wie oft sie Wasser brauchen und ob sie die pralle Sonne vertragen. Ich bin ja so gespannt auf diesen Gartenkurs. Natürlich, Manfred, werde ich dir alles erzählen."
„Detailliert, fürchte ich." Ihr Gatte tastete nach seinem akkurat kurzgeschnittenen Haar und fand es in tadelloser Form. Er reckte seine Nase selbstsicher über die Höhe seines engen Kragens hinweg. Für die schlicht aussehende Uhr am Handgelenk hatte er wahrscheinlich ein Vermögen hingeblättert. In seiner hinteren Gesäßtasche gab es eine Beule vom Portmonee mit der Reisekasse.
„Gleich morgen", sagte seine Ehefrau, an deren rechter Hand Lennart den gleichen Ring entdeckte wie der Mann ihn trug, nur mit einer Reihe glitzernder Steinchen verziert, „gleich morgen fange ich mit dem Kurs an. Liebe Güte, ich bin ja so gespannt. So sehr gespannt!"
„Das", nickte ihr Gatte knapp, „ist mehr als offensichtlich."
Die Frau begann in ihrer Handtasche zu wühlen, wobei Lennart die Bezeichnung „Reisekoffer für die Armbeuge" treffender fand. Die Tasche war riesig. Sie trug das Emblem eines bekannten Designers, der gewiss ein Meister seines Fachs war, nur hätte er mehr Reißverschluss einplanen sollen. Gattinnen reicher Männer trugen gern all ihr Gepäck am Arm herum. Die Tasche barst fast und der Reißverschluss stand ein Stückchen offen. „Diese Hitze", murmelte sie und hatte gefunden, wonach sie suchte. Sie sprühte sich mit einem Zerstäuber an den Hals, wobei sie tunlichst darauf achtete, die Perlenkette mit einer Hand abzuschirmen. „Willst du auch? Manfred? Ich habe das Spray mit der Aloe-Zitrus-Tinktur gefüllt, wie mir zu Hause die Gärtnerin geraten hat."
„Bleib mir vom Leib damit."
„Du solltest dich für den Garten begeistern", sprayte seine Gattin heftig weiter und Lennart nahm einen leichten Zitronenduft wahr. „Würde dich von deinen Geschäften ablenken und mal zur Ruhe kommen lassen. Soll ich dich zu dem Gartenkurs mit anmelden? Ich bin sicher, für einen

unauffälligen Maulwurf wie dich ist ein Plätzchen frei."
„Auf keinen Fall." Der Mann warf über die Schulter hinweg seiner Frau ein einstudiertes Lächeln zu. „Ich werde Ruhe und Entspannung finden, sobald *du* diesen Kurs besuchst."
So ging es hin und her, wie Lennart mit schwindendem Interesse verfolgte. Sie schwärmte von ihrem Garten und dem Kurs, den sie wohl besuchen wollte. Er sehnte sich nach Ruhe vor eben jenem Garten und seiner Frau. Mit nur mehr einem halben Ohr verfolgte Lennart das Gespräch, während sich seine Aufmerksamkeit auf das andere Paar heftete.
Die beiden waren Lennart zum ersten Mal kurz vor dem Abflug in München aufgefallen, als die Menschenmenge das Flugzeug stürmte und er selbst in aller Ruhe seinen Laptop einpackte. Zu dem Zeitpunkt hatte Lennart sich gefragt, ob die beiden überhaupt zusammen waren, weil sie optisch völlig verschieden waren und während der gesamten Zeit kein Wort wechselten.
Der Mann war eine gut dreißig Jahre alte Katastrophe auf zwei Beinen. Krummer Rücken, schlechte Haltung, keinerlei Körperpflege. Sein Haar war ohrenlang und strähnig, er war schlecht rasiert und fürchterlich angezogen. Seine alte, ausgewaschene Jeans wies an den Innenseiten der Oberschenkel kleine Löcher auf. Der Saum war niedergetreten und ausgefranst. Obendrein sah die Hose aus, als wäre sie seit Jahren keine Runde in der Waschmaschine gefahren. Dazu passend trug der Kerl ein altes T-Shirt, das einen südamerikanischen Rebellen auf einer schwarz-weißen Fotografie zeigte. Über der Schulter baumelte ein Rucksack, ein Träger abgerissen, der andere fleckig. Um seine schlechte Erscheinung zu betonen, bohrte der widerliche Kerl in der Nase, mehr als genüsslich, mochte Lennart sagen, und schnippte den Popel ins nächste Blumenbeet. „Ich brauch jetzt unbedingt ein Bier", sagte er leise zu seiner Begleitung, die eine herausragend schöne Frau war und deutlich jünger aussah als er. Sie ging mal schneller, mal langsamer, je nachdem, ob ihr Smartphone volle Aufmerksamkeit forderte oder nur einen schnellen Wisch.
„Ich habe keinen Empfang", jammerte sie und drängte sich an ihrem Mann vorbei. „Verzeihung, Ference, wie lange ist das Mobilfunknetz außer Betrieb? Gibt es in der Lobby oder den Bungalows WiFi?"
Wie angewurzelt blieb Ference stehen und drehte sich zu ihr herum. „Madame, Sie sollten sich in Ihrem Urlaub nicht mit technischem Schnickschnack herumärgern. Legen Sie das Ding weg und genießen

Sie die Ruhe, die Sie so dringend suchen."
„Unmöglich." Sie schüttelte das Smartphone, als wäre es ein altes Funkgerät mit Wackelkontakt. „Ich habe meiner Assistentin versprochen mich sofort zu melden. Es gibt ein Problem mit farblich passenden Rosen. Ich habe die Telefonnummer einer anderen Gärtnerei im Kopf, bei der ich nachfragen möchte, ob sie genügend *Darcey Bussel* bis übermorgen besorgen kann."
„Aha."
„Vor der Überfahrt hierher hatte ich kein Netz", fuhr die wunderschöne Frau fort, „deshalb muss ich das jetzt erledigen."
„Madame", drehte Ference sich herum und setzte seinen Weg langsam fort, „es gibt hier kein Mobilfunknetz."
„Kein Netz?"
„Meine Gäste, Madame, buchen mein Haus, um dem alltäglichen Leben zu entfliehen. Diese gesamten technischen Gerätschaften bringen zweifellos ein gehöriges Maß an Unruhe mit sich, weshalb ich Vorkehrungen getroffen habe, um eben diese Gerätschaften nutzlos zu machen. Sie werden hier kein Netz finden."
„Kein Netz." Sie schob ihr Smartphone in ihre kleine Handtasche und rieb sich kurz die Stirn. „Telefoniere ich eben vom Festnetz aus."
„Madame", hörte man Ference schmunzeln, „Herr Stucks wird nicht begeistert sein, wenn Sie die Zeit lieber am Telefon als mit ihm verbringen. Nicht wahr, Herr Stucks?"
Der Angesprochene nahm den Finger aus der Nase und schleckte ihn schnell ab. „Du bist im Urlaub, Schätzchen, also lass deine Arbeit mal eine Weile liegen. Die Scheiß-Blumen laufen dir nicht weg."
„Natürlich nicht", gab sie zurück. „Vielleicht tut es der Kunde, der Wert auf eben diese Rosen legt."
„Soll mir Recht sein."
„Sollte es nicht." Sie senkte die Stimme. „Mit solchen Kunden verdiene ich mein Geld und es schadet meinem Ruf, wenn nicht alles perfekt läuft."
„Dein Geld", äffte er. „Dein Geld, dein Geld, ich kann die Leier nicht mehr hören." Er schmatzte laut. „Hab ich einen Durst. Ich werde mir so viel Bier reinkippen, bis es mein Gehirn flutet. Dann vergesse ich deine dämlichen Kunden garantiert und ich muss mir dein Ich-hab-kein-Netz-Gesicht nicht länger anschauen."
„Wenn du dich nur halb so viel begeistern könntest..."
„Wozu?", unterbrach er sie. „Mein Projekt ist vorgestern ausgelaufen,

was nun kommt, weiß der Himmel."
„Ich könnte dringend jemanden brauchen, der mir zur Hand geht."
„Dir?" Er schnitt eine üble Grimasse und stieß dazu schnaubend Luft durch die Nase. „Wenn ich für deine Event-Agentur arbeiten würde, wäre meine nächste Lebenskrise vorprogrammiert." Er verzog das Gesicht in eine geschätzte Million Falten und schielte dazu. „Außerdem mag ich reichen Fuzzis nicht in die Ärsche kriechen und mich für ein Blumensträußchen tagelang durch die Gärtnereien fragen." Er tippte sich an die Stirn. „Das ist total bescheuert und nur ein Vollidiot macht sich diese Mühe."
Grobes Foul, dachte Lennart, der den wütenden Blick der jungen Frau geradezu spüren konnte. Er glaubte ein Zähneknirschen zu hören, ehe sie ein sarkastisches „Danke" hervor presste.
Stucks bemerkte entweder nicht, wie verletzend seine Worte waren, oder er wusste und ignorierte es. „Ference", fragte er nach vorn, „ist die Minibar im Zimmer inklusive? Ich bin völlig ausgetrocknet."
„Alles hier ist inklusive", sagte Ference und setzte seinen Weg fort. „Sie dürfen natürlich die Minibar leeren. Wesentlich komfortabler wäre es, wenn Sie sich an eine der Bars begeben. Dort geht das Bier garantiert nicht aus."
„Perfekt!", freute sich Stucks. „Das ist mein Urlaub!"
„Mhm", machte die Frau an seiner Seite, „perfekt für dich."
„Hinreißend!", kommentierte die ältere Dame, die Lennart für ziemlich sonderbar hielt. „Junge Liebe ist ja so hinreißend."
Im Stillen gab Lennart dieser jungen Liebe keine fünf Minuten mehr. Er glaubte zu sehen, wie die junge Frau über die Trümmer dessen schritt, was einmal tiefe Zuneigung gewesen sein mochte. Sie holte ihr Smartphone hervor und versuchte damit ihr Glück, während Ference die Gruppe vorbei an der großen Poollandschaft führte. Zwei Wasserfälle verbanden drei aufwändig gestaltete Becken. In einem Teilbereich blubberte es wie in einem Whirlpool.
In der prallen Sonne, statt unter einem der Schirme wie die anderen Gäste, lag eine Frau bäuchlings auf einer Liege. Ihr Kopf ruhte schräg auf einem Handtuch; sie schlief mit einem seligen Lächeln auf den aufgeplatzten Lippen, obwohl ihr sonnenverbrannter Rücken grellrot leuchtete und Blasen wie dicke Trauben emporwuchsen.
„Ference!" Lennart schloss mit einigen schnellen Schritten zu dem Concierge auf. „Sie sollten die Dame über ihren fürchterlichen Sonnenbrand informieren und ihr einen Arzt kommen lassen."

Obwohl Ference langsamer wurde, zeigten seine Augen, wie wenig er von diesem Vorschlag hielt. Zusammengekniffen starrten sie Lennart wie den Leibhaftigen an. Die Lippen gespitzt hob der Concierge die Hand und schnippte mit den Fingern. „Diese Dame", sagte er leise, „will nichts weiter als ein Sonnenbad nehmen, um die Erinnerungen an einen zu langen und zu kalten Winter zu tilgen. Temperaturen dauerhaft unter zehn Grad Minus, dazu einen Ehegatten, dessen Gefühlskälte diese Temperaturen geradezu wohlig warm scheinen lässt. Verständlich, wenn diese Frau ihre Erinnerungen auslöschen will."
„Da wird bald alles ausgelöscht sein." Lennart reckte das Kinn nach vorn und hielt Ferences Blick stand. „Sie wird einen Sonnenstich erleiden und völlig dehydriert einen Arzt benötigen. Das sollten Sie tun, mein Freund, einen Arzt rufen, der sich um die Brandverletzung dieser bedauernswerten Frau kümmert."
Tatsächlich lehnte Ference sich nach vorn und sein Atem streifte Lennarts Gesicht. „Ich glaube, ich bin nicht Ihr Freund, Sir."
„Unterlassene Hilfeleistung", sagte Lennart leise, „ist moralisch und gesetzlich absolut inakzeptabel. Entweder Sie sprechen die Dame an oder ich werde es."
Ferences Augen bohrten sich in Lennarts, als wollte der Concierge ihm auf den Grund der Seele schauen. Lennart zwinkerte nicht. Er schob den Unterkiefer nach vorn, um bedrohlicher zu wirken.
„Wie Sie wünschen", presste Ference hervor. „Sir." Abrupt drehte der Concierge sich herum und eilte mit großen Schritten auf die Frau zu. Ohne lange zu fackeln, hob er die Liege an und zog sie samt Passagier aus der Sonne, Richtung Schatten.
Einen Moment beobachtete Lennart die Szene. Er begann sich zu wundern, aus welchem Material die Liege und die Fliesen rund um den Pool waren. Er vermisste das Quietschen, das eine Liege verursachte, die über Fliesenboden gezwungen wurde, das typische Quietschen, das einem die Haare zu Berge stehen ließ, einem eine Gänsehaut über den Rücken jagte und Zahnschmerzen machte. Eben jenes Quietschen, das benachbarte Gäste zu lauten Proteststürmen trieb. Just in dem Moment setzte das Geräusch ein. Lennart runzelte die Stirn. Brauchte ein Quietschen mehrere Augenblicke, um die kurze Strecke zwischen dem Pool und ihm zurückzulegen? Er versuchte sich an die Physikstunde zu erinnern, in der sein Lehrer über Schallgeschwindigkeiten referierte.
Ference hatte den Schatten eines Bungalows erreicht und stellte die Liege ab. Prompt hob die Frau den Kopf. Sie reckte ihre Hände nach

vorn, als wollte sie prüfen, ob es regnete. Plötzlich sprang sie auf, packte die Liege und zog sie zurück in die Sonne. Ehe Lennart einmal geblinzelt hatte, lag sie wieder an der ursprünglichen Stelle.

„Sehen Sie, Sir", sagte Ference, als er zurückkam, „diese Dame möchte in der Sonne liegen und die Wärme genießen. Ich könnte sie tausendmal in den Schatten bringen, sobald ich mich umdrehe, legt sie sich zurück in die Sonne."

„In der Tat." Lennart stand mit hängenden Schultern da. „Haben Sie ihr gesagt, wie fürchterlich verbrannt ihr Rücken aussieht?"

„Hätte ich sollen, Sir?"

„Ja!", stieß Lennart aus. „Immerhin sehen Sie es als Ihre Verantwortung für das Wohl Ihrer Gäste zu sorgen."

Erneut folgte einer dieser tiefen Blicke. Lennart hätte viel darum gegeben, wenn er gewusst hätte, was in diesem Moment im Kopf des Concierge vorging. So musste er sich mit dem Ergebnis begnügen. Ference ging zu der Frau, sprach kurz mit ihr, ließ sich mit einer heftigen Handbewegung wegschicken und kam zurück zu Lennart. „Zufrieden, Sir? Wenn Sie gestatten, setzen wir unseren Weg zu den Zimmern nun fort."

„Bleibt mir wohl nichts anderes übrig", murrte Lennart und behielt, während er der Gruppe folgte, die Umgebung im Auge.

Unter anderen Strohschirmen ruhten auf weißen Holzliegen und schneeweißen gepolsterten Auflagen weitere Hotelgäste. Sie schliefen oder dösten oder träumten vor sich hin. Ein Mann hatte es sich auf seiner Liege offensichtlich bequem gemacht. Ein riesiger Sonnenschirm spendete Schatten, denn dem Schatten nachrücken, wie die meisten Urlauber es taten, war diesem Mann schwer möglich. Seine Liege war umgeben von Büchern in mehreren Stapeln. Lennart hatte Leseratten gesehen, die fünf oder sechs Bücher neben sich hatten; dieser Mann hortete gewiss einhundert oder mehr. Die Nase hatte er tief im Buch vergraben und so ernst, wie er schaute, würde es niemand wagen ihn zu stören. E-Books, überlegte Lennart still, wären für ihn eine echte Alternative. Allein das Übergepäck hatte diesen Mann deutlich mehr gekostet als ein sehr gutes Lesegerät.

Lennart überließ den Bücherwurm seinen geschriebenen Abenteuern. Er entdeckte auf der nahen Wiese eine Tischtennisplatte, die offensichtlich lange nicht benutzt worden war. Eine Kletterrose rankte ihre langen Triebe über den Tisch und durch das Metallgitter, das als Netzersatz diente. Stellenweise schimmerte die Oberfläche der Platte

stumpf und erinnerte Lennart an seinen Schreibtisch im Büro. Wenn er eine Woche lang seine Unterarme ablegte, gab es ähnliche Flecken und die Putzfrau schimpfte, weil Hautfett nicht mit einem Staubtuch zu entfernen war. Er lächelte über seine eigenen Gedanken. Wer legte schon irgendwelche Körperteile auf einer Tischtennisplatte ab?
Überhaupt war die Anlage außergewöhnlich gut gepflegt. Der Rasen sattgrün und gut gewässert. In den Beeten blühten ausnahmslos prächtige Rosen mit großen Blüten, dazwischen standen Büsche von Heckenrosen oder Rosenstämmchen. Offenbar hatte der Gärtner ein Faible für Rosen und die nötige Sachkenntnis, um das Beste aus den Pflanzen herauszuholen. Die Palmen, das sah Lennart, als er den Kopf in den Nacken legte und nach oben blickte, trugen keine schweren Nüsse. Die Wege waren sauber gefegt und frei von spitzen Steinen oder Glasscherben. Perfekt. Als hätte sich eine erhabene Persönlichkeit für einen Besuch angekündigt.
Plötzlich blieb die Gruppe stehen und Lennart, der mit Schauen beschäftigt war, wäre beinahe in die ältere Dame gelaufen. Sie hatte unvermittelt angehalten, weil Ference den Arm streckte und auf einen der Bungalows zeigte. „Herr und Frau Duschke, Ihr Domizil. Darf ich Sie hineinbringen, während die anderen für einen Moment warten. Sir", klopfte Ference mit dem Absatz seines Schuhs auf die Pflastersteine, „sind auch Sie gewillt einige Momente zu warten oder werden Sie die Zeit nutzen, um mir Ihre Anwesenheit mit angeblichen Problemen und Einmischungen zu vergällen?"
„Wie bitte?", schnappte Lennart nach Luft.
„Möchten Sie einen Sitzplatz an der Bar", fragte Ference, „während Sie einige Momente auf mich warten?"
„Ich hatte etwas völlig anderes verstanden."
„Die Hitze", lächelte Ference amüsiert, „und die lange Anreise, Sir, zollen ihren Tribut. Sie sollten vielleicht lieber Platz nehmen und eine Kleinigkeit trinken?"
„Danke." Lennart lächelte dem Ehepaar Duschke zu. „Einen schönen Aufenthalt wünsche ich."
„Werden wir haben", begann Herr Duschke zu lächeln, „sobald der Gartenkurs angefangen hat."
„Wie Recht du hast", flötete Frau Duschke, „wie absolut Recht."
Lennart verfolgte mit wachen Augen, wie Ference mit dem Schlüssel die Tür öffnete und die Gäste eintreten ließ. Das war der Moment, in dem Lennart sich abwandte. Wahrscheinlich musste er deutlich länger als

wenige Minuten warten. So war es immer. Weil hier eine Frage auftauchte, man dort Höflichkeiten tauschte, weil das Personal das Zimmer zeigte und mit den Widrigkeiten der Klimaanlage vertraut machte, eben weil es viel zu besprechen gab. Wartezeit dehnte sich besonders. Lennart hätte mit den anderen Reisenden sprechen können, worauf er keine Lust hatte. Die ältere Dame würde ihm zweifellos gern ein Gespräch aufdrängen und aus ihrem gewiss ereignisreichen Leben erzählen. Kinder, Ehe, Enkel – dafür interessierte er sich überhaupt nicht. Der Stoffel Stucks fiel ebenfalls durchs Raster. Mit dergleichen Personen sprach Lennart nie, wenn es sich vermeiden ließ. Die einzige Person, mit der er gern ein paar Worte gewechselt hätte, starrte auf ihr Smartphone und machte dabei ein Gesicht, als könnte sie Godzilla mit einem gezielten Schrei augenblicklich in einen zahmen Schoßhund verwandeln. Ihre Augen schossen Blitze, immer auf das Smartphone und in regelmäßigen Abständen in Richtung Stucks, sämtliche Muskeln ihres schlanken Körpers waren angespannt, als würde sie bei nächster Gelegenheit jemanden zerfleischen wollen, vorzugsweise den Idioten, der das WLAN in diesem Teil der Welt nicht eingebaut hatte.

Blieb Lennart nur, sich mit der eingehenden Betrachtung der Bungalows abzulenken. Er atmete tief ein und schaute. Alle Häuser waren in gutem Zustand. Bröckelnde Mauern, lose Bretter, gesprungene Scheiben, abblätternde Farbe oder andere Mängel, wie er sie in vielen Hotels auf der ganzen Welt erlebt hatte, entdeckte er nicht. Der Wasserhahn für die Bewässerung der Gartenanlage in diesem Teil des Hotelkomplexes tropfte nicht. Die zahlreichen Abfalleimer, die er im Umkreis sah, waren geleert und sauber. Die Rosen, die sich an den Bungalows nach oben rankten, sparten Fenster und Türen akkurat aus. Selbst die höchsten Triebe waren tadellos gepflegt und in beneidenswert schönem Zustand.

„Zufrieden mit dem, was Sie sehen, Sir?"
Ference war unvermittelt und ohne ein Geräusch zu verursachen neben ihn getreten. Lennart schreckte zusammen. „Das ging ja schnell."
„Gefallen Ihnen die Bungalows, Sir?"
„Ja", nickte Lennart. „Erinnern mich von der Form her an mich selbst."
Die Eventmanagerin hinter ihm lachte mit angenehm heller Stimme und einer Fröhlichkeit, die überhaupt nicht zu dem Löwenbändigerblick von vorhin passen wollte. „Kleiner Kopf. Bauch. Nicht übermäßig hoch."
Lennart drehte sich zu ihr und sah, wie sie auf eine Reaktion ihres

Begleiters wartete. Der Stoffel bohrte ausgiebig im Ohr und gähnte dabei.

„Susanne Brenner", sagte sie und streckte die Hand aus. „Tut mir Leid, wenn ich Sie mit einem Urlaubsbungalow verglichen habe. Es kam einfach über mich."

Ihre Hand war warm und trocken, sehr weich, ihr Händedruck angenehm fest und selbstbewusst, ebenso ihr Blick. Ende zwanzig schätzte Lennart sie. Nicht, weil sie so aussah, sondern weil der selbstsichere Ausdruck ihres ganzen Wesens nicht zu einem jungen Teenager passte. Kurzes, schwarzes Haar, blaue Augen. Sie trug lange Ohrringe und um den Hals eine Goldkette mit feinen Gliedern. Sie war nicht geschminkt, also war während der Anreise keine Farbe verlaufen. Sie sah umwerfend gut aus und Lennart hatte sich schon immer von Frauen angezogen gefühlt, die größer waren als er.

„Sie haben Recht", lächelte er. „Ich bin nur eins siebzig. Für mein Gewicht bin ich zu klein – ein ganzes Stück zu klein – und um wenigstens stimmige Proportionen zu haben, ist mein Kopf nicht groß genug. Bei den Bungalows ist es der kirchturmartige Aufbau, der schlecht aussieht und die wahrscheinlich darunter liegende Gerätschaft zur Heißwassergewinnung verbirgt."

„Sie sind ein Mann vom Fach?"

„Nur ein guter Beobachter", schränkte Lennart ein, woraufhin Susanne herzlich und einladend lächelte, er aber ging auf Distanz und flüsterte ihr zu: „Und ich beobachte gerade den missmutigen Blick unseres Concierge."

Tatsächlich stand Ference mit verschränkten Armen schräg hinter ihr. Auf der Zunge lagen ihm einige scharfe Zurechtweisungen; Lennart konnte sie beinahe lesen. Susanne gönnte ihm nicht mal einen kurzen Blick. „Damit ich mich wohlfühle, ist wesentlich mehr nötig als diese Grabesruhe und ein Concierge, der mich umschwänzelt wie eine Katze den Futternapf."

„Sie sind hier, Madame", sagte Ference mit fester Stimme, „also werden Sie und Ihr Mann sich gefälligst wohlfühlen."

„Zu Befehl", lachte sie und hob ihre schlanken Finger in die Höhe. „Kein Ring. Wir sind nicht verheiratet."

„Weil du partout nicht willst", maulte Stucks nicht ganz so leise wie es angebracht wäre.

„Warum sollte ich?", konterte die Frau, die ihm – Lennarts Meinung nach – längst aus den Händen entglitten war. Sie wartete einen

Moment, ob Stucks reagierte und als sein Mund geschlossen blieb, fuhr sie leise fort: „Wahrscheinlich wären wir längst geschieden."
„Oder wir hätten Kinder."
„Für Kinder", flüsterte sie, „braucht es keine Heirat."
Nun senkte auch Stucks die Stimme und Lennart konnte ihn nur verstehen, weil er einen Schritt nach vorn machte und die Ohren spitzte.
„Dazu", murmelte Stucks, „hast du ja keine Lust. Immer ist dir dein Smartphone wichtiger, deine Assistentin, deine verdammten Kunden mit ihren versnobten Ansprüchen, deine Firma, deine Rechnungen, deine Termine, deins, deins, deins."
Dieser Disput begann interessant zu werden. Zu seinem Bedauern unterbrach ihn Ference: „Frau Brenner, Herr Stucks, der nächste Bungalow ist Ihrer."
Natürlich gingen Susanne und Stucks direkt hinter Ference, was Lennart Zeit gab, sie gründlich zu mustern. Nein, er hatte absolut kein Interesse an Stucks und dessen abstoßender Art. Susanne war es, die seine Aufmerksamkeit fesselte. Sie trug einen schwarzen Hosenanzug mit feinen weißen Nadelstreifen. Stand ihr gut und betonte ihren runden, festen Po. Ihre Oberschenkel füllten die enge Hose aus, nicht mit Fett, sondern mit stahlharten Muskeln. Da schwabbelte nichts. Sie hielt den Rücken gerade, was nach so vielen Stunden anstrengender Anreise auf eine gut ausgeprägte Muskulatur schließen ließ. Sportfreak, schlussfolgerte Lennart und rollte heimlich die Augen. Wie ihm anzusehen war, mied er Sport so gut es ging.
Auch Stucks konnte dem Sport wie es aussah nichts abgewinnen. Unterm ausgewaschenen T-Shirt war ein Bauchansatz zu sehen, seine schlaffen Oberarme baumelten haltlos herum. Dank Doppelkinn und Bartschatten sah er aus wie Mitte vierzig. Fürchterlicher Anblick, kein Anstand. Dieser Penner hatte offenbar ohne Rücksprache mit seiner Holden einen Urlaub gebucht und ungeniert ihre Kohle dafür ausgegeben. Im Bett stimmte es nicht, sie hatten nichts, worüber sie plaudern konnten, sie konnten nicht einmal gemeinsam einen Gartenweg entlang gehen, ohne im Streit übereinander herzufallen. Nach dem Urlaub, spätestens, würde sie ihm den Laufpass geben. Seine Fantasien von Kindern und Heirat würden genau das bleiben, jedenfalls mit dieser Frau.
„Frau Thienemann", fragte Ference in seine Gedanken hinein, „wie finden Sie es hier?"
„Hinreißend", sagte sie, „diese Ruhe. Diese Stille. Dieser Frieden."

„Oh ja, Frau Thienemann", sagte Ference, „Sie werden Ihren Frieden hier finden."

„Ich will den Alltag vergessen", sagte Frau Thienemann. „Völlig vergessen will ich alles, was mir Tag für Tag nicht aus dem Kopf geht und mich nachts um den Schlaf bringt."

„Das werden Sie", lächelte Ference breit. „Frau Thienemann, seien Sie versichert, das werden Sie." Er blieb vor dem Bungalow mit der Nummer achtzehn stehen. „Frau Brenner, Herr Stucks, Ihr Domizil für die Dauer Ihres Aufenthalts." Er sperrte auf und schob die Tür nach innen. „Bitte, treten Sie ein."

Stucks schlurfte in den Bungalow, ließ seinen Rucksack mitten ins Zimmer fallen und sich selbst auf das Sofa, wie Lennart durch die offene Tür hindurch sehen konnte. Stucks platzierte seine Füße auf dem Tisch, kratzte sich zwischen den Beinen, verlagerte sein Körpergewicht auf die rechte Arschbacke und ließ einen fahren. „Das ist das Essen im Flieger. Das bläht."

Susanne rollte die Augen, dankte Ference leise und griff nach der Tür. Sie sah zu Lennart und lächelte.

Er lächelte zurück.

Sie winkte.

Er hob die Hand.

Sie zwinkerte ihm zu. Auffordernd.

Lennart wollte mit einer Geste zu einem gemeinsamen Drink an der Bar auffordern, als der Flirt rüde unterbrochen wurde. Ference nahm die Tür in die eigene Hand und zog sie zu. Sein düsterer Blick streifte Lennart und er machte einen langsamen Schritt an ihm vorbei. „Frau Thienemann", sagte Ference drohend, „möchten Sie nicht von sich erzählen, um diesen Herrn hier abzulenken von Dingen, die ihn nichts angehen?"

„Mein Mann", gehorchte die ältere Dame wie auf Kommando, „ist vor zehn Jahren gestorben. Während der Arbeit traf ihn der Schlag, er fiel um und war tot. Nichts mehr zu machen. Ich hasse Steuererklärungen, Herr... äh..."

„Schneider", half ihr Ference aus. „Sie führen diese angeregte Unterhaltung mit Herrn Lennart Schneider. Darf ich Sie nun zu Ihrem Bungalow bringen, Frau Thienemann. Er liegt gleich hier um die Ecke."

Er war keine Ausgeburt an Sympathie, dieser Ference, aber Frau Thienemann fraß ihm aus der Hand. Sie folgte ihm und betrachtete einige Rosen, auf die Ference zeigte. „Hinreißend", sagte sie immer wieder. „Hinreißend."

„Hier, bitte, Frau Thienemann", öffnete Ference die Tür zu ihrem Bungalow. „Richten Sie sich ein, genießen Sie Ihren Aufenthalt und finden Sie Ihren Frieden."

„Vollpfosten", brummelte Lennart in sich hinein. „Das wird eine anstrengende Woche werden."

Ference kam schnell die paar Meter zurück zu Lennart. „Sind Sie unzufrieden, Sir?"

„Ich bin", gab Lennart zu, „von Ihrer Wortwahl irritiert. Seinen Frieden finden – das sagt man, wenn jemand stirbt."

Ference schürzte die Lippen und beugte sich näher zu Lennart. „Können Sie sich unter normalen Umständen gut auf Ihr Gedächtnis verlassen, Sir?"

„Was ist das für eine Frage?" Lennart stemmte eine Hand in die Hüfte. Es sah komisch aus, weil er in der anderen Hand seine Tasche hielt. Zusätzlich setzte er einen bösen Blick auf. „Sie haben eine seltsame Art mit Gästen umzugehen." Er streckte die Hand. „Bitte, geben Sie mir meinen Schlüssel. Ich werde den Weg allein finden."

„Kommt nicht in Frage, Sir." Fest schlossen sich Ferences Finger zur Faust. Er ging in kleinen Schritten los und zeigte gleichzeitig kurz hinter sich. „Vom Hauptgebäude, Sir, erstreckt sich die Anlage in fünf Ebenen bis zum Meer. Sechs Pools, Sir, davon drei mit Süßwasser, die übrigen Salzwasser. Der Strand hat eine Länge von etwa einem Kilometer und ist der einzige Sandstrand der kleinen Insel. Die übrige Küste ist sehr steil, die Wellen brechen spät und der Meeresboden fällt tief ab. Ein vorgelagertes Riff ist sehenswert, vorausgesetzt, Sie möchten tauchen oder schnorcheln."

Lennart war Ference gefolgt und hatte sich nebenbei umgesehen. Von den Bungalows war ein jeder freistehend, mit Fenstern auf drei Seiten und der Eingangstür auf der Vorderseite des Häuschens. Vorn gab es eine möblierte Terrasse. „Sie verstehen es, das Gespräch in eine Ihnen angenehme Richtung zu lenken." Diesen Einwurf ignorierte Ference und so betrachtete Lennart die Pflanzen. Jedes Gebäude war mit Rosen überwachsen. Herrliche Blüten, prachtvolles Grün. Keine Anzeichen von Schädlingen oder den typischen Rosenkrankheiten. „Wie viele Gärtner beschäftigt das Hotel?", wollte Lennart wissen und diesmal blieb er stehen. Es war eine wunderschöne Edelrose in einem Pflanzkübel, die seine Aufmerksamkeit fesselte. Purpurrot-weiß gemustert, genau wie die Rose, mit der sich seine Großmutter Jahr und Jahr mühte. Genau

genommen war sie nur solange eine Schönheit, bis die Blüten aufgingen. Als Knospe eine Pracht, bereits einen Tag nach dem Erblühen fielen die Blütenblätter auseinander und ließen das Gebilde labbrig und haltlos wirken. Trotzdem hing Oma daran mehr als an ihren unzähligen anderen Rosen, weil dieser Rosenstock das letzte Geschenk ihrer Tochter war. „Osiria", fragte Lennart, „nicht wahr?"
Ference ignorierte auch diese Frage und schritt weiter. „Das Hotel verfügt über gut vierzig Bungalows, die sich über das Areal verteilen und von denen ein jeder günstig zum nächsten Pool liegt. Ich habe genügend Sonnenschirme, Pavillons, Liegen und Stühle aufgestellt, um jedem Gast das zu bieten, wonach er verlangt."
Sie waren dem Hauptweg rechts des größten Pools gefolgt, an prachtvollen Rosenbeeten und sattgrünen Rasenflächen vorbei gegangen. Sie hatten Urlauber gesehen, die auf Liegen vor sich hin dösten. Lennart war ein Mann mittleren Alters aufgefallen, der seine Runde um die Anlage joggte. „Prima!", hatte Ference dem Mann zugerufen. „Immer weiter so! Nur nicht nachlassen!" An Lennart gewandt fuhr der Concierge mit der Hotelbeschreibung fort: „Drei Restaurants stehen Ihnen zur Verfügung. Das Hauptrestaurant am Pool – gleich dort vorne rechts – bietet verschiedene Speisen in Büffetform, in der Trattoria finden Sie vorwiegend italienische Küche und das Sushi-Lokal..." Er lachte leise. „Nun, das erklärt sich von selbst. Es bietet auch asiatische Gerichte, die nichts mit Sushi zu tun haben. Außerdem, Sir", und dabei ließ Ference seinen Blick über Lennarts Gestalt gleiten, „außerdem stehen Ihnen eine Snackbar am Strand und die Imbissecke der Poolbar zur Verfügung. Die Köstlichkeiten des Eiscafés werden Ihre Zustimmung ebenfalls finden."
Unverschämt. Lennart presste die Lippen aufeinander. Er verkniff sich eine Zurechtweisung für den abfälligen Ton und den geringschätzenden Blick. Schweigend ließ Lennart die Einführung im Bungalow über sich ergehen. Wohnraum, Schlafzimmer, Badezimmer, die Klimaanlage funktionierte auch, wenn die Fenster geöffnet waren. Als Mahnung zum Umweltschutz leuchtete eine Warnlampe neben der Eingangstür rot auf. „Wenn das Licht Sie stört", sagte Ference, „klebe ich es ab, Sir."
„Nein, lassen Sie nur."
„Bisher, Sir", fuhr Ference nach einem bestätigenden Kopfsenken fort, „lebte in diesem Bungalow ein Langzeitgast. Er war mehrere Monate hier und ich hatte mich an seine Gegenwart gewöhnt. Interessant, für welchen Nachfolger er Platz machen musste. Hier ist der Schlüssel. Ich

hoffe, Sir, Sie werden sich wohlfühlen, obwohl Sie nicht hierher passen."

Lennart nahm den Schlüssel und wog das altertümliche, große Stück in der Hand. „Weil mir die Art nicht gefällt, wie Sie Ihre Gäste zu kategorisieren pflegen? Oder Ihr Umgangston, wenn Sie mich zur Erholung geradezu nötigen? Oder zum Essen?"

„Sie essen nicht gern?" Ference lächelte verhalten. „Sir, so sehen Sie gar nicht aus."

Erneut bahnte sich ein Disput an und Lennart schluckte alles, was er sagen wollte, hinunter. So viele Konflikte war er wenige Minuten nach der Anreise nicht gewohnt. „Lassen Sie es gut sein", sagte er. „Fürs Erste möchte ich mich einfach bequem hinsetzen, den Kopf zurücklegen und die Augen für einen Moment schließen."

„Ist es das, weswegen Sie gekommen sind, Sir? Sitzen und die Augen geschlossen halten?"

Lennart unterdrückte ein aufsteigendes Gähnen und kramte in seiner Hosentasche nach dem Fünfer, den er sich im Minibus zurechtgelegt hatte. „Danke für den höflichen Empfang, Ference. Das ist für Sie."

„Welche Unverfrorenheit!" Der Concierge ignorierte den Fünfer. „Sämtliche Kosten, Sir, Zuwendungen und Trinkgelder sind mit dem Reisepreis abgegolten." Er ging rückwärts zur Tür. „Genießen Sie Ihren Aufenthalt und gehen Sie mir nicht länger auf die Nerven."

„Wie bitte?"

Ference hatte ein Lächeln im Gesicht und die Tür in der Hand. „Entspannen Sie Ihre Nerven, Sir."

„Ich hatte..." Lennart rieb sich die Stirn. Er sollte dringend nachrechnen, wie lange er unterwegs war, und grübeln, ob ihn der Jetlag seit Neuestem derart durcheinander brachte.

„...mich völlig anders verstanden?", lachte Ference leise und es klang, als müsste er sich dazu zwingen. Entsprechend schnell starb das Lachen. „Merkwürdig", hörte Lennart den Concierge murmeln, als dieser den Bungalow verließ. „Überaus merkwürdig."

Mit einem tiefen Atemzug quittierte Lennart das Schließen der Tür und das Knacken im Schloss. Ference war draußen, er war endlich allein. Nach einem zweiten tiefen Seufzen griff er seinen Trolley. An der Ecke war eine weitere Delle dazugekommen und jemand hatte versucht, den alten eingerissenen Aufkleber der Sesamstraße zu entfernen. Es waren nur kleine Fetzchen übrig. Einige Kratzer mehr gab es im ehemals schwarzen, nun eher grauen Lack, die ihm egal waren. Er sollte sich ohnehin einen neuen Trolley zulegen, bevor dieses alte Ding endgültig auseinander fiel und seine Siebensachen einzeln auf dem Gepäckband daher kamen.

Lennart hob den Trolley auf ein Ablagefach und öffnete ihn. Wie bei jeder seiner Reisen lag obenauf ein Ausdruck mit der Katalogbeschreibung des Hotels. Bisher war keine Zeit dafür gewesen, nun endlich überflog Lennart den Text, wobei sein bewusstes Denken wesentlich mehr mit dem Concierge zugange war. Es war weniger der Inhalt des Gesagten, als der Ton, in dem Ference gesprochen hatte, der Lennart nicht aus dem Sinn ging.

Gleich unter dem Ausdruck lagen weiße Stoffhandschuhe und verschließbare Plastikbeutel. Lennart schlüpfte in einen der Handschuhe und fuhr mit der Hand auf der Oberseite des Schrankes entlang. „Sackgesicht", fluchte er, als er die blütenweiße Reinheit des Stoffs vor Augen hatte.

Genauer hatte er ein Zimmer selten unter die Lupe genommen. Beinahe jeden Winkel berührte er mit dem Handschuh. Jede Stelle auf der Unterseite der Nachtkästchen und Regale. Lennart suchte nach Staub und Dreck auf der Oberseite des Schrankes, auf jeder Seite der Kleiderstangen, jedem Haken, auf den Türstöcken, auf der Tastatur des Telefons und der Fernbedienung. Er suchte mit einer speziellen Lampe nach körperlichen Hinterlassenschaften, nach Urin und Sperma, denn nirgends, das wusste Lennart, wurde so viel gevögelt wie im Hotel und immer pappten Spuren an der Fernbedienung oder dem Telefon. Einmal hatte er mit seiner Speziallampe Sperma an der Zimmerdecke gefunden und wie das dorthin gekommen war, wollte er lieber nicht wissen.

Er schraubte vom Wasserhahn das Sieb ab, um mit einem Wattestäbchen zu prüfen, wie sauber der Hahn auf der Innenseite war. Vom Stöpsel in Waschbecken, Badewanne und Dusche ganz zu schweigen und die Shampooflaschen, die Wannen und Becken untersuchte er doppelt, dreifach, vierfach.

Als er seine Kontrolle beendet hatte, kniete er vor dem Kühlschrank, der die Minibar beinhaltete. „Der einzige Makel ist die Höhe", stellte er für sich fest. „Es wäre bequemer, wenn man nicht in die Hocke gehen müsste." Über die Schulter hinweg taxierte er das Bett, das im anderen Zimmer stand. Wahrscheinlich war selbst das Bett sauberer als ein Operationssaal. Seine Neugier war geweckt. Gewöhnlich inspizierte er das Bett erst kurz vor der Abreise. Wenn er Dreck und Schmutz und

Ungeziefer am Anfang seines Aufenthalts fand, würde er sich auf keinen Fall ins Bett legen wollen, was ein Problem mit dem Schlafen verursachte. Deshalb verschob er eine womöglich unangenehme Entdeckung auf das Ende der Reise. Diesmal hegte er die berechtigte Hoffnung ein tadelloses Bett vorzufinden.

Lennart ging ins Schlafzimmer und vor dem Bett langsam auf die Knie. Er brachte die Wange nahe an den Fliesenboden. Tadellos sauber. Er strich mit dem Handschuh über den Holzrahmen und fand kein Stäubchen. Der Lattenrost war einwandfrei, die Matratze sah aus wie nagelneu, die Bezüge, Decken und Kissen ebenfalls. Strahlende Sauberkeit, keine Falte, die nicht hingehörte, keine Stockflecken oder Verfärbungen. Lennart ließ sich aufs Bett sinken, völlig beruhigt und sicher.

Sein Bungalow war eingeschossig. Schlafzimmer, Wohnzimmer, Badezimmer mit Toilette, zusätzlich eine separate Toilette. Die hatte nur ein kleines Fenster, dafür blickte man, wenn man in der Wanne mit eingebautem Whirlpool ein Bad nahm, durch ein Panoramafenster auf einen Garten voller Palmen und Rosen.

Lennart schaltete seinen Laptop an und während der Rechner hochfuhr, zog er seine Reisekleidung aus und packte die frischen Sachen in den Schrank. Es hatte Hotels gegeben, da räumte er seine Habseligkeiten lieber nicht in den Schrank und trat nur mit Badelatschen unter die Dusche. Hier lief er barfuß und seine Sachen kamen in die Schrankfächer. Er markierte kurz auf einem standardisierten Fragebogen die Ergebnisse seiner Suche: Keine Mängel.

Die Beschreibung des Hotels, die er dabei hatte, ließ sich nicht sehr deutlich über die Verpflegung aus. Zwar war alles inklusive und Ference hatte ihm die Restaurants und Imbissmöglichkeiten aufgezählt, doch die entsprechenden Zeiten wusste Lennart nicht. Er fand auf einem kleinen Tisch einen Hotelprospekt und schlug ihn auf. Schnell fand er, was er suchte.

„Aha", murmelte er zu sich selbst. Die Restaurants waren allesamt rund um die Uhr geöffnet. Es wurde pausenlos frisches Essen nachgelegt. Wollte man gern ein Gericht essen, das es nicht am Büffet gab, stand ein Koch zur Verfügung, der jeden Wunsch in ein kulinarisches Wunder packte. Lennart drehte sein Handgelenk. Halb sechs. Sein Magen war wegen der kleinen Portion Hühnchen mit Kartoffeln und Erbsen, die er im Flugzeug bekommen hatte, leer. Er würde schnell duschen, sich

frisch anziehen und auf den Weg machen. Vielleicht wählte er einen Weg um die Anlage herum, um die Gegend kennenzulernen.
Lennart legte sich Kleidung bereit. Ihm persönlich fehlte ein Fernsehgerät, denn er verfolgte täglich die Nachrichten und ließ sich gern von flimmernden Bildern unterhalten, doch das Hotel warb betont für fernseh- und internetfreie Zimmer ohne Mobilfunkempfang oder telefonische Erreichbarkeit. Sein persönlicher Mangel entsprach genau der gebuchten Leistung.
Nun, eine Woche würde er es aushalten können. Mit einem Murren ob der verpassten Nachrichtensendung und vor allem der nicht gesehenen Wissenschaftsdoku betrat Lennart das Badezimmer und sprang vor Schreck einen guten Meter zurück. Ihn schauderte und gleichzeitig fragte er sich, wie vor wenigen Minuten, als er auf der Suche nach Mängeln gewesen war, ihm das nicht hatte auffallen müssen!
Er griff zum Telefon, hörte es in der Leitung knacken und sagte: „Rezeption? Bitte schicken Sie das Housekeeping in den Bungalow Nummer zwei. Hier liegt eine tote Katze."
„Sir, es gibt auf der Insel keine Katzen."
Lennart beugte sich mit dem Telefon am Ohr um den Türstock herum ins Badezimmer. „Auf dem geschlossenen Toilettendeckel liegt eine tote Katze mit offener Kehle", berichtete er. „Eine zweite Katze leckt das herabtropfende Blut auf. Es sieht aus, als hätten die zwei einen Kampf ausgetragen und der Sieger triumphiert nun."
„Eine lebhafte Fantasie haben Sie, Sir", sagte der Mann am anderen Ende der Leitung. „Trinken Sie ein Glas kaltes Wasser, das spült das Hirn frei."
„Ference?" Lennart fasste sich an die Stirn, wo ein plötzlicher Kopfschmerz aufgetaucht war. „Ference, sind Sie das?"
„Natürlich, Sir. Wie ich bereits mehrfach betonte, obliegt mir das Wohlbefinden meiner Gäste."
„Es würde mein Wohlbefinden steigern, wenn jemand die tote Katze entfernen und das Badezimmer reinigen könnte."
„Katzen", hörte Lennart Ference leise und sehr amüsiert lachen, „gibt es auf der ganzen Insel nicht. Sie täuschen sich, Sir. Sie wurden vor Jahren vergiftet, abgeschossen, in Fallen gefangen und im Meer ersäuft."
„Ich oder die Katzen?" Beinahe hätte Lennart mit den Zähnen geknirscht. „Ihre Wortwahl, Ference, lässt beide Schlüsse zu und trägt zu meinem Wohlbefinden nicht bei. Ich glaube, auch die anderen Gäste

schätzen es nicht."
„Bisher hat sich nie jemand beschwert."
„Das weiß ich."
Einen langen Moment schwieg Ference. Nur sein Atmen war im Telefon zu hören. „Äußerst absonderlich", sagte er leise. „Wollen Sie nicht auflegen?"
„Bevor mein Anliegen gehört wurde? Warum sollte ich?"
Es klang, als trommelte Ference mit den Fingern auf dem Tisch. „Sind Sie sicher, Sir, was die Katzen betrifft?"
„Meinen Augen geht es ausgezeichnet, Ference."
„Ich frage nur, weil Sie mir überhaupt einen verwirrten Eindruck machen."
Nun stemmte Lennart eine Hand in die Hüfte. „Also…" Bei so viel Dreistigkeit fehlten ihm tatsächlich die Worte.
„Wenigstens zeitweise, Sir."
„Unverschämtheit!"
„Wenn Sie meinen", seufzte Ference ergeben. „Sir, ich komme."
Die Vorstellung, Ference erneut zu sehen, ließ Lennart die Haare an den Armen in die Höhe stehen, obwohl es warm im Raum war. „Bemühen Sie sich nicht selbst, Sie dürfen gern anderes Personal schicken, damit Sie frei sind für wichtige Dinge."
„Finden Sie?" Ference machte eine kurze Pause. „Bei einem Gast, der zu sehen glaubt, was es nicht geben kann? Der Gesagtes völlig falsch versteht? Sir, unter diesen Umständen komme ich sofort persönlich und ich sollte einen Nervenspezialisten mitbringen."
Lennart hörte es in der Leitung knacken und stellte das Telefon zurück in die Ladeschale. Er schrak zusammen, als er ein Geräusch hinter sich hörte, die Tür plötzlich aufsprang und der Concierge vor ihm stand.
„Ference!" Blitzschnell schnappte sich Lennart das erstbeste, das er fand, um seinen nackten Unterleib zu bedecken. Es war der Hotelprospekt. „Mit Ihrem unerwarteten Eintreten haben Sie mich in eine sehr peinliche Situation gebracht. Sehen Sie mich an!"
Was Ference als wortwörtliche Aufforderung nahm. „Nun, Sir, ich hoffe, Sie erwarten keine persönliche Einschätzung Ihres Erscheinungsbildes, keine gewiss ausufernde Analyse Ihrer Körperfettzusammensetzung, bei gleichzeitig zu vernachlässigender Feststellung an Muskelmasse."
Sein eindringlicher Blick wollte Lennart die Haut vom Körper schälen. „Ich beginne mir Sorgen zu machen, Sir, leiden Sie unter irgendwelchen Erkrankungen?"

„Weil ich mich ausziehe, bevor ich unter die Dusche gehe?" Lennart schnaubte und schickte Ference mit einer Handbewegung ins Badezimmer. „Sehen Sie nach den Katzen und lassen Sie sich bitte einen Moment länger Zeit als nötig, damit ich nicht ein zweites Mal überrascht werde."
„In diesem Fall schauen Sie besser nicht in den Spiegel, Sir."
Lennart spürte, wie sein Unterkiefer nach unten sackte und in Fußbodennähe hängen blieb. Luft bekam er für den Moment keine mehr. „Bitte?"
Um Ferences Lippen tanzte ein spöttisches Lächeln, während er mit den Fingerknöcheln gegen den Spiegel klopfte, der gegenüber der Badezimmertür an der Wand ging. „Besser nicht reinsehen, Sir. Er zeigt haargenau, was im Badezimmer abläuft und von Ihrer Position können Sie alles bestens sehen."
„Ach so." Lennart fühlte sich, als hätte Ference ihn bei einer Schandtat erwischt. Üble Gedanken waren ja eine Schandtat. „Tut mir Leid, ich hatte etwas völlig anderes verstanden." Schnell holte er ein T-Shirt aus dem Schrank und schlüpfte in eine kurze Sporthose, ehe er in die Badezimmertür trat. „Sehen Sie. Katzen." Er atmete tief durch und lehnte sich an den Türstock. „Wenn sie weg gewesen wären, hätte ich tatsächlich an mir zu zweifeln begonnen."
„Ja." Ference stand mit den Händen in den Hüften da und legte den Kopf schief. Die Blutlache breitete sich aus. „Es sind tatsächlich Katzen", begann er sich mit einer Hand am Kinn zu kratzen.
„Das beunruhigt Sie?" Lennart stieß sich vom Türstock ab und betrat das Badezimmer. Hellgraues Steinzeug am Boden, edle, weiße Keramik, blitzsaubere Chromarmaturen, das Glas der Duschkabine hatte keinen einzigen Kalkfleck. Die einzigen Spuren eines Menschen kamen von Lennart selbst, der sich die Hände gewaschen und mit seinen Füßen im Gegenlicht des Fensters Abdrücke auf den Boden gemacht hatte. „An jedem Ort der Welt gibt es Katzen und die ausgehungerten unter ihnen suchen gern ein Hotel, in dem es sich bequem leben lässt. Touristen mit dem Herz voll Mitleid gibt es überall und eine Scheibe Schinken ist vom Büffet schnell stibitzt und an die Katzen verfüttert. Ein Problem gibt es, wenn die Katzen sich selbst bedienen oder zahlreich werden."
Den Kopf leicht schräg gelegt, bedachte Ference ihn mit einem langen Blick. „Aha."
Langsam verschränkte Lennart die Arme, obwohl es seinen Bauch

unvorteilhaft betonte. „Sie sind anderer Ansicht?"
„Nein, Sir." Ference begann in seiner Hosentasche nach einem Schlüsselbund zu kramen. Es klimperte entsprechend. „Mir ging gerade der Mann durch den Kopf, der vor Ihnen dieses Zimmer bewohnte. Wissen Sie, Sir, wir dachten, er hätte einen Herzinfarkt oder eine Lungenembolie."
„Sie und wer noch?"
„Der Arzt." Ference ging vor dem Waschtisch in die Hocke und öffnete ein Fach mit seinem Schlüssel. „Gleich am Tag seiner Ankunft hat mir der Gast von seiner Katzenallergie erzählt. Er glaubte überall Katzen zu sehen. Hinter Büschen, zwischen den Häusern, rund um den Pool und in den Restaurants. Er pflückte sich ständig irgendwelche Fussel von der Kleidung und prüfte, ob es sich um Katzenhaare handelte. Seine ständige Sorge hielt ich für Paranoia."
„Da haben Sie sich geirrt."
„Und der Arzt ebenfalls." Ference holte einen dunklen Müllsack hervor. „Was völlig egal ist. Der Gast ist tot und wir haben hier eine Misslichkeit zu regeln, nicht wahr?"
„Meine Güte." Lennart spürte einen Schauer über seinen Rücken laufen. Er zitterte und versuchte die Gänsehaut von seinen Armen zu rubbeln, während Ference mit einer schnellen Bewegung die Katze fasste, die an der anderen knabberte. Keinen Augenblick zögerte er. Er packte den Kopf der Katze und riss ihn heftig nach hinten. Das Knacken, als das Genick brach, ließ Lennart innerlich beben. Er wandte sich mit zusammengekniffenen Augen ab und wiederholte: „Meine Güte."
„Sagten Sie etwas, Sir?"
„Das macht Ihnen nichts aus? Einfach zack!"
„Zaudern macht Schaudern." Ference schüttelte den Müllsack auf und ließ die tote Katze hineinfallen. Er zog ein Handtuch von der Stange und wickelte die blutende Katze darin ein. Das Bündel wanderte ebenfalls in den Müllsack. Aus dem Fach unter dem Waschtisch nahm Ference Reinigungsmittel und Tücher. Er putzte die Toilette sauber, desinfizierte den Sitz und den Boden um die Toilette herum. „Nun ist es wieder astrein, Sir."
„Ich hätte besser die lebendige Katze weggescheut."
„Damit sie sich mit einem sicherlich vorhandenen Inselkater paart und vermehrt?" Ference lachte kurz. „So ist es besser, Sir." Er verschloss das Utensilienfach und stand auf. Den Müllsack nahm er in die Hand.

„Sir, wo ist der Hotelprospekt?"
„Bitte?"
Ference schmunzelte. „Sir, Sie hatten Ihr Geschlechtsteil daran. Ich würde den Prospekt gern durch einen tadellosen ersetzen."

Kapitel 2

Zum Abendessen zog Lennart einen dunklen Anzug an und band sich eine Krawatte um den Hals. Der lange Spiegel gegenüber der Badezimmertür tat hierbei gute Dienste. Blind eine Krawatte zu binden, das war Lennart all die Jahre nie gelungen. Er musste sehen, was seine Finger taten. Am Ende war er zufrieden. Nicht nur mit dem Knoten, sondern mit seiner ganzen Erscheinung. Seine fünfzehn Kilo Übergewicht wurden vom Anzug hervorragend kaschiert. Wichtiger als die Wampe war ohnehin das Gesicht. Er sah ausgeruht aus und nicht älter als er tatsächlich war. Gel, mit den Fingerspitzen eingebracht, wie ihm seine Frisörin vor drei Wochen erst wieder geraten hatte, wirkte Wunder und peppte nicht nur seine braunen Haare auf, sondern auch sein Selbstempfinden.
Erneut prüfte er sein Aussehen kritisch im Spiegel. Er suchte in seinem rechten Auge nach dem roten Äderchen, das vergangene Woche nach einer anstrengenden Kneipentour mit seinem Kumpel Alex hervorgetreten war. Mittlerweile war es weg. Vermutlich nur ein kalter Luftzug.
Lennart stutzte. Der Spiegel war fleckenfrei und ohne Schlieren. Selbst dort, wo Ference deutlich hörbar gegen das Glas geklopft hatte. Kein Knöchelabdruck war zu sehen. Sich wundernd und nach einer physikalischen Erklärung suchend machte er sich auf den Weg zum Abendessen.
Er durchquerte die Hotelanlage und gelangte über eine Treppe auf die Brücke, die über einen Teilbereich des größten Pools führte. Unter ihm lag das Wasser, kristallklar sauber und elegant beleuchtet. Der perfekte Platz für das Hauptrestaurant. Lennart mochte das Ambiente sofort. Eine dezente Brüstung aus Holz und Drahtseilen schützte Gäste und Personal vor dem Sturz ins Wasser und ließ gleichzeitig die Poolbeleuchtung nach oben scheinen. Es sah zusammen mit der Bepflanzung – Rosen natürlich – umwerfend schön aus. An kleinen

Tischen saßen einige Gäste und genossen das Büffet. Lennart wurde am Eingang zur Terrasse von Ference empfangen. „Speisen Sie allein, Sir?"
Leider, war Lennart versucht zu sagen. „Kümmern Sie sich etwa auch um die Restaurantführung?"
„Um alles, Sir, was das Wohl meiner Gäste betrifft." Er zeigte auf die Tischreihe an der Brüstung. „Dort werden Sie Ihr Abendessen genießen können, Sir. Das Wasser mildert die Hitze des Tages, die sich im Stein speichert. Sehr schöne Plätze sind es."
„Trotzdem lieber näher am Büffet", sagte Lennart. „Dieser halboffene Bereich ist hübsch. Wie wäre es mit jenem Tisch dort?" Er zeigte auf einen Tisch, der nahe an der Wand und dem Büffet stand. Von dem hinteren Platz aus war das gesamte Restaurant zu überblicken.
„Selbstverständlich, Sir", sagte Ference und führte Lennart zum Tisch. „Gestatten Sie den Hinweis, Sir, die Tische draußen bieten mehr Komfort."
„Heute nehme ich diesen." Lennart setzte sich. „Vielen Dank." Er hatte einen wunderbaren Blick auf das Büffet und die anderen Gäste, auf den Eingang zur Küche und die Getränketheke.
„Was darf ich Ihnen zu trinken bringen?", fragte Ference und zündete die Kerze in der Tischmitte an. „Stilles Wasser gegen den Durst und einen leichten Weißwein für den Genuss?"
„Lieber ein Glas Rotwein." Lennarts Blick verfolgte Ference, der sich nach einem leichten Nicken vom Tisch zurückgezogen hatte. Hinter der Getränketheke nahm er ein Weinglas, hob es kurz prüfend gegen das Licht, polierte mit einem strahlend weißen Tuch nach und schenkte aus einer Flasche Rotwein ein. Er brachte das Glas zusammen mit einer Karaffe eisgekühltem Wasser. „Das Büffet, Sir, steht Ihnen zur Verfügung. Guten Appetit, Sir."
Dabei hatte Lennart nach der Sache mit den Katzen keinen großen Hunger mehr. Er spürte bloß ein leichtes Grummeln und seiner Figur würde Maßhalten nicht schaden. Natürlich hatte er Ferences abwertenden Blick bemerkt, vorhin, als er nur mit einem Prospekt vor dem Unterleib dagestanden war. Da quoll der Bauch in alle Richtungen und machte ein unmögliches Bild. Lennart griff zum Rotwein und nippte daran. Angenehme Temperatur, ausgezeichneter Geschmack. Herb, süß, schwer. Wenn nur nicht alles eins zu eins auf den Hüften landen würde. Er stellte das Glas zurück.
Wenige Meter entfernt befasste sich Frau Thienemann mit dem

Salatbüffet. Sie nahm sich von jeder Schüssel ein kleines Löffelchen, wog den Kopf, schnitt Grimassen und fühlte sich offenbar völlig unbeobachtet. Lennart schmunzelte, als sie die Nase rümpfte, und er fragte sich, ob sie mit der Qualität der Speisen unzufrieden war oder ob das Problem bei der persönlichen Vorliebe zu suchen war.
„Kein Internet", hörte er eine bekannte Stimme schräg neben sich, „kein Telefon. Nicht mal ein Fax. Das darf nicht wahr sein!"
Susanne Brenner und dieser unmögliche Stucks kamen an Lennarts Tisch vorbei. Stucks schlurfte mit hängenden Schultern wie ein Schleimmonster, das möglichst viel Boden versauen wollte, Susanne schritt wie eine Königin. Lennart ertappte sich, wie er ihr länger als anständig auf den Hintern glotzte. Er riss sich zusammen und stand auf, um sich einen kleinen Salatteller zu holen und zu prüfen, was der Grund für das Naserümpfen Frau Thienemanns sein konnte.
Mit einem schnellen Blick erfasste Lennart die Anordnung der Schüsseln in der eisgekühlten Theke. Diverse Gemüse ohne Dressing, Blattsalate verschiedener Art, anschließend angemachte Salatvariationen, Croutons, Kräuter, verschiedene Soßen, Gewürze. Aussehen und Geruch verhießen tadellose Frische und beste Qualität. Allenfalls der Salat aus frischen Tintenfischen vermochte ein Naserümpfen zu provozieren, wenn man den Anblick von leeren Augen und langen Beinchen samt Saugnäpfen nicht schätzte.
Lennart entschied sich für Blattsalat mit Weintrauben und Sahnedressing. Er tat sich zusätzlich Shrimps darüber. Als er sich vom Büffet entfernte, bemerkte er Ference, der die eben benutzten Salatlöffel gegen frische Löffel tauschte. Lennart beobachtete ihn weiter unauffällig, während er sich setzte. Der Concierge verfuhr nach jedem Gast derart. Ständig legte er frisches Besteck auf und mischte die Salate durch, damit es aussah, als sei jeder Gast der erste. Verwundert über diese Maßnahmen, legte Lennart sich die Serviette auf den Schoß und begann zu essen.
Schräg neben ihm saß Susanne am Tisch, nur sechs, sieben Meter entfernt, direkt neben der Brüstung über dem Pool. Sie trug ein kurzärmeliges schwarzes Kleid, um die Schultern eine senfgelbe Pashmina. Der Rock reichte nicht ganz bis zu den Knien, wenn sie stand. Jetzt, wo sie saß, zeigte sie atemberaubend viel Bein. Um die Hüften hatte sie einen breiten mattsilbernen Gürtel. Zierliche Riemchensandalen und silberne Ohrstecker machten ihre Erscheinung perfekt. Eine wunderschöne Frau, zu der der besorgte

Gesichtsausdruck nicht passen mochte. Sie ließ sich nur Wasser servieren, wie Lennart bemerkte. Stucks hingegen leerte sein Glas Bier auf einen Zug, bevor Ference Susannes Wasserglas gefüllt hatte. Er orderte ein zweites Bier, stand auf und stapfte zum Büffet, während Susanne allein am Tisch sitzen blieb, an ihrem Ohrstecker zupfte und die Augen zum Pool unter sich gleiten ließ. Sie griff zu ihrem Wasserglas und nippte daran. Sie drehte den Kopf und ehe sie seinen neugierigen Blick bemerkte, wandte Lennart seine Aufmerksamkeit dem Büffet zu. Dort hatte Stucks einen Teller in der Hand und umkreiste mehrmals das Salatbüffet, ohne sich etwas zu nehmen. Er drehte ab und widmete sich den Hauptspeisen. Lennart konnte nicht erkennen, wovon er sich nahm, und verfolgte ihn mit den Augen, bis er sich an den Tisch setzte. Er zupfte Ference, der ihm das zweite Bier brachte, am Ärmel. „Bringen Sie mir Rum mit Cola. Bier hilft gegen den Durst, nicht gegen die Klarheit im Kopf."

„Gerne, Sir."

Es war unmöglich, Susannes kritischen Blick nicht zu bemerken. Stucks stöhnte. „Wenigstens im Urlaub will ich mir richtig die Kante geben und ordentlich besoffen sein."

„Natürlich, Sir, das ist Ihr gutes Recht."

Er hatte sich kaum umgedreht, als Susanne sich leicht nach vorn beugte. „Dieser Urlaub war deine Idee. Ich finde, gerade deswegen solltest du dich zusammenreißen und das bisschen Sympathie, das ich für dich hege, nicht vollends verspielen."

„Dafür", winkte Stucks ab, „ist morgen Zeit." Er lachte. „Ringsum ist Meer, mein Schätzchen, du läufst mir hier also nicht weg. Egal, wie viele Kilometer du ratterst, du kommst immer zu mir zurück."

„Sei dir dessen nicht zu sicher", flüsterte Susanne.

Treffer, dachte Lennart. Eine Frau, die das sagte, sprach entweder pausenlos leere Drohungen aus oder sie hatte längst für entsprechende Tatsachen gesorgt. Susanne wirkte nicht wie eine Frau, die sich mit leeren Drohungen Gehör verschaffen musste.

Wovon Stucks eindeutig zu wenig verstand. Er ließ die Stoffserviette neben sich auf dem Tisch liegen und packte die Gabel, als wäre sie ein Dolch. Er schien sein Steak ermorden zu wollen, jedenfalls trieb er die Gabel mit Schwung genau in die Mitte. Er hob die ganze Fleischscheibe hoch, stützte den Ellbogen auf den Tisch und begann zu essen, indem er vom Fleisch abbiss und die Gabel drehte, während er kaute. So knabberte er kreisförmig das Fleisch von der Gabel und ignorierte den

Bratensaft, der ihm vom Handgelenk auf den Tisch tropfte. Als ihm der Rum gebracht wurde, leerte Stucks das schmale Glas auf einen Zug. Er wollte sofort Nachschub ordern, da kam Ference mit einem neuen Glas. „Bitte, Sir, zwei Fingerbreit Cola, aufgefüllt mit dem besten Rum der Welt."
Zwölf solche Gläser später fragte sich Lennart, wie lange jemand trotz eines solchen Alkoholkonsums leben konnte. Stucks' Blick wurde glasig, wässrig und wackelig, ansonsten zeigte er keine Ausfallerscheinungen. Lennart hatte tiefes Mitleid mit Susanne. Sie holte sich eine Portion Salat und probierte von dem gedämpften Gemüse in Kräutersoße. Zum Nachtisch verputzte sie eine große Schüssel Mousse au chocolat. Manchmal versuchte sie ein bangloses Gespräch, das ihr Partner hemmungslos in seinen Gläsern ertränkte. Sie gab es auf, speiste schweigend und wünschte sich innerlich wohl ans Ende der Welt. Kaum hatte sie den letzten Löffel ihres Desserts verspeist, legte sie ihre Serviette weg. „Wir sollten zu Bett gehen. Der Tag war lang."
„An die Bar." Stucks stand schwungvoll auf. Er torkelte, hielt sich am Tisch fest und fegte dabei die Serviette und einen Löffel zu Boden. „Die haben hier den besten Rum der Welt, weißt du das?"
„Ference", Susanne hob die Serviette und den Löffel auf, „hat es mehrmals betont."
„Solltest auch einen trinken. Mit Rausch schläfst du wie ein Baby, anstatt bei Sonnenaufgang aus dem Bett zu springen und Kilometer zu machen. Mit deiner ständigen Lauferei änderst du die Erdrotata... tatation."
Lennart beobachtete, wie die beiden das Restaurant verließen. Stucks wankte vor Susanne und obwohl er betrunken war, erarbeitete er sich rasch einen Vorsprung. Eine Dame mit engem Rock auf hohen Schuhen hängte man zwar leicht ab, doch Susannes Beine waren kräftig und an schnelles Tempo gewöhnt. Außerdem schafften es Frauen trotz enger Kleidung schnell zu sein. Womöglich ließ sie sich absichtlich zurückfallen und Stucks, dieser Trottel, war dafür nicht empfänglich. Nächstes grobes Foul, dachte Lennart und ließ das Dessert beiseite, obwohl er gern von den kleinen bunten Törtchen probiert hätte. Er legte seine Serviette neben den Teller und eilte hinter Susanne her. Neben dem Pool mit dem Wasserfall holte er sie ein und damit er sie nicht völlig unerwartet von hinten ansprach, berührte er sie kurz an der Schulter. „Und? Sind Sie online?"

„Herr Schneider", begann sie zu lächeln. „Nein, ich bin nicht online. Können Sie sich das vorstellen? Es gibt sieben Variationen von Fisch und drei völlig vegane Menüvorschläge, keinen Internetzugang und scheinbar kein Telefon. Ference meint, es gäbe keine Telefonverbindung, weil es in der Hotelbeschreibung so steht. Ich solle mich damit abfinden. Das will ich nicht und das mag ich nicht glauben. Es muss sich um einen technischen Defekt handeln. Oh, Vorsicht!" Sie fasste ihn am Arm und zog ihn zur Seite, sehr dicht an sich selbst heran. Ihr Atem streifte sein Gesicht. „Da ist jemand von der engagierten Sorte."

Lennart stand nur eine Handbreit von ihr entfernt. Er nahm einen zarten Duft nach Vanille wahr. Von ihr ging eine angenehme Wärme aus, die ihn verlockte ihr näher zu kommen. Das gehörte sich nicht. Schnell guckte er hinter sich und suchte nach dem Grund, weswegen sie ihn aus dem Weg gezogen hatte. Ein Jogger war es, der vorbei schnaufte, den Blick fest auf den Weg gerichtet und offensichtlich war ihm egal, ob er beinahe gegen Leute rannte oder nicht. Es lag in der Verantwortung der anderen, ihm rechtzeitig auszuweichen, was Lennart zu gern tat. Dem Jogger tropfte der Schweiß vom Körper; entsprechend übel war der Geruch, den er wie eine Wolke mit sich zog. Er stank wie ein ganzes Fitnessstudio voll vergilbter Sportmatten. „Beneidenswert", flüsterte Lennart, „wie Menschen sich motivieren können."

Susanne lachte leise.

„Wie Sie sehen", klopfte Lennart sich auf den Bauch und machte der Höflichkeit halber einen Schritt von ihr weg, „gehöre ich nicht zur Sportfraktion. Ich bewege mich nur, wenn es sich nicht vermeiden lässt, meistens zwischen Couch und Kühlschrank." Er stutzte und überlegte, ob das derselbe Jogger war, den er kurz nach seiner Ankunft bemerkt hatte. Eher nicht. Unbewusst schüttelte er den Kopf und auf Susannes fragenden Blick hin erklärte er: „Entweder dieser Mann wäre drei Stunden ununterbrochen am Laufen oder zum zweiten Mal binnen drei Stunden. Beide Varianten sind eher unwahrscheinlich." Er zeigte Richtung Bar, dorthin, wo Stucks verschwunden war. „Darf ich Sie begleiten, ehe Ihr Lebensgefährte Sie vermisst?"

Ihr bezauberndes Lächeln war wie weggefegt. Ein dunkler Schatten flog durch ihre Augen. Sie rollte kurz die Lippen, ehe sie in die entgegengesetzte Richtung zeigte. „Ehrlich gesagt wäre mir die Strandbar lieber, wenn ich Sie nicht aufhalte oder Sie andere Pläne für den Abend haben."

Lennart lächelte, streckte den Arm und zeigte den Weg entlang, der leicht abschüssig zum Strand führte. „Es ist mir ein Vergnügen."
Alle paar Meter gab es eine hübsche Lampe, die für genügend Licht sorgte. Die Pools waren wunderschön angelegt und von unzähligen verschiedenen Rosen und Palmen gesäumt. Ein Pool hatte eine Insel in der Mitte, auf der eine Palme wuchs, ein prächtiges Stück und anscheinend absolut gesund. Kein Palmenrüsselkäfer, der sich gütlich tat und die Blätter von innen auffraß. Am Fuß der Palme wuchsen Buschrosen von außergewöhnlich schöner dunkelroter Farbe, wie Lennart im Schein einer Lampe erkannte.
„Die Anlage ist traumhaft, finden Sie nicht?", sagte Susanne und ging dabei zur Seite, damit der Jogger erneut vorbei konnte. „Abgesehen vom Internet, das mir wirklich fehlt."
Auch Lennart zog den Bauch ein und hielt die Luft an. Seinetwegen konnte der Jogger gern durch einen Wasserfall oder die Meeresbrandung rennen, um wenigstens einen Teil des Gestanks loszuwerden. Seine Gedanken waren außerdem mit Susannes Einwand beschäftigt. Das Internet fehlte ihm auch, ein Fernseher erst recht, sogar ein Radio wäre wunderbar gewesen, selbst wenn er die Sprache der Moderatoren nicht verstand. „Sie werden mit einer Beschwerde keinen Erfolg haben", winkte er ab. „In der Hotelbeschreibung steht: Internet ist nicht verfügbar, die Zimmer haben kein Fernsehgerät oder Radio und nur eine Telefonverbindung zur Rezeption. Ebenso wenig gibt es Animation, ein Sportprogramm oder irgendwelche Abendunterhaltung." Er kam wieder neben sie und gemeinsam gingen sie weiter. „Warum sind Ihnen Ihre Rosen – respektive das Internet – so wichtig?"
„Vor zwei Jahren", sagte Susanne, „habe ich mich mit einer Event-Agentur selbstständig gemacht. Dafür musste ich für ziemlich viele teure Dinge in Vorleistung gehen. Die Caterer wollen Anzahlungen, die Floristen, die Gebäudemanager, Versicherungen, die Gema und sehr, sehr viele Stellen mehr. Mir wollte keine Bank einen Kredit geben, also hat mein Vater seinen Rentenfond gekündigt und mir alles Geld gegeben, mit dem er seinen Ruhestand vergolden wollte. Wenn meine Firma pleitegeht, ist sein Geld weg und er reißt mir den Kopf ab."
„Um den", lächelte Lennart, „wäre es überaus schade."
Susanne erwiderte sein Lächeln. „Ich organisiere vom Kindergeburtstag bis zur Messepräsentation alles, kümmere mich von der Einladung bis zum Give-away um wirklich jedes Detail."

„Nun", wandte Lennart ein, „es wird kein Kindergeburtstag sein, der den Ruhestand Ihres Vaters gefährdet?"
„Es ist eine Hochzeit." Susanne hielt sich näher an Lennart, weil der Weg schmaler wurde. „Eine richtig große, sehr teure Hochzeit. Wenn sie perfekt läuft, kann ich meinem Papa sein Geld zurückzahlen und habe trotzdem genügend Eigenkapital, um die Firma auf sichere Beine zu stellen. Deshalb", tat sie einen schweren Seufzer, „sind diese Blumen so verdammt wichtig." Sie tippte auf das leuchtende Display ihres Smartphones. Es suggerierte Funktionalität, obwohl es allerhöchstens zur Dekoration taugte. Susanne schob es zurück in ihre Handtasche. Der Weg gabelte sich und sie folgte dem Hinweisschild zum Strand.
„Leider sind die karmesinroten Rosen, die wunderbar zum Kleid der Braut passen würden, in unserer Stammgärtnerei nicht mehr lieferbar. Ich kenne einen anderen Gärtner, der sich auf besondere Blumen spezialisiert hat, und ich wollte dort anrufen oder meiner Assistentin die Adresse mailen." Sie ließ den Blick in den Himmel schweifen. „Ohne Internet – keine Chance."
„Meine Oma", sagte Lennart, „steht total auf Rosen. Mir selbst ist diese Begeisterung völlig fremd. Ob sie nun im Garten meiner Oma stehen oder im Strauß einer Braut stecken, für mich sind es nur irgendwelche Blumen."
Susannes Lachen klang über das Meeresrauschen hinweg und hallte zwischen den Bungalows nach. Sie hatten die Strandbar erreicht und Susanne wählte einen kleinen runden Holztisch am Rand. Im Rücken hatte sie eine gelb-orange Kletterrose, die betörend süß duftete. Lennart schätzte die stabilen Holzmöbel mit den bequemen Polsterauflagen. In der Tischmitte stand eine kleine Petroleumlampe.
„Sind Sie verheiratet, Herr Schneider?"
„Nein."
„Liiert?"
Warum fragte sie das? Ein paar hundert Meter weiter saß ihr Noch-Lebensgefährte an der Bar und ließ sich volllaufen. Lennart griff nach der Getränkekarte, klappte sie auf und reichte sie Susanne. „Auch nicht."
„Verstehe." Susanne nahm die Karte und schmunzelte hinein. „Die Braut denkt seit Monaten ausschließlich an ihre Hochzeit. Sie hat bei der Sitzordnung nicht nur bedacht, in welchem Verhältnis ihre Gäste zueinander stehen, sondern auch wie groß die Gäste sind und wie sie sitzen müssen, damit jeder alles von der Show mitbekommt. Das

Satinband, mit dem die Blumensträußchen auf den Tischen gebunden sind, ist von derselben Farbe wie das Einstecktuch des Bräutigams und die Blütenblätter, die zur Dekoration am Kuchenbüffet liegen - karmesinrot. Das Papier der Tischkarten hat denselben Farbton wie die Sektflöten beim Stehempfang - karmesinrot. Es hat mich zweiundfünfzig Telefonate gekostet, bis ich karmesinrote Sektflöten aus Glas besorgen konnte und ich musste fünftausend Euro Kaution hinterlegen. Der Caterer wurde vertraglich dazu verpflichtet, ausschließlich vollrotes Obst als Dekoration zu verwenden, und ein Schneider hat zweihundert karmesinrote Stuhlhussen mit weißer Paillettenstickerei angefertigt. Die männlichen Gäste tragen Einstecktücher und Krawatten in Karmesinrot, die Damen handgefertigte Seidenbroschen von der Größe eines Apfels, selbstverständlich karmesinrot. Die Unterwäsche der Braut ist karmesinrot, das Brautauto ebenfalls und extra für die Trauung wird die Kirche trotz Fastenzeit karmesinrot dekoriert." Sie lächelte ihm über die Getränkekarte zu. „Glauben Sie immer noch, es seien nur Blumen?"
„Ich glaube", stützte Lennart sich nach vorn auf den Tisch, „wenn jemand eine solche Affinität für eine Farbe hat, muss er einen guten Grund haben oder einen an der Klatsche."
„Die beiden haben sich kennengelernt", erzählte Susanne, „als sie vor einem Gemälde von Monet standen und sich über die Rottöne der Seerosen erst unterhielten, später stritten."
„Wow." Lennart kapitulierte und dachte kurz nach. „Ich gebe den beiden kein Jahr. Eine Ehe, die von nur einer Farbe getragen wird, kann nicht halten. Die beiden mögen sehr verliebt sein, daraus wird niemals Liebe und erst recht keine glückliche Ehe."
„Glückliche Menschen", hob Susanne die Schultern, „lassen sich nicht von mir die Feier organisieren." Sie reichte ihm die Karte. „Ich nehme einen alkoholfreien Coconut Kiss."
Lennart überflog die Getränkekarte kurz. Er fand alle gängigen Cocktails und Longdrinks, die ein gutes Hotel bieten sollte. Ein Cuba Libre wäre toll gewesen. Er mochte diesen Drink, genau wie Stucks, der an der Poolbar versumpfte, während er – Lennart – sich an dessen Freundin ranmachte. Deshalb bestellte Lennart für Susanne den Coconut Kiss und für sich selbst einen Cocktail mit Ananas und Limette. Ohne Alkohol. Punkt für ihn.
„Hochzeiten also und Messeauftritte." Lennart lächelte. „Was organisieren Sie lieber?"

„Die Messen", sagte Susanne sofort. „Im Vertrauen, Herr Schneider, es gibt nichts Schlimmeres als eine Hochzeit als den schönsten Tag im Leben zu verkaufen. Ich blicke immer in strahlende Augen, die sehr viel planen und sich eine wunderschöne Feier ausmalen, ich erlebe Menschen, die den Stress gern auf sich nehmen – und wenn ich sie wiedertreffe, ein paar Monate oder Jahre später, konnten diese Paare die Euphorie ihrer Feier nicht in den Alltag retten." Sie spielte kurz an ihren Fingern. „Deshalb organisiere ich nur die Hochzeiten, die richtig viel Geld bringen." Das Lächeln kehrte auf ihre schmalen Lippen zurück. „Am liebsten sind mir Beerdigungen, denn die laufen immer sehr gediegen ab und da spielt die Farbe der Rosen wirklich keine große Rolle." Sie schaute kurz über die versammelten übrigen Gäste hinweg. „Man könnte dies hier für eine Trauerfeier halten, so ruhig ist es."
„Mhm", stimmte Lennart ihr zu. „Das liegt an den vielen älteren Leuten, die genügend Geld haben, um sich dieses Hotel leisten zu können, und die von der Welt genug gesehen haben, um sich einige Zeit Ruhe zu gönnen."
„Wie Frau Thienemann", nickte Susanne zu der älteren Frau hinüber, die an der Bar ungelenk auf einem der hohen Stühle saß. „Vielleicht erinnern Sie sich? Sie saß hinter mir im Boot und vor Ihnen im Bus. Verwitwet. Ihr gehören einige Reihenhäuser in Frankfurt und Hannover, außerdem einige Villen in Monaco. Was von den Mieteinkünften nicht vom Finanzamt, den Hausmeistern oder Reparaturbetrieben aufgebraucht wird, investiert sie in lange Reisen. Sie hat die ganze Welt gesehen." In dem Moment fing Frau Thienemann Susannes Lächeln ein. Die alte Dame verstand es als Aufforderung. Sie nahm ihr Glas Sherry, rutschte vom Barhocker und kam herüber. „Das ist nett", sagte sie, „eine alte Frau nicht allein versauern zu lassen. Keine Bange, ich halte Sie nicht lange auf. Ich trinke nur meinen Sherry, bevor ich zu Bett gehe. Junge Liebe", kicherte sie, „soll man nicht stören."
Frau Thienemann trug eine sehr altmodische dunkelbraune Kurzhaardauerwelle, die Lennart nicht gefiel. Seine Oma ließ sich die Haare ähnlich frisieren, jede Woche beim Frisör und alle fünf Wochen dauerte das richtig lange, weil die Dauerwelle neu gemacht wurde. Frau Thienemanns lange weiße Leinenhose und die buntgemusterte Bluse hingegen sahen richtig fesch und jugendlich aus. An den Händen hatte sie auffällige Goldringe und um den Hals eine dicke Perlenkette, die wahrscheinlich mehr gekostet hatte, als Lennart in einem Jahr verdiente.

„Die Perlen", sagte sie, „hat mir mein Ehemann geschenkt. Er starb zum Glück vor zehn Jahren. Herzinfarkt. Er war mit einem Freund auf einer Bergtour, fiel um und war tot." Sie hob die rechte Hand. „Diese beiden Ringe habe ich zur Geburt unserer Söhne bekommen, dreißig Jahre her. Das ist mein Ehering. Ich trage ihn immer, nicht weil ich an meinem Mann, dem alten Besserwisser, hänge oder ihm nachtrauere, sondern weil die Heiratsschwindler mir meinen Frieden lassen. Diese jungen Burschen schauen auf den Ringfinger und wenn ein Ehering glänzt, fällt man als Opfer weg." Sie hob die linke Hand. „Gleich nach der Beerdigung meines Mannes habe ich mir diese beiden Ringe gekauft. Platin und Gold. Herrliche Stücke, nicht wahr? Sagen Sie, junge Frau, im Anzug macht Ihre bessere Hälfte hübsch was her. Adretter Mann, das muss ich sagen."

Susanne schmunzelte, nippte an ihrem Drink und sah über das Glas hinweg zu Lennart. „Meine so genannte bessere Hälfte", sagte sie, „spricht an der Poolbar dem Alkohol zu. Das ist Herr Lennart Schneider, der sich bereit erklärt hat, mir hier am Strand Gesellschaft zu leisten."

„So." Frau Thienemann behielt ihr Lächeln. „Und Sie sind ganz allein hier, Herr Schneider? Warum das denn? Die Anlage ist schön genug, um sich einen herrlichen Urlaub zu zweit zu gönnen. Oder..." Sie ließ sich unvermittelt weit nach vorn fallen und bremste erst kurz vor der Tischplatte. „Sind Sie ein Heiratsschwindler? Auf der Suche nach vermögenden Damen?"

„Nein." Lennart spürte sein Lächeln breiter werden. Ihm war in seinem Leben viel unterstellt worden, der Heiratsschwindler war neu.

„Wann reisen Sie wieder ab, Herr Schneider?", bohrte Frau Thienemann nach und dabei drehte sie ihren massigen Schlüssel in die andere Richtung, damit er ihre Zimmernummer nicht lesen konnte. „Heiratsschwindler brauchen nicht länger als sieben Tage, um ein geeignetes Opfer zu finden."

„In einer Woche", lächelte Lennart.

„Aha." Frau Thienemann rückte näher zu Susanne. „Passen Sie auf sich auf, meine Liebe. Erst umgarnt er Sie, verspricht Ihnen das Blaue vom Himmel, redet von der großen Liebe und lässt sich aushalten. Den Drink bezahlen, zum Essen einladen, Reisen finanzieren. Wenn er Zugriff auf Ihr Konto hat, räumt er es leer und ist weg. Ich sage Ihnen..." Sie verharrte mitten im Satz, ihre Augen wurden groß und rund und sie holte tief Luft. „Meine Güte, was ist der Mensch fett!"

Lennart war keinen Moment versucht, diesen Ausruf auf sich selbst zu beziehen. Er war allenfalls mollig, stark gebaut, kräftig. Er war nicht fett. Deshalb drehte er sich und folgte Frau Thienemanns Blick. Was er sah, ließ auch ihn kurz das Atmen vergessen. Da kam ein Mann an die Bar, gewaltig dick und aufgedunsen. Über die schwarze Jogginghose baumelte eine Wampe bis zu den Knien. An seinem mächtigen Leib konnten die Arme nicht anliegen, sie standen seitlich weg. Mühsam quälte der Mann sich voran, mehr wankend als gehend, und ließ sich auf einen der Stühle sinken. Wahrscheinlich berührte sein Po nicht einmal das Sitzpolster, weil er zwischen den Armlehnen stecken blieb. Sofort kam Ference, der seinen Gast gut kannte. Eine Pina Colada wurde gebracht, extra groß, dazu eine riesige Schüssel mit gesalzenen Erdnüssen. Lennart schmulte kurz auf die Schüssel, die vor ihm auf dem Tisch stand. Da passte etwa eine Handvoll Nüsse hinein, für den Dicken gab es die zehnfache Menge. Außerdem einen großen Löffel, damit er die Nüsse in seinen Mund schaufeln konnte. Ehe Lennart sich von diesem Anblick losreißen konnte, war die gewaltige Schüssel leer und Ference brachte eine zweite.

„Na", flüsterte Frau Thienemann, „welche Fluglinie hat den wohl transportiert? Er wiegt bestimmt eine halbe Tonne."

Ob es wirklich so viel war? Lennart drehte sich bewusst weg. Wie viel Gewicht ertrug ein Stuhl, wie viel Knie und Knöchel? Ihn schauderte, als er sich vorstellte, er selbst würde solches Gewicht schleppen müssen. Auf dem besten Weg dorthin war er ja. Null Bewegung, dafür lange und ausgedehnte Mahlzeiten...

„Alles in Ordnung, Sir?"

Lennart hob den Kopf. „Warum fragen Sie?"

„Ihr Gesichtsausdruck, Sir, gibt Anlass zur Sorge."

„Mitnichten."

Ference zeigte auf die kleine Schüssel mit Erdnüssen. „Probieren Sie, Sir. Ich fülle gern nach, wenn die Schüssel leer ist."

„Lieber nicht."

„Warum?", fragte Ference mit dunklen Augen. Im schwachen Licht wirkten sie tiefer als sonst. „Essen Sie nicht gern, Sir?"

„Ich sehe nicht aus wie jemand, der gutes Essen verabscheut."

„Sie sehen auch nicht aus wie jemand, der Angst vor einer Schüssel Erdnüsse hat, Sir."

„Tja." Lennart schob die Erdnussschüssel ein wenig von sich. „Es liegt an meiner Abneigung gegenüber salzigen Snacks. Ansonsten ist alles perfekt."

„Perfekt!", stieß Ference aus, verschwand kurz hinter der Bar und kam mit einer anderen Schüssel wieder. „Es ist nicht perfekt, wenn einer Ihrer Wünsche offen bleibt!" Er stellte die Schüssel vor Lennart ab. „Ich bitte sehr. Schokoladenummantelte Mandelkekse, Sir."
Die Aufmerksamkeit des Concierge richtete sich auf Frau Thienemann, die mit großen Augen den dicken Mann anglotzte. "Meine Güte", stöhnte sie leise, „wie ist der nur so unerträglich fett geworden?"
Ference trat hinter ihren Stuhl und legte die Hände auf die Rückenlehne. „Als er ankam", sagte er leise, „wog er keine siebzig Kilo. Abgearbeitet. Topmanager, ständig unterwegs. Man wird nicht satt bei dem, was einem die erste Klasse im Flieger anbietet. Er hat sich eine Auszeit genommen, um nach Herzenslust schlemmen zu können."
„Auszeit", meinte Lennart bei einem Blick zu den Keksen, „die muss lange dauern, wenn er von knapp siebzig Kilo auf eine halbe Tonne gemästet wurde."
Ference lächelte. „Unsere Küche, Sir, bietet jeden kulinarischen Genuss. Wenn Sie nach einer Speise verlangen, die sich nicht am Büffet oder im Restaurant findet, sprechen Sie Ihren Wunsch nur aus und er wird erfüllt. Versuchen Sie die Kekse, Sir."
„Meinen Sie nicht", beugte Susanne sich nach vorn, „Sie sollten diesem Herrn einen Arzt empfehlen? Mit seiner Völlerei richtet er sich zugrunde. Wenn ich sehe, wie schwer ihm jede Bewegung fällt... Er sollte umgehend mit einem Arzt sprechen und das viele Essen aufhören."
Unentwegt lächelte Ference. „Madame, es macht ihn glücklich."
„Er sieht nicht glücklich aus."
Lennart gab Susanne Recht. Der Dicke quälte sich offenbar mit jeder Bewegung, allein das Steuern seiner Arme, um die Erdnüsse in den Mund zu bekommen, glich einem Kraftakt. Schweiß stand ihm auf der Stirn, er schnaufte schwer. Jeder Atemzug war ein Ringen um genügend Luft. Erdnüsse in den Mund, kurz kauen, schlucken, erneut Erdnüsse angeln. Wieder war eine Schüssel leer und Ference brachte Nachschub.
„Hören Sie wenigstens auf ihn zu füttern", sagte Susanne, als Ference an ihrem Tisch vorbei kam. „Diese Mast fällt unter Körperverletzung."
„Seine Wünsche werden befriedigt, das ist alles."
Offenbar hatte der dicke Mann viele Wünsche. Als er die dritte Schüssel Erdnüsse geleert hatte, brachte ihm Ference eine große Portion Schokoladenpudding, mit einem Sahneberg garniert. Anschließend Vanillepudding, gefolgt von mehreren Stücken Kuchen mit Schlagsahne und Torte. Da drehte sich Lennart der Magen beinahe um und Frau

Thienemann knallte ihr leeres Sherryglas auf den Tisch. „Ich habe dieses Hotel vergessen, um den Alltag zu buchen und den Kopf mal richtig leer zu kriegen, ich wollte kein perverses Schauspiel geliefert bekommen. Ich gehe jetzt in die Reiseleitung und morgen beschwere ich mich bei meinem Bett. Dieser Anblick ist eine Zumutung." Sie schnappte ihre Tasche und eilte mit großen Schritten davon.
Erneut schielte Lennart nach den Keksen. Er hätte zu gern einen probiert, wo ihm der Bittermandelduft seit geraumer Zeit in der Nase hing. Er guckte Frau Thienemann nach. Sie hatte selbst ein paar Kilo zu viel auf den Hüften und war für ihr Alter nicht gewandter in den Bewegungen als der Durchschnitt.
„Damit", sagte Susanne leise, „kommt sie nicht durch."
„Die Beschwerde bei ihrem Bett?" Lennart dachte nur kurz darüber nach. „Selbst wenn man ihre Worte in den richtigen Zusammenhang sortiert: Die Anwesenheit dicker Menschen hat – meines Wissens nach – bisher kein Richter als Grund zugelassen, um den Reisepreis zu mindern. Abgesehen davon gibt es im Hotel keine Reiseleitung, die die Beschwerde aufnehmen könnte." Er drehte sich zurück und sah Ference hinter Frau Thienemanns leerem Stuhl stehen. „Sie hätten die Beschwerde entgegennehmen können."
„Ach." Ference hüstelte, rückte den Stuhl an den Tisch zurück und nahm das Sherryglas. „Morgen wird sie es vergessen haben, da bin ich sicher."
„Na, wenn Sie sich mal nicht täuschen."
„Sir?" Ference senkte den Kopf. Sein bohrender Blick ließ Lennart keinen Moment los. „Sie haben die Kekse nicht angerührt. Angst vor Mandelkeksen, Sir?"
„Nein."
„Ich auch nicht", sagte Susanne und griff nach einem Keks. Blitzschnell hatte sie ihn sich in den Mund geschoben und kaute. „Mhm", machte sie, „lecker."
„Sehen Sie", sagte Ference, an Lennart gewandt. „Zufriedenheit zu finden, das ist ganz leicht. Ein Handgriff genügt."
Derart aufgefordert zu werden, hätte Lennart sich lieber die Zunge abgebissen als jetzt einen Keks zu essen. „Wir werden sehen..."
„Sie", sagte Ference leise, „werden sehen, Sir. Oder auch nicht. Essen Sie oder essen Sie nicht. Mir ist es schnurz."
Der Concierge hatte andere Tische zu bedienen. Er brachte Drinks, füllte Erdnüsse nach, plauderte und vor allem versorgte er den dicken

Mann mit weiteren Köstlichkeiten. Lennart gab seine Ressentiments gegen die Mandelkekse auf.

Neben ihm lächelte Susanne. „Also keine Angst vor Mandelkeksen." Sie zwinkerte ihm zu und beugte sich nach vorn, die Unterarme auf den Tisch gestützt. „Anscheinend sind Sie ein mutiger Mann."

„Zu mutig." Das hatte nicht Lennart gesagt. Schräg hinter ihr stand leicht gebückt Ference. Er fasste Susanne an den Schultern und zog sie zurück in eine aufrechte Sitzposition. „Sir, unterlassen Sie das Wildern im Revier eines anderen Mannes. Das wird Ihnen schlecht bekommen."

Lennart sah das Funkeln in Ferences Augen und er hörte, wie Susanne tief Luft holte. Ehe sie sich mit dem Concierge anlegen konnte, was sie zweifellos vorhatte, selbstbewusst und energisch, wie sie war, sagte er: „Frau Brenner ist kein Revier, Ference, auf das irgendwer Besitzansprüche hätte. Und ich", lachte er leise, „bin kein Wilderer. Die einzige Waffe, mit der ich umgehen kann, ist Sprache."

Ference rollte die Augen und trollte sich. Er nahm gleich Susannes Glas mit, ohne zu fragen, ob sie einen zweiten Drink haben wollte. Sie rieb sich über die Schultern, als wollte sie Ferences Berührung wegwischen. „Unverschämter Kerl."

„Das ist er wirklich." Lennart fasste sich ein Herz: „Nachdem er uns offenbar keinen weiteren Drink gönnt, möchten Sie vielleicht am Strand entlang spazieren? Es ist ein wunderschönes Bild, wie der Mond sich in den Wellen spiegelt." Dabei war ihm der Erdtrabant herzlich egal. Er wollte Susanne neben sich haben, sie betrachten und ihre Gesellschaft teilen.

Sie dachte lächelnd nach und allein an der Dauer erkannte Lennart den Erfolg seines Plans. Sie stand auf und strich ihren Rock glatt. „Ein paar Schritte wären schön, vorausgesetzt, damit verstoßen wir nicht gegen Ihre no-sports-Regel?"

„Keineswegs." Lennart bot ihr den Arm. Er war ganz Kavalier alter Schule. „Ich werde es unter Heimweg verbuchen, damit meine Beine nicht misstrauisch werden."

„Heimweg?", fragte Susanne leise nach.

Sie hatten sich von der Bar entfernt. Im dürftigen Mondschein fiel nur hin und wieder etwas Licht von den Weglampen auf ihr Gesicht. Lennart zeigte nach vorn. „Ich wohne in Nummer zwei. Direkt am Strand. Wir müssen nicht den kürzesten Weg wählen. Meinetwegen ziehen wir gern eine lange Schleife außen herum."

An diese Szene erinnerte er sich genau, als er am nächsten Morgen erwachte, weil er beim Abdunkeln des Zimmers falsch vorgegangen war. Er hätte sich mehr auf die Vorhänge als auf Susanne konzentrieren sollen. Auf ihr Lachen, die Art, wie sie sprach, wie sie auf seine oft schwarzen Wortwitze einging, darauf, wie sie lächelte, ihn am Arm berührte und auf Teufel komm raus flirtete, ohne sich jemals bei einer Anzüglichkeit erwischen zu lassen. Er hatte ihr lange nachgesehen, nachdem sie sich verabschiedet hatte. Jeden ihrer Schritte verfolgte er mit Interesse, den Schwung ihrer Hüften besonders. Als der Weg einen Knick machte, hob sie die Hand und winkte, ehe sie endgültig aus seinem Sichtfeld verschwand und ihn mit klopfendem Herzen stehenließ. Seine Hände hatten gezittert, als er mit den Vorhängen zugange war und nun hatte er das Schlamassel.

Der schwere Vorhang, der die Sonne und die Helligkeit draußen halten sollte, hing zusammengeschoben in der Ecke des Schlafzimmers. Durch den orangenen Übervorhang flutete helles Tageslicht. Lennart kniff die Augen fest zusammen. Trotz der eintretenden Dunkelheit konnte er nicht mehr einschlafen. Er rollte sich auf die andere Seite, lauschte der Stille und suchte nach den Resten seiner Träume. Das schwere Gefühl, das er in seinen Gliedern verspürte, wenn er träumte, schwand immer mehr. Ob er wollte oder nicht, er war wach, es war kurz vor halb sieben und die erste Nacht vorbei. Er stand auf, um das Fenster zu öffnen.

Wie es Susanne mit ihrem Hallodri wohl ging? War sie an der Bar vorbei gegangen, um ihn zum Heimkommen zu bewegen oder war sie ohne ihn zu Bett gegangen? Ohne ihn, da war Lennart sich sicher. Beim Einschlafen jedenfalls hatte er an sie gedacht und er glaubte, ihr ging es nicht anders.

Er stützte sich auf das offene Fenster und stieß lächelnd mit der Nase gegen ein kaum wahrnehmbares Fliegengitter. Es war fest im Rahmen verankert und aus sehr stabilem Material. Draht oder Aluminium, jedenfalls sehr fest und widerstandsfähig. Wenn es verstaubte, konnte man es bedenkenlos abwischen. Mit einem Finger drückte Lennart leicht dagegen. Da war kein Durchkommen für irgendwelche Insekten und selbst für Menschen wäre es nicht geräuschlos möglich. In der nächsten Nacht würde er das Fenster offen lassen, sofern er nicht die Kühle der Klimaanlage vorzog.

Als er das Geräusch von Schritten hörte, reckte Lennart den Hals. Nicht nur zwischen den einzelnen Häusern, den Pools und Bars waren wundervolle Wege angelegt, auch hinterhalb der Häuser, entlang der

größtenteils dicht mit Kletterrosen überwucherten Außenmauer gab es breite Wege. Lennart kannte diese Art von Wegen. Der Zimmerservice nutzte sie, die Reinigungskräfte ebenfalls und jeder andere, der vorn im Gästebereich eher ungern gesehen war, weil er keinen Urlaub machte, sondern zu arbeiten hatte. Jemand joggte. Lennarts Herz machte einen Sprung. Er hoffte, es wäre Susanne. Er würde zu gern einen Blick auf sie werfen, wenn sie nur mit Sportsachen bekleidet verschwitzt ihre Runden drehte. Mit Sicherheit sah sie prächtig aus...
Nein, es war nicht Susanne. Lennart ließ die Schultern fallen. Ein Mann joggte den Weg entlang, heftig atmend, nach Luft ringend, mit hochrotem Kopf. Er hatte nichts von der Leichtigkeit, die Lennart bei vielen Freizeitsportlern neidisch betrachtete und die er auch bei Susanne vermutete. Dieser Läufer quälte sich. Seine Beine waren allem Anschein nach bleischwer, denn er stolperte bei fast jedem Schritt, schlurfte über den Boden und trat auf seine offenen Schnürsenkel, was ihn beinahe zu Fall brachte.
„Na!", hörte Lennart eine bekannte Stimme, „Sie werden nicht etwa langsamer?" Lennart reckte den Kopf und stemmte sich mit einem Knie auf dem Fensterbrett hoch, um über einen großen Wildrosenbusch hinwegsehen zu können. Er erkannte Ferences Kopf.
„Das ist nicht gut", sagte der Concierge und Lennart machte sich noch etwas größer. Er hielt sich am Fensterrahmen fest, kam auf die Füße und stemmte sich hoch. Gerade als er Ference vollkommen im Blick hatte und sich fragte, wozu der Concierge den Stock in der rechten Hand hielt, kam der Jogger vorbei. Ference holte mit dem Stock aus, schlug ihn heftig nach vorn und erwischte den Jogger am Rücken. Das T-Shirt riss auf, die Haut ebenfalls, Blut schoss aus der Wunde, spritzte auf den Weg und der Getroffene stürzte vornüber. Er schlug mit dem Gesicht auf und blieb liegen. Ein Sturzbach an Blut schoss aus der Nase. Sein Oberkörper sprang mehrere Zentimeter auf und ab, so schnell schnappte er nach Luft.
„Hey!", schrie Lennart, ehe er sich besinnen und darüber nachdenken konnte, ob er, nur mit Unterhose bekleidet, lieber den Mund halten sollte.
Ference wandte sich zu ihm. „Sie sind wach, Sir? Mit Verlaub, wie ein Frühaufsteher wirken Sie nicht."
Blitzschnell ging Lennart in die Hocke. Er hüpfte von dem Fenster herunter, schnappte sich eine kurze Hose aus dem Schrank und zog sie unterm Gehen an. Er verließ sein Zimmer, umrundete das Häuschen

und traf Ference genau an der Stelle, wo er ihn vorhin gesehen hatte. „Was zum Teufel ist in Sie gefahren? Mit dem Stock auf einen Menschen loszugehen!" Lennart fasste den gestürzten Läufer an den Schultern und drehte ihn auf den Rücken. „Hallo? Können Sie mich hören?"
Offene Augen starrten in den Himmel, der Körper hing völlig schlaff in Lennarts Händen. Eben hatte der Mann heftig nach Atem gerungen, nun kam kein Laut aus seinem Mund, kein Schnaufen, kein Pfeifen, kein Japsen. Der Brustkorb, der Luft in den Körper gepumpt hatte, rührte sich nicht. Lennart legte den Mann flach hin und hielt ihm die Hand vors Gesicht. Er spürte in den Fingerspitzen seinen eigenen Pulsschlag und auf den Handflächen seinen eigenen Schweiß. Einen Lufthauch aus Mund oder Nase des Mannes spürte er nicht. „Er hat zu atmen aufgehört." Lennart kniff den Mann in die Wange. „Hey!", schrie er ihn an und zwickte erneut in die schlaffe Gesichtshaut. „Können Sie mich hören?"
„Offenbar nicht, Sir."
„Vielleicht nur ein Atemaussetzer." Lennart ekelte sich vor derart viel stinkendem Körperschweiß. Er schob das nasse T-Shirt dem Bewusstlosen unters Kinn und sah seine Hoffnung schwinden, die Haut des Mannes wäre weniger verschwitzt als das T-Shirt. „Holen Sie einen Arzt", sagte er zu Ference, „ich versuche es derweilen mit Wiederbelebung." Zweifelnd legte Lennart seinen rechten Handballen auf das untere Brustbein. Er hoffte, die richtige Stelle erwischt zu haben, und begann mit der Herzmassage, immer darauf bedacht, auf dem Schweißsee nicht abzurutschen. Er versuchte sich an seine letzte Schulung zu erinnern, aber ihm fiel nur ein, wie sehr er und die Ärztin gelacht hatten, als er die Puppe reanimierte und dazu das Lied vom gelben U-Boot keuchte, um den richtigen Rhythmus zu erwischen. Eines kam ihm in Erinnerung. „Tot ist er eh schon", hatte die Ärztin gesagt, „welchen Fehler wollen Sie zaubern, um diesen Zustand *schlimmer* zu machen?" Lennart zischte Ference an: „Los, nehmen Sie die Beine in die Hand."
Anstatt loszulaufen, lehnte Ference den Stock gegen eine Palme und kam gemächlich zu Lennart. Er bückte sich und hob die Füße des Joggers in die Höhe. „Entspricht das Ihrer Vorstellung, Sir?"
Lennart musste ziemlich viel Kraft aufwenden, um den Brustkorb des Mannes genügend einzudrücken. Bei der Puppe war das leichter gewesen oder kam ihm das nur so vor, weil bei der Puppe nach dreimal

Massage und dreimal Beatmung Schluss gewesen war? Nein, beatmen würde Lennart diesen Mann nicht. Es musste reichen, wenn er den Kopf nach hinten streckte. „Was?" Er spürte, wie er zu schwitzen begann. „Sie sollen den Arzt holen und mir hier nicht auf den Senkel gehen."
„Ich dachte, Sir, ich solle die Beine in die Hand nehmen?"
„Wenn Sie mich ablösen, laufe ich selbst nach dem Arzt", sagte Lennart. „Solange auf das Herz Druck ausgeübt wird, kann ein Arzt ihm vielleicht das Leben retten. Wollen Sie weitermachen?"
Unerträglich viele Sekunden verfolgte Ference sein Tun. Seine Augäpfel hüpften im düsteren Takt von Lennarts Wiederbelebungsversuchen. Auf und ab. Pausenlos. „Wozu?"
Ein heftiger Schmerz im Oberarm wandelte sich zu einem unerträglichen Stechen. Mit zusammengebissenen Zähnen machte Lennart weiter, bis er nicht mehr konnte. Er hielt sich die Arme und ächzte. Sterne blitzten vor seinen zusammengekniffenen Augen. Arger Muskelschmerz, der mit dem Ende der Belastung nicht aufhörte, sondern in den übrigen Körper strahlte.
„Sir", sagte Ference, „haben Sie das dringende Bedürfnis den leidenden Menschen zu helfen?"
„Scheiße!", fluchte Lennart mit heißem Kopf. Zwischen den Fettrollen an seinem Bauch begann der Schweiß zu jucken. Er krümmte sich und hielt sich die Arme. „Wo bleibt dieser verdammte Arzt?"
„Sir", bohrte Ference nach, „was würden Sie jetzt am liebsten tun?"
„Ihnen den Hals umdrehen!" Lennart ließ sich auf den Hintern fallen und rieb sich den linken Oberarm, der mehr schmerzte als der rechte. Heißes Prickeln erfüllte seinen Bizeps. Er riss sich zusammen und setzte erneut die Hände auf die Brust des Mannes und begann mit der Herzmassage. „Laufen Sie dem Arzt entgegen, Ference, und sagen Sie ihm, wir brauchen einen Defibrillator."
„Wenn Sie meinen", ließ Ference die Knöchel des Joggers los und sie klatschten heftig auf den Boden. Der Concierge machte keine weitere Bewegung und das war auch nicht nötig, denn der Arzt kam. Lennart konnte nicht sehen, woher. Ihm taten die Arme höllisch weh, seine Lungen brannten und er fühlte sich einem Kollaps nahe. Von dem Arzt erkannte er nichts als einen weißen Flecken, so vernebelt war seine Sicht. Er hörte etwas klacken und scheppern und zischen. Es begann nach verbranntem Fleisch zu riechen. Lennart kippte nach hinten und blieb flach auf dem Rücken liegen. Mit nacktem Oberkörper im Schmutz. Er rang nach Atem, als wäre er selbst stundenlang gejoggt

und von Ference mit dem Stock gequält worden.
Minutenlang atmete Lennart tief ein und aus. Als sein Blick klar wurde, erkannte er Ferences Gesicht eine Handbreit über sich. „Sir, wonach steht Ihnen der Sinn?"
„Hat der Mann überlebt?", stemmte Lennart sich auf einen Ellbogen und zuckte zusammen, als seine Nasenspitze gegen eine schweißnasse, blassrosa Wange stieß. Schnell robbte Lennart von dem toten Mann weg und rieb sich die Nase. Dem anderen stand der Mund weit offen, die Augäpfel hingen schief in ihren Höhlen. Sein Brustkorb wies handtellergroße verbrannte Stellen auf, die grauenhaft stanken.
„Meine Güte", flüsterte Lennart, „was ist das für ein Arzt?"
„Der der Insel." Ference richtete sich auf und zog seine Uniform glatt. „Ein sehr engagierter Arzt, wenn ich das sagen darf. Nun, Sir, ruhen Sie sich aus und genießen Sie Ihren Urlaubstag."
„Wie bitte?" Lennart blinzelte den Schweiß weg, der ihm in die Augen lief, jetzt, wo er wieder aufrecht war. „Dieser Mann ist tot und wahrscheinlich haben Sie und Ihr Stock einen gehörigen Anteil daran."
„Sein Herz hat die Arbeit eingestellt, Sir", sagte Ference mit völlig ruhiger, unbewegter Stimme. „Das ist normal."
„Normal!" Am liebsten wäre Lennart diesem Concierge wirklich an den Hals gesprungen. „Der Mann ist keine fünfzig, offensichtlich topfit, da ist es nicht normal, einfach tot zur Erde zu fallen."
Ference hob die Arme, als könne er damit eine gute Erklärung liefern. „Er reiste vor zwei Tagen mit dem festen Vorsatz an, endlich richtig zu laufen. Genau das hat er getan."
„Zwei Tage", tippte Lennart sich an die Stirn. „Kein Mensch läuft zwei Tage am Stück." Er stutzte und erinnerte sich an den Jogger, der ihm kurz nach der Ankunft begegnet war, und den Jogger, vor dem Susanne ihn aus dem Weg gezogen hatte. Sollte es möglich sein? War das derselbe Mann? „Zwei Tage ununterbrochen?"
„Ja", bückte sich Ference. Er packte den linken Arm des Toten, rollte den Körper zur Seite und wuchtete ihn sich auf die Schulter. „Dieser Mann ist seit seiner Ankunft gelaufen, gelaufen, gelaufen. Da ist es normal, wenn das Herz nach einer gewissen Zeit seine Arbeit niederlegt."
Lennart schluckte trocken. „Deshalb hätten Sie ihn nicht zu schlagen brauchen."
„Ohne die Schläge", begann Ference davon zu gehen, „hätte er das Tempo nicht durchgehalten. Nun entschuldigen Sie mich bitte, Sir, ich

habe zu tun."
Der Concierge schritt trotz der Last auf seinen Schultern erstaunlich agil davon und verschwand hinter der nächsten Wegbiegung. Ja, es war eine Menge zu tun. Die Angehörigen mussten benachrichtigt werden, eine eventuelle Reisebegleitung, der Heimtransport war gewiss nicht einfach zu organisieren. Lennart spürte einen Kloß im Hals, rieb sich über die Kehle und erschauderte gleichzeitig. Seine Hände waren voller Schweiß und Schmutz und er fand, der Concierge hätte den Verstorbenen nicht wie einen Kartoffelsack davontragen sollen. Oder war es seine eigene Erschöpfung, die sein Pietätsempfinden übermäßig reizte?
Er ging mit schwachen Beinen zurück in seinen Bungalow, um sich zu waschen. Was er zum Frühstück anziehen wollte, darauf verschwendete er keinen Gedanken. Wie automatisiert holte er eine schwarze Hose, ein kurzärmeliges hellblaues Hemd und die dunkelrote Krawatte aus dem Schrank. Als er so angezogen in die Hitze des Tages trat, fragte er sich, ob eine kurze Hose und ein T-Shirt nicht besser gewesen wären. Egal. Er machte sich auf den Weg zum Restaurant und lauschte und guckte dabei nach allen Seiten, ob sich nicht irgendwo eine Menschentraube gebildet hatte. Jemand musste mitbekommen haben, was geschehen war, jemand anderes wollte es erzählt bekommen, Menschen standen beisammen und tuschelten, tauschten Meinungen, spekulierten. So war es immer.
Lennart entdeckte Frau Thienemann, die sich mit dem Ehepaar Duschke unterhielt. Er spitzte die Ohren, als er langsam an ihnen vorbei ging. „Mein verstorbener Ehemann", sagte Frau Thienemann, „war immer großzügig zu mir. Er hat mich mit Reichtümern überhäuft und den größten Haufen machte er, als er starb." Lennart schmunzelte, bis Frau Thienemann fortfuhr: „Wissen Sie, sein Darm hat sich mit seinem letzten Atemzug völlig entleert."
„Interessant", hörte Lennart Frau Duschke sagen, „kam er im Garten ums Leben? Wissen Sie, die Gartengestaltung ist meine Leidenschaft."
„Ihre einzige", fügte ihr Mann hinzu.
Frau Thienemann hatte Lennart erspäht und ehe sich die alte Dame mit einem Gespräch auf ihn stürzte, beschleunigte Lennart seinen Schritt. Er hob nur kurz die Hand zu einem höflichen Gruß und eilte an den drei Leuten vorbei zum Pool.
Gäste lagen trotz der frühen Stunde in der Sonne, eine Frau schwamm. Ference kniete nicht weit vom Beckenrand entfernt am Boden. Eine

Schubkarre mit Werkzeugen und diversen Materialien stand neben ihm. Offenbar hatte er einige Bodenfliesen getauscht. Die neuen Fliesen waren heller als die übrigen und Ference füllte gerade feinen Sand zwischen die Fugen. Weil Lennart keine Lust auf den Concierge hatte, schlich er in die andere Richtung und entdeckte an der Poolbar einen Mann auf einem Hocker. Den Oberkörper hatte er weit nach vorn gebeugt, das Gesicht lag seitlich auf der Theke. Er schlief und schnarchte und pflegte seine verlodderte Aufmachung. Natürlich war es Stucks, dieser vermaledeite Tunichtgut. Er stank nach einer Mischung aus Atemalkohol, verschüttetem Alkohol und Urin. Trotzdem berührte Lennart ihn mit spitzem Finger an der Schulter. „Herr Stucks, geht es Ihnen gut?"

„Ich denke schon." Diese Antwort gab nicht Stucks, sondern Susanne. Sie kam auf die andere Seite des Betrunkenen, legte den Kopf schief und blickte auf Stucks. „Er wollte gestern partout nicht mit mir ins Zimmer kommen. Nun denn, soll er seinen Rausch hier ausschlafen." Sie hob die Augen zu Lennart. „Kommen Sie vom Frühstück?"

Unwillkürlich zog Lennart den Bauch ein. Ja, seine Wampe war zu groß und wenn Susanne neben ihm stand, fühlte er sich um einige zusätzliche Kilos schwerer. Ein kleiner, pummeliger Mann. „Das ist nicht das heutige Frühstück", sagte er leise, „sondern die Frühstücke der vergangenen zehn bis fünfzehn Jahre."

„Bei ihm", sagte Susanne mit Blick auf Stucks, „ist es auch nicht diese eine durchzechte Nacht." Sie streckte den Arm und strich Stucks eine Haarsträhne aus der Stirn. Vielleicht bemerkte er diese Berührung, jedenfalls grunzte er und drehte den Kopf in die andere Richtung. Gleichzeitig breitete sich unter dem Barhocker plätschernd eine Pfütze aus. Susanne trat einen Schritt zurück, schloss die Augen und rieb sich die Stirn. „Zwölf Tage bis zur Abreise", flüsterte sie. „Wie soll ich das durchstehen?"

Sie ließen Stucks in seinem Dreck sitzen und eine Weile ging Lennart schweigend neben Susanne. Sie erreichten das obere Ende des langen Pools. Dort sammelte sich Wasser in einem mit faustgroßen Steinen gefüllten Becken. Wenn das Becken überlief, floss ein Wasserfall in herrlichen Kaskaden in den unteren Pool. Auf dem obersten Absatz stand eine sonnengebräunte Frau mit halb geschlossenen Augen und offenem Mund. Ihre Arme hingen neben ihrem Körper, als gehörten sie nicht zu ihr. Über alle Maßen tiefenentspannt, dachte Lennart.

Sie hatten das Hauptrestaurant erreicht und er wollte nicht länger

schweigen. „Konnten Sie Ihre Assistentin erreichen?"
Susanne rollte mit den Augen. „Eben nicht. Ference sagt, es gebe im Hotel keine Telefonverbindung, weil seine Gäste die Ruhe suchten. Natürlich ist es Quatsch. Er will mich nicht an ein Telefon lassen und ich bekomme immer mehr Lust, ihm ein Messer an die Kehle zu halten und ihn zu zwingen. Er muss mich telefonieren lassen."
Lennart wartete, bis sie saß, ehe er seinen eigenen Stuhl zurechtrückte. „Wenngleich der Gästebereich von jeglicher Kommunikation abgeschnitten ist, gilt das lange nicht für das Personal, das Management, die Küche. Alle, die hier arbeiten, müssen kommunizieren."
„Wem sagen Sie das." Susanne lehnte sich zurück, denn Ference brachte einen Krug Wasser und eine Kanne mit frischem Orangensaft. Davon ließ sie sich ein Glas einschenken. „Sie konnten über meine Argumente eine Weile nachdenken. Haben Sie Ihre Meinung geändert und gestatten Sie mir nun die Benutzung eines Telefons?"
„Madame", lächelte Ference, „kein Telefon wird Ihnen das Gespräch ermöglichen, das Sie unverständlicherweise ersehnen."
„Unverständlich!", schnaubte Susanne. „Meine berufliche Existenz hängt davon ab."
„Ach, Madame." Ference schob ihr das Glas hin. „Nutzen Sie die Gelegenheit in völliger Ruhe die Genüsse meines Hauses kennenzulernen. Probieren Sie von den Croissants, die sind eben frisch gebacken worden."
„Wenn das mal so einfach ist." Lennart griff nach dem Wasserkrug.
„Ein Croissant zu essen?", begann Ference hüstelnd zu lachen. „Ich bitte Sie, Sir, das ist für Sie keine Herausforderung."
Lennart schenkte sich selbst Wasser ins Glas. „Ich meinte das Telefon."
„Ach so." An einem Gespräch in dieser Richtung hatte der Concierge offenbar kein Interesse. Er ließ Lennart und Susanne sitzen, durchquerte das Restaurant und kümmerte sich um andere Gäste.
Lennart nippte an seinem Wasser und sagte: „Für seine Manieren fehlen mir die Worte."
Auch Susanne griff nach ihrem Saftglas. „Mir ist schleierhaft, warum er sich so ziert. Stellen Sie sich vor, es gäbe einen Notfall auf der Insel? Niemand könnte Hilfe rufen."
„Mhm", machte Lennart nachdenklich und stellte sein Glas ab. „Ich muss Ihnen von dem Jogger erzählen..."
Eine vertraute Stimme unterbrach ihn: „Kein Frühstück auf Ihrem Teller,

Sir? Sind Sie nicht zufrieden?"
Lennart schluckte die Worte, die ihm auf der Zunge lagen, hinunter und lächelte den Concierge so breit und künstlich wie möglich an. „Wie informieren Sie die Hinterbliebenen des Joggers? Mit dem Telefon, das Sie unter Verschluss halten, oder schicken Sie eine Flaschenpost?"
„Hinterbliebene?" Susanne legte die Stirn in Falten. „Ist etwa noch jemand ums Leben gekommen?"
„Ach, Madame", lachte Ference leise, „machen Sie sich nicht so viele Gedanken. Es ist alles in bester Ordnung."
„*Noch* jemand?", ignorierte Lennart den Concierge. „Sagen Sie bloß, Sie haben auch einen Todesfall mitbekommen?"
„Ja", nickte Susanne leicht, „heute früh. Ich war..." Sie verharrte mitten im Satz. „Da ist dieser dicke Mann wieder."
Lennart drehte sich herum und sah, wie der Dicke sich einen Tisch ganz in ihrer Nähe aussuchte. Er zog den Stuhl zurück und ließ sich mit all seinem Gewicht auf die Sitzfläche fallen. Das war zu viel Belastung. Es knirschte und tat einen lauten Knall. Der Stuhl brach und der Dicke fiel zu Boden. Er versuchte sich am Tischtuch festzuhalten, zerrte es dabei vom Tisch und alles stürzte auf ihn. Tischtuch, Teller, Tassen, Besteck, Kannen. Alles.
Susanne sprang auf und eilte zu ihm. „Alles in Ordnung?" Während sie das Geschirr und das Tischtuch von dem Mann zog, versuchte Lennart ihn aus seiner misslichen Lage zu befreien. Er packte den Dicken am Arm und wollte ihm aufhelfen. Mit aller Kraft stemmte Lennart sich gegen den Fußboden, um den Mann wenigstens in eine sitzende Position zu bringen. „Helfen Sie mit", ächzte er, „setzen Sie sich auf."
„Ich kann nicht." Der Dicke warf seinen Kopf von einer Seite auf die andere. „Ich kann mich überhaupt nicht rühren."
„Sie müssen hoch vom Boden." Lennart ließ den Arm los und kniete sich hinter den Mann. Er fasste ihn an den Schultern. „Los, strengen Sie sich an."
„Au!", schrie er stattdessen. „Mir tut der Bauch weh!"
Lennart gab das Schieben auf. „Vielleicht", überlegte er, „wenn Sie sich auf die Seite drehen. Vielleicht kriegen wir sie zuerst auf die Knie und dann in die Höhe."
„Mein Rücken!", stöhnte der dicke Mann. „Wenn Sie so drücken, tut mir der Rücken weh."
„Entschuldigung." Lennart stemmte sich mit seiner Schulter gegen die Seite des Mannes. „Versuchen Sie sich zu drehen. Jetzt!" Lennart schob

mit aller Macht und Susanne half mit. Der dicke Mann bemühte sich für einen Moment. „Au, meine Beine! Meine Beine tun weh."

„Ihnen tut anscheinend alles weh", schnaufte Lennart und schob heftiger.

„Herr Schneider", spürte er eine Hand an der Schulter, eine weiche, feine, zarte Hand. „Herr Schneider, sehen Sie." Susanne zeigte auf einen dunklen Flecken im hellgrauen T-Shirt des Mannes. Schnell breitete sich der Schatten über den unteren Rückenbereich aus. Dort, wo der Mann eben mit dem Rücken den Boden berührt hatte, zogen sich Blutschlieren über den Marmor.

„Ach herrje." Vorsichtig ließ Lennart den Dicken wieder auf den Rücken sinken. Mit fliegenden Augen suchte er ringsum nach dem Grund der Verletzung. Die Stuhlbeine waren alle da, verbogen zwar, doch vollständig, keiner geborsten. Die Holzsitzfläche war zerbrochen und die beiden großen Stücke lagen in einigem Abstand. „Es muss sich um Geschirrscherben handeln." Lennart drehte sich herum. „Ference, bringen Sie... Wo ist er hin?" Hektisch prüfte Lennart alle Richtungen. Er sah andere Gäste, die unberührt vom Geschehen ihr Frühstück fortsetzten. Eine dünne Frau scharwenzelte mit großen hungrigen Augen ums Büffet herum, ohne sich von den Köstlichkeiten zu nehmen. Sie schnupperte nur mit geschlossenen Augen. Herr Duschke stand vor der Obsttheke und begutachtete Erdbeeren und Pfirsiche. Zwei Frauen warteten, bis der Toast, den sie oben aufs Gitter gelegt hatten, unten gebräunt in die Lade fiel. Niemand scherte sich um den Mann am Boden. „Ference?"

Einige Momente warteten Lennart und Susanne auf eine Antwort. Geschirrklappern, Gläserklirren, Gespräche der Gäste, sonst nichts. „Okay", sagte Susanne, „drehen wir ihn auf die Seite. Wir drücken diese zusammengeknüllte Serviette auf die Wunde und legen ihn wieder auf den Rücken. Das müsste die Blutung für eine Weile stillen. In dieser Zeit kann ich einen Erste-Hilfe-Kasten auftreiben. Ich glaube, ich habe an der Rezeption einen gesehen."

„Es muss hier im Restaurant einen geben", schnappte sich auch Lennart eine der weißen Stoffservietten. „Es hätte längst einer der Kellner einen bringen müssen. Es muss jemanden geben, der sich mit Erster Hilfe auskennt oder einen Arzt informiert." Er richtete sich auf und sagte laut: „Ist zufällig ein Arzt anwesend?"

„Was ist mit mir?", wollte der dicke Mann wissen. Er versuchte den Kopf zu heben und auf seinen Bauch zu schauen. Höher als ein paar

Millimeter kam er nicht. „Was ist denn? Wann kann ich frühstücken?"
„Sie sind verletzt", sagte Susanne mit ruhiger Stimme. „Sie bluten am unteren Rücken. Wahrscheinlich haben Sie sich an irgendwelchen Scherben geschnitten. Wir drehen Sie auf die Seite, damit wir die Wunde abdecken können. Es wäre prima, wenn Sie uns dabei helfen könnten." Sie lächelte aufmunternd und berührte den Mann dabei an der Wange. Mit den Fingerspitzen strich sie über die zum Bersten fette Haut. „Wie heißen Sie?"
„Wiltschass", sagte der Dicke. „Hannes Wiltschass. Ich kann meine Beine nicht spüren. Alles ist taub da unten. Als wäre mir alles eingeschlafen."
„Kein Wunder", murmelte Lennart, „bei dem Gewicht."
„Mein Bauch", stammelte Herr Wiltschass. „Mir ist, als würde mich etwas in der Mitte zerteilen. Das tut fürchterlich weh."
Lennart und Susanne stemmten sich gemeinsam gegen die rechte Körperseite des Dicken. Sie strengten sich an und wuchteten den massigen Körper auf sie Seite. Ein wahrer Schwall Blut ergoss sich auf den Boden. Susanne packte das T-Shirt am Riss und zerrte ihn größer, um einen besseren Blick auf die Wunde zu haben.
Lennart spürte seine Kehle eng werden, wie immer, wenn er sich ekelte. Maden, Schimmel, Ungeziefer sah er öfter und damit konnte er umgehen, eine blutende Wunde hingegen war neu und ihn würgte. Er zwang seinen leeren Magen zur Ruhe und schluckte. „Ist es das? Aus dem kleinen Schnitt soll all das Blut kommen?"
„Ich glaube", sagte Susanne leise, „da steckt etwas drin. Wie gut sind Ihre medizinischen Kenntnisse, Herr Schneider? Drinlassen oder rausziehen?"
„Meine Güte." Lennart wickelte sich eine Stoffserviette um den Finger und zog behutsam an dem Schnitt. Helles Fettgewebe bildete eine dicke Schicht, die Lennart mit den Augen verfolgte. Aus unzähligen kleinen Kanälchen strömte Blut in übermäßig großen Tropfen. „Sie haben Recht", flüsterte Lennart und zog schnell seine zitternde Hand zurück, „da steckt etwas. Scheint silbern zu sein. Nicht groß. Nur etwa einen Zentimeter."
„Also rausziehen." Susanne sah sich um. „Womit? Wir bräuchten eine Pinzette."
Lennart nahm ihr den Serviettenknäuel ab. „Ich halte die Wunde zu, Sie besorgen den Erste-Hilfe-Kasten. Darin muss es eine Pinzette geben."
Die Herausforderung war, das merkte Lennart ziemlich schnell, den

Mann zu halten. Er war unglaublich schwer und das Gewicht wollte dem Ruf der Schwerkraft in eine stabile Rückenlage folgen. Das ließ Lennart nicht zu. Er stemmte sich mit dem Knie gegen Herrn Wiltschass' Hintern und stützte ihn. Das kostete Kraft und ermüdete seine Muskeln. Seine Beine begannen zu zittern. Lennart knirschte mit den Kieferknochen. Nach der Anstrengung mit dem Jogger, bei der er jegliches Gefühl in den Armen verloren hatte, blühte seinen Beinen nun das gleiche Schicksal.

„Und?", fragte Hannes Wiltschass, „was ist nun? Komme ich bald hoch? Ich hab Hunger und will frühstücken."

„Susanne... äh... Frau Brenner besorgt einen Erste-Hilfe-Kasten." Lennart richtete sich auf, damit ihn der Mann besser hören konnte. „Etwas steckt in der Wunde. Eine Scherbe, ein silberner Gegenstand."

„Silberne Scherbe?" Herr Wiltschass begann zu lachen, was der Wunde an seinem Rücken nicht gut tat. Bei jedem Lachen quoll mehr Blut aus dem Schnitt. „Sie sind mir einer. Wo soll eine silberne Scherbe herkommen? Das Porzellan ist weiß, silbern ist hier nur das Besteck." Lennart sah sich um. „Besteck verbiegt sich höchstens." Er wechselte die Hand, mit der er den Serviettenknäuel fest auf die Wunde drückte. Wo blieb nur Susanne?

„Zählen Sie mal", sagte Herr Wiltschass. „Wie viel Besteck liegt rum?"

„Wozu?" Lennart sah sich um. Vielleicht lenkte eine andere Beschäftigung seine Beine von den Schmerzen ab. Er entdeckte allerhand, das im Umkreis von zwei, drei Metern verteilt lag. „Drei große Löffel, drei Gabeln, drei... nein, vier kleine Löffel, zwei Messer."

„Den vierten kleinen Löffel", sagte der dicke Herr Wiltschass, „hab ich selbst mitgebracht. Von der Poolbar hierher habe ich mir ein Eis gegönnt, davon ist der Löffel."

„Aha." Lennart bekam ein Problem, denn die Servietten, die er in die Wunde drückte, bluteten durch. Er streckte sich zu einem Tisch in der Nähe und fischte sich die Servietten herunter. „Erlauben Sie mir eine Frage: Was tun Sie eigentlich, wenn Sie hier nicht die Essensvorräte dezimieren?"

„Ich tue seit Wochen nichts anderes", sagte Herr Wiltschass leise. „Bevor ich hierher kam, war ich Manager bei einem großen Maschinenbauer. Wir stellen Teile her für die zivile Luftfahrt."

„Haben Sie gekündigt oder haben Sie nicht vor, nach Ihrer Heimkehr weiter zu arbeiten?", fragte Lennart und knüllte mit einer Hand eine frische Serviette zusammen. „Mit Ihrer Leibesfülle geht ein gewisses

Maß an Unbeweglichkeit einher und das ist eine Eigenschaft, die man bei einem Manager nicht gerne sieht, besonders nicht bei großen Firmen."

„Können Sie mir ein Schälchen mit Zuckerstücken reichen? Auf jedem Tisch steht eines", sagte Herr Wiltschass und streckte den Arm. „Im Grunde will ich nicht nach Hause zurück. Hier geht es mir gut, ich kann endlich schlemmen, so viel ich will. Niemand raubt mir die Zeit dafür, niemand stört mich. Wenn ich an den ganzen Stress denke, der daheim über mich herfallen würde, wenn ich an meine Sekretärin denke, die mir das Sandwich wegnimmt und mir die Zahnbürste in die Hand drückt, wenn ich überlege, wie winzig die Portionen in den teuren Restaurants sind... Geben Sie mir nun endlich den Zucker oder muss ich grantig werden?"

„Ich weiß nicht, ob das eine gute Idee ist, Herr Wiltschass", zögerte Lennart. „Sie bluten ziemlich heftig."

„Zucker!", brüllte Herr Wiltschass, „ich will Zucker!" Er atmete tief und lange aus. „Besser, Sie bringen mir vier oder fünf Croissants vom Büffet. Dazu einen Teller Butterstückchen und Erdbeermarmelade in der Müslischüssel. Lassen Sie bloß die Finger von diesen winzigen Glasschälchen, mit denen andere Leute Marmelade für Winzlinge holen."

„Hm, schlecht", machte Lennart, „ich kann grad nicht weg."

„Faule Socke." Wiltschass lachte knatternd. „Sie können vielleicht einige Zeit von Luft und Liebe leben... Bei Ihrer Frau ist das kein Wunder, die ist scharf genug, um jeden Gedanken ans Essen zu vertreiben. Wenn ich so eine Frau hätte, würde ich mein bisschen Übergewicht wegvögeln. Mir beginnt der Magen zu knurren und ich glaub langsam, Sie wollen mich Hungers sterben lassen. Bringen Sie mir was zu essen. Sofort!"

„Herr Wiltschass." Lennart kniete sich hin und stützte sich leicht auf die Schulter seines Patienten. „Wer weiß, wie das mit der Wunde ausgeht. Essen Sie mal lieber nichts. Wenn Sie operiert werden, muss man Ihnen sonst vorher den Magen auspumpen. Das ist gewiss so scheußlich wie es sich anhört."

„Ference!" Das laute Brüllen brachte Lennarts Ohren zum Klingeln. „Ference!"

„Ja, Sir?" Eben hatte Lennart mit einem schweren Summen in den Ohren die Wunde inspiziert, als er nun hochschaute, hockte Ference neben Herrn Wiltschass, lächelnd, und tätschelte dem Dicken die

Wange. „Hilflos wie ein Käfer auf dem Rücken. Was kann ich für Sie tun, Sir?"

„Dieser Spargeltarzan", zeigte Herr Wiltschass hinter sich, „will mir nichts zu essen holen. Wie er aussieht, weiß er gar nicht, wie gut es sich anfühlt richtig satt zu sein. Ference, ich will mich satt fühlen. Ich will das Loch in meinem Bauch mit Croissants füllen."

„Natürlich." Ference stand auf. „Ich werde Ihnen sofort Nahrung holen, Sir."

Als der Concierge über Herrn Wiltschass hinwegstieg, packte Lennart ihn am Hosenbein. „Anstatt ihn zu mästen", zischte er, „sollten Sie einen Arzt besorgen."

„Man muss die richtigen Prioritäten setzen, Sir."

„Wo ist Susanne?", fragte Lennart weiter. „Sie wollte einen Erste-Hilfe-Kasten besorgen."

„Was soll das sein?" Ference schlenkerte sein Bein, um Lennarts Griff abzuschütteln. „Dieses Wort, Sir, haben Sie sich gerade ausgedacht."

Lennart verdrehte die Augen und ließ Ference los. Dünne Beine in einer dunkelroten Hose, vornehme Bewegungen, scheinbar um jedes Detail bemüht. „Arschloch", flüsterte er ihm nach.

Wenig später war Susanne zurück. Sie sank neben Herrn Wiltschass auf die Knie. Sie atmete schnell und hatte leicht gerötete Wangen. „Nichts", sagte sie leise. „Es ist unglaublich. Im ganzen Hotel gibt es nichts, womit man jemandem helfen könnte, der sich verletzt hat. An der Rezeption nicht, an den Bars nicht, wo schnell mal jemand in eine Scherbe oder eine spitze Muschel tritt, nicht einmal in der Küche, wo Schnittverletzungen an der Tagesordnung sein dürften." Sie hatte ein Handtuch dabei, das sie zwischen sich und Lennart auf den Boden legte. „Also war ich in meinem Zimmer. Achim packt immer irgendwelches medizinische Zeugs ein, weil er dem Standard in anderen Ländern nicht traut. Er hat einige Verbände eingepackt, Pflaster, Desinfektionslösung und auch Scheren und Pinzetten." Ein Lächeln huschte über ihr schmales Gesicht, während sie die Gerätschaften in sicherer Entfernung zur Blutlache ausbreitete. „In unserem ersten gemeinsamen Urlaub ist er in einen Seeigel getreten und musste sich eine Pinzette von der Putzfrau leihen. Die hätte er nie benutzt, wenn ihn vor den Seeigelstacheln nicht mehr gegraust hätte als vor der fremden Pinzette." Einen Moment lächelte sie bei der Erinnerung. „Seitdem sorgt er vor." Sie sprühte Desinfektionslösung in die Wunde.

„Scheiße!", zischte Herr Wiltschass, „das brennt wie die Hölle! Was fällt Ihnen ein mich derart zu drangsalieren?"
Susanne kümmerte sich nicht um ihn. Sie hatte die Pinzette in der Hand und drückte sie ein paarmal vor Lennarts Gesicht zusammen, wie zur Übung. „Ich ziehe den Splitter raus", sagte sie, „und sobald er draußen ist, pressen Sie diese Wundauflage auf den Schnitt. Einen Verband werden wir nicht hinkriegen, dazu ist der Herr zu umfangreich. Wir kleben die Wunde nur ab."
„Hoffentlich klappt es." Lennart suchte sich eine bequeme Position, in der er Herrn Wiltschass stützen und gleichzeitig die Verbandpäckchen und Wundauflagen auspacken konnte. „Ich bin kein Sanitäter, wissen Sie das?"
„Ist mir klar", sagte Susanne, „sonst wären Sie nicht so fahl um die Nase. Atmen Sie tief durch und wenn Sie einen guten Draht nach oben haben, schicken Sie besser ein Gebet dorthin. Ich hoffe, sobald der Fremdkörper draußen ist, geht es Herrn Wiltschass deutlich besser."
Lennart richtete seine Augen fest auf die Wunde. Er wollte sich konzentrieren und den richtigen Moment nicht verpassen, in dem er die Wunde zudrücken musste.
„So", kam in dem Augenblick Ference zurück. Er ging in die Hocke und stellte einen riesigen Teller auf den Boden vor Herrn Wiltschass' Gesicht. Mitten in die Blutlache, was Patient und Concierge nicht kümmerte. „Fünf Croissants, Butterstücke, Erdbeermarmelade. Exakt so, wie Sie es jeden Tag frühstücken. Sir, ich hole Ihnen unverzüglich den nächsten Gang. Gebratenen Speck, Bohnen und Rührei. Außerdem habe ich Ihnen Schinken-Käse-Plunder zubereitet, eine wahre kulinarische Meisterleistung. Damit es Ihnen an nichts fehlt, bringe ich gleich Walnussschnecken, einige Vanillehörnchen und natürlich eine warme, innen flüssige Schokoladentorte mit Schlagsahne."
„Ausgezeichnet", sagte Herr Wiltschass und schob sich das erste Croissant zwischen die Zähne. Ein Butterstück und ein Löffel Marmelade folgten. Kauen. Schlucken. „Ich will hier auf keinen Fall Hungers sterben."
Er wiederholte sich, dachte Lennart, nicht nur bei seinen Worten, auch beim Essen. Immer wieder kaute und schluckte er Croissants, Butterstückchen, Marmelade. Lennart blendete das Kauen und Schlucken aus und kniff die Augen zusammen, bis er einen sachten Rempler in die Seite spürte. „Sind Sie bereit, Herr Schneider?"
„Nein", schüttelte er den Kopf. „Das ist zu grotesk." Er blickte zu ihr.

„Wir knien beide in einer Blutlache, die immer größer wird. Von medizinischer Hilfe haben wir keine Ahnung und der Mann, dem wir helfen wollen, denkt an nichts anderes als sein Frühstück."
Susannes Lächeln begann leicht an ihren Mundwinkeln, wurde breiter und strahlender. „Tun wir es trotzdem", sagte sie leise. „Tun wir, was wir können, und hoffen wir das Beste."
Sie richtete ihre Aufmerksamkeit auf die Wunde. Lennart nahm die Servietten weg. Sofort sickerte Blut in dicken Tropfen aus dem Schnitt, rann über die Haut ins T-Shirt und weil der Stoff nichts mehr aufzusaugen vermochte, lief das Blut weiter auf den Marmorboden. Lennart sah, wie sich die Pinzette dem Schnitt näherte. Susanne spreizte die Finger der linken Hand und zog den Schnitt in der Haut auseinander, um die Pinzette an den eingedrungenen Fremdkörper zu bringen. Das gestaltete sich schwierig. Lennart half aus. Er hatte eine Hand frei und übernahm die eine Seite des Schnittes.
Beinahe zur Hälfte versank die Pinzette in der Wunde, ehe Susanne erleichtert nickte. „Ich habe ihn."
„Wen?", schmatzte Herr Wiltschass. „Wehe, ihr zieht mir das Essen aus dem Magen. Es gibt nichts Schlimmeres, als sich leer zu fühlen. Hungrig. Eben mit nix im Bauch als einem Loch. Glaubt mir, ich weiß, wovon ich rede, ich war in der First Class lange genug am Verhungern."
Den letzten Teil des Satzes konnte man kaum verstehen, weil Herr Wiltschass vier Butterstückchen zu dem Bissen Croissant stopfte und den Mund kaum mehr zubekam.
„Den Splitter haben wir", sagte Susanne und begann die Pinzette so gerade wie möglich zurück zu ziehen. „Steckt ziemlich fest und scheint größer als erwartet zu sein."
„Ich sagte dem Hungerhaken schon, der mich auf Diät setzen wollte", schmauste Herr Wiltschass weiter, „es könne kein Splitter sein. Auch keine Scherbe. Weil die Farbe nicht stimmt. Die Farbe..." Er biss vom nächsten Croissant ab. „Die Farbe passt eher zu dem dritten Messer. Sie sagten, es würden nur zwei rumliegen. Bevor ich dieses kleine Chaos angerichtet habe, lagen drei Gedecke auf dem Tisch."
Lächerlich, wollte Lennart sagen, wie sollte denn ein Messer in den Körper kommen...? Andererseits zog Susanne beständig an dem Gegenstand, weiter und immer weiter. Begleitet von einem sägenden, schmatzenden Geräusch zog sie das längliche Ding aus der Wunde. Lennart erkannte den Knauf mit dem dezenten Rillenmuster und die lange, breite Klinge mit den scharf geschliffenen Zähnen. Eines der

Messer, mit denen sich nicht nur die Butter schmieren, sondern das Brötchen auch schneiden ließ.

Kaum war die Klingenspitze draußen, schoss das Blut in einer langen Fontäne aus der Wunde. Lennart reagierte sofort. Er presste die Wundauflage auf den Schnitt. Susanne ließ die Pinzette und das Messer fallen, schnappte sich eine Rolle Pflaster und so schnell wie möglich pappte sie die Ränder fest. „Gleich sind wir fertig", sagte sie zu Herrn Wiltschass. „Legen Sie sich auf den Rücken, damit die Wunde zugedrückt wird."

Wenig später verlor er das Bewusstsein. Lennart sah hilflos, wie ihm der zweite Mensch unter den Händen starb. Herr Wiltschass wurde bleich im Gesicht. Seine Lippen nahmen eine bläuliche Farbe an. Je mehr seine Augenlider flatterten, desto schneller schnappte er nach Luft. Susanne redete auf ihn ein und mahnte ihn zu langsamen, ruhigen Atemzügen. Er machte zwei. Der dritte war von einem hellen Pfeifen begleitet. Große Schweißtropfen traten ihm auf die Stirn. Er öffnete den Mund und wie aus dem Nichts tauchte Ference neben ihm auf. „Ich weiß." Der Concierge schob ihm einen Streifen gebratenen Specks zwischen die Lippen. Herr Wiltschass kaute und starb. Ein Stückchen Speck hing ihm aus dem Mundwinkel wie die Zunge eines hechelnden Hundes.

Schweigend ließ Susanne neben dem Toten ihre Hände auf die Knie sinken. Sie war voller Blut, ihre helle Leinenhose ebenfalls und ihre nackten Füße auch. Vorhin hatte sie Sandalen getragen; von der Suche nach dem Verbandskasten war sie ohne Schuhe gekommen.

Lennart ließ sich auf den Hintern sinken, mitten hinein in die Blutlache. Seine Hose war ohnehin ruiniert und nicht mehr zu retten. Sein Herz klopfte ihm bis in den Hals, ihm stand der Schweiß überall am Körper. Trotzdem war ihm kalt. Mit einer Serviette nahm er das Messer, das Herrn Wiltschass getötet hatte. In die Klinge waren geschwungene Buchstaben eingraviert, die er erst lesen konnte, nachdem er das Blut abgewischt hatte: Dona nobis pacem.

Kapitel 3

Hemd, Krawatte und Hose, Schuhe und Socken hatte er in den Mülleimer gestopft und diesen vor die Tür gestellt, damit ihn weder der Anblick noch der Geruch von Blut an das erinnerte, was geschehen war. Erneut geduscht und frisch angezogen, wartete Lennart hinter zwei neu angekommenen Gästen und kultivierte seinen Zorn. Als die beiden jungen Männer das Foyer verlassen hatten und seine Beschwerde nicht mehr hören konnten, sagte er: „Der Service soll den Eimer leeren und ich will unverzüglich telefonieren."
„Sir..."
Lennart schlug mit der flachen Hand auf die Theke der Rezeption. „Kommen Sie mir nicht mit Ausreden! Ein solches Hotel lässt sich nur mit moderner Kommunikationstechnik führen und diese will ich benutzen. Sofort!"
Ference streckte die Hand zum Telefon und hob den Hörer. Es war ein altmodisches Gerät mit gekräuselter Strippe, was Lennart nicht kümmerte. Er hätte auch mit zwei Dosen und einer Schnur telefoniert. „Wurde höchste Zeit!" Er packte den gesamten Apparat und knallte ihn vor sich auf den Tresen. „Sie sind nicht sonderlich hilfsbereit."
„Sir, ich würde Ihnen gern jeden Wunsch erfüllen."
„Pah!", machte Lennart und hielt sich den Hörer ans Ohr. Es tutete. „Na also!" Er wählte die Nummer, von der er glaubte, sie sei überall auf der Welt gültig. Eins-eins-zwei. Lennart holte tief Luft. Nie zuvor hatte er sich über das Knacken in der Leitung so gefreut wie diesmal. „Jetzt ist Schluss mit dieser makabren Aufführung hier", sagte er und legte sich in Gedanken Worte zurecht, mit denen er der Person am anderen Ende der Leitung möglichst schnell alles erklären konnte. Vielleicht besser auf Englisch? Ja, besser auf Englisch. Er würde eine Notfallmeldung abgeben und alles in die Wege leiten, was nötig war, um die Toten entsprechend zu überführen und Ference von seinem Amt zu entbinden. Außerdem würde er auf jeden Fall...
Aus dem Knacken war ein Schweigen geworden. Nichts. Kein Mucks. „Hallo?" Lennart klopfte den Hörer mehrmals in seine flache Hand, bis das Plastik knirschte. „Hallo?" Er legte auf und versuchte es erneut. Er hörte das Rattern bei jeder gewählten Zahl, er hörte das Knacken in der Leitung, von dem er glaubte, es würde die Verbindung herstellen. Nichts. Es hörte einfach auf.
Einen Moment später fand Lennart, er sollte eine andere Nummer

wählen. International war die eins-eins-zwei vielleicht ein Reinfall. Ihm kam die Telefonnummer seiner Firma in den Sinn. Die Durchwahl seiner Chefin wusste er auswendig und van Trassen würde im Handumdrehen für Ordnung sorgen. Bei derart eklatanten Mängeln und unfähigem Personal würde sie alles andere liegen und stehen lassen.
„Sir", nahm ihm Ference nach dem fünften Versuch den Hörer weg, „die Telefone funktionieren nur innerhalb der Anlage, da spielt es keine Rolle, wie oft Sie die Null vorwählen."
„Irgendein Gerät muss nach draußen kommen." Lennart klopfte mit den Knöcheln auf das Telefon. „Wie ordern Sie die frischen Zutaten, die die Restaurants und Bars täglich brauchen? Hier auf der Insel gibt es keinen Markt und niemanden, der einen Obst- und Gemüsehandel betreibt."
„Sir", Ferences Augen wurden stetig kleiner, „ich verstehe nicht, warum Ihnen die Abläufe so sehr am Herzen liegen. Ihr Verhalten ist mir völlig unbegreiflich."
„Da haben wir was gemeinsam." Lennart stützte die Ellbogen auf den Tresen. „Ich verstehe Ihre Gleichgültigkeit nämlich auch nicht." Eine Weile hielt er den Kopf in den Händen und ließ seine Gedanken rasen. Hilfe holen, die Chefin informieren. Zwischendrin knurrte sein Magen, weil das Frühstück ausgefallen war.
Leise Schritte links von sich ließen ihn aufhorchen. Sofort richtete er sich auf und strich die Krawatte glatt. „Wie geht es Ihnen?"
Susanne hob ihr Smartphone in Augenhöhe. „Es würde mir wesentlich besser gehen, wenn dieses Ding hier ein Netz anzeigen würde, wenigstens eines, das sich hacken ließe." Sie drehte das Display zu ihm. „Anscheinend gibt es wirklich gar kein Netz."
„Sagte ich Ihnen, Madame, mehrfach."
Susanne ignorierte Ference hinter seinem Tresen vollkommen und so würdigte ihn auch Lennart keines weiteren Blickes. „Unmöglich", sagte er leise und ließ seinen Blick durch die große Eingangshalle schweifen. An einem der Fensterplätze mit Blick auf das Meer saß eine junge Frau bei einem Longdrink. Sie hatte einen Block auf dem schmalen Glastisch vor sich liegen und schrieb darauf mit einem schwarzen Kugelschreiber. Einzig ihr rechter Arm bewegte sich beim Schreiben, ansonsten rührte sie sich nicht. „Dieses Hotel", überlegte Lennart, „muss kommunizieren. Mit der Wäscherei, mit Lieferanten, mit Reiseveranstaltern. Ohne Kommunikation bricht alles zusammen. Über uns", zeigte er nach oben, „gibt es sicher einen Satelliten, der

Gespräche weiterleitet."
„Sir?"
Lennart bemerkte, wie Susanne die Augen rollte, ehe sie zu Ference schaute. Dieser hatte die Hände auf die hölzerne Barrikade gelegt und schob nun die Klingel, mit der man die Aufmerksamkeit auf sich lenken konnte, zur Seite. „Kann ich Ihnen beiden irgendwie behilflich sein?"
„Sehen Sie", zupfte Lennart sich an der Nase, „irgendwo in greifbarer Nähe gibt es ein Telefon oder eine Internetverbindung. Das wissen wir." Er ließ seinen mahnenden Blick kurz wirken. „Nun können Sie sich einen Pluspunkt verdienen und mir sagen, wo ich eines von beidem finde."
Ference verschränkte die Arme. „Sonst?"
„Mache ich mich auf die Suche", sagte Lennart, „und drehe das Hotel auf links."
„Wozu?"
„Wie bitte?"
Ference nahm die Arme nach hinten und reckte die Brust raus. Er kam langsam um die Theke herum, Schritt für Schritt, sehr gediegen. „Sir, wollen Sie Ihre kostbaren Urlaubstage mit einer sinnlosen Suche verbringen?" In seinen dunklen Augen waren die Pupillen nicht mehr zu erkennen. Er senkte den Kopf und fuhr leiser fort: „Zu welchem Zweck haben Sie diese Reise gebucht? Ausspannen, endlich einmal alle Bücher lesen, das Übergewicht angehen, indem Sie sich endlich gesund ernähren? Was, Sir, hat Sie hierher geführt?"
Hätte er nackt vor diesem Concierge gestanden, er hätte sich nicht unwohler fühlen können. Lennart widerstand dem Drang an sich selbst hinabzusehen. „Was geht Sie mein Leben an?"
„Sir", verzog Ference die Lippen zu einem schiefen Lächeln, „wenn Sie sich betrinken wollen, bringe ich Sie an die Bar. Wenn Sie hemmungslosen Sex suchen, besorge ich Ihnen eine Hure. Einen Knaben? Ein kleines Mädchen? Eine Henne? Wonach steht er Ihnen, der Sinn?"
„Das", hob Lennart den Zeigefinger, „ist eine Unverschämtheit und kriminell obendrein."
„Ach!", riss Ference die Arme in die Höhe, als wollte er beten. „Das ist vergebliche Liebesmüh!" Er machte auf dem Absatz kehrt und ging Richtung Pool davon. An der Glastür traf er auf Frau Thienemann. Die alte Dame schlenderte umher, lächelte selig und drehte pausenlos die Ringe an ihren Fingern. Ference legte ihr den Arm um die Schultern.

„Frau Thienemann, genießen Sie Ihren Aufenthalt? Was kann ich tun, um Sie glücklich zu machen?"

„Mpf", verschränkte Lennart die Arme, „die wird sich gleich beschweren, weil sie die Reiseleitung nicht finden kann. Hoffentlich liest sie ihm ordentlich die Leviten."

„Ach", flötete Frau Thienemann und sie schmiegte sich tatsächlich an Ference heran. „Ich kann mich nicht erinnern, was ich hier wollte. Ich kam hierher mit dem festen Vorsatz mich zu... Ich habe es vergessen."

„Das", lächelte Ference, „ist in diesem Ambiente nicht verwunderlich." Er machte eine weite Armbewegung, als wollte er das Hotel vollständig umfassen. „Ist es nicht wundervoll, wenn einem angesichts dieser Pracht jeder Gedanke an den Alltag vergällt wird?"

„Das wird es sein", nickte Frau Thienemann. „Ein herrliches Gefühl, einfach alles zu vergessen. Habe ich Ihnen von meinem Mann erzählt? Wissen Sie, er starb an einem Schlaganfall."

Lennart und Susanne tauschten einen langen Blick. Beide hatten die gleiche Szene im Kopf, wie gestern an der Strandbar Frau Thienemann bei ihnen saß und von ihrem Mann erzählte, der während einer Bergtour an einem Herzinfarkt gestorben war.

„Ähäm", räusperte sich Lennart und kam ein paar Schritte näher. „Frau Thienemann, Sie saßen gestern Abend bei uns, als dieser dicke Mann an die Strandbar kam. Erinnern Sie sich?"

Ein böser Blick Ferences streifte Lennart, während Frau Thienemann mit gerunzelter Stirn nachdachte. Die alte Dame kratzte sich mit spitzen Fingern am Kopf. „Ja!", sang sie langgezogen, „ich weiß es wieder." Sie zeigte auf Susanne. „Sie und Ihre bessere Hälfte haben sich ganz vortrefflich mit mir unterhalten. Das war ein schöner Abend, den können wir gern wiederholen. Sie sind ja so ein netter junger Mann."

„Gestern", schmunzelte Lennart, „dachten Sie, ich sei ein Heiratsschwindler." Er lächelte Susanne zu, die langsam näher kam. „Sie wollten Frau Brenner vor mir warnen, ehe dieser dicke Mann in die Bar kam."

Frau Thienemann machte erneut aus ihrer Stirn eine gefurchte und zerklüftete Berglandschaft. „Ich weiß überhaupt nicht, was Sie immer mit diesem dicken Mann haben. Eine Menge Leute schleppen eine Menge Pfunde zu viel mit sich herum. Es ist nicht nett sich darüber aufzuregen oder diese Leute auszurichten." Sie wackelte mit dem Zeigefinger dicht vor Lennarts Gesicht. „Schämen Sie sich, junger Mann. Wir können nicht alle so bildschön aussehen wie kleine, neugeborene Ratten." Sie hob das Kinn, reckte die Nase in die Luft und tippelte mit kleinen Schritten davon. „So ein entzückendes junges Pärchen."

„Frau Thienemann", sagte Lennart laut, als sie beinahe an der Tür war, „der dicke Mann fiel während des Frühstücks vom Stuhl; ein Messer bohrte sich in seinen Körper. Er ist tot. Verblutet."

„Natürlich!", stampfte sie mit dem Fuß auf. „Natürlich ist mein verstorbener Mann tot." Sie kam zurück zu Lennart und drohte ihm wieder mit dem Finger. „Er fiel vom Stuhl und war tot. Es ist empörend, wie Sie immer wieder darauf rumreiten. Schämen Sie sich, junger Mann."

„Sagten Sie nicht, er hätte einen Schlaganfall erlitten?"

„Gestern", sagte Susanne, „war es ein plötzlicher Herzstillstand."

Frau Thienemanns Augen pendelten zwischen Lennart und Susanne. Als sie Ference streiften, begann sie breit zu lächeln. „Natürlich! Er hatte einen Schlaganfall, woraufhin sein Herz zu klopfen aufhörte und er vom Stuhl in ein Messer fiel. Während eines Urlaubs im Zug. Und jetzt..." Das Lächeln verschwand. „Jetzt..."

„Jetzt", sagte Ference und schob sie an der Schulter Richtung Tür, „gehen Sie spazieren, damit Sie auf andere Gedanken kommen. Sehen Sie sich die Blumen an und erliegen Sie Ihrer Schwäche für Rosen. Sie sind schließlich völlig vernarrt in Rosen."

„Ich bin die Stadt des Rosenvereins unseres Vorsitzenden", hörte Lennart Frau Thienemann erzählen. „Eintausend Glieder. Mitglieder. Wer dazugehören will, muss sich auskennen. In meinem Garten wachsen zweifach mehrhundert prämierte Rodelesel und..."

Sie war durch die Tür und nicht mehr zu hören. Lennart hängte seine Daumen in die Hosentaschen. „Rodelesel." Was ihm außerdem auf der Zunge lag, war nicht freundlich. Er hörte Susanne neben sich tief atmen. „Die hat einen Sprung in der Schüssel", flüsterte sie, „eindeutig." Sie begann zu gehen. „Frau Thienemann! Warten Sie bitte. Gestatten Sie eine Frage..."

Mehr konnte Lennart nicht hören. Er sah Susanne weggehen und machte sich allein auf die Suche nach einem anständigen Telefon. Er begann mit dem Gerät in der Lobby, das hinter einer Glasscheibe montiert war, hob den Hörer von der Gabel und lauschte. Es knackte und Ference meldete sich von der Rezeption. Lennart drehte sich herum und beugte sich an dem Mauervorsprung vorbei. Da stand Ference hinter dem Tresen, das Telefon am Ohr und nun hob der

Concierge den Zeigefinger und tadelte ihn.
Lennart hängte ein und verließ die Eingangshalle durch eine Seitentür. Er wählte einen schmalen Weg, der ihn in einer Schleife um die Pools herum führte. In einer Besenkammer, die intensiv nach Zitronenreiniger duftete, nahm er das Telefon in die Hand und wählte die Nummer seiner Chefin. Es knackte und tutete, ehe sich erneut Ference meldete. Mit einem Schnauben legte Lennart auf. Er zog weiter und versuchte unermüdlich jedes Telefon, das ihm in die Finger kam. Sogar in einen offenen Gästebungalow schlich er hinein, um dort sein Glück zu versuchen. Es war ihm nicht hold. Die Welt hatte sich gegen ihn verschworen. Er fand in mehr als drei Stunden, die er die Anlage auf den Kopf stellte, keine Verbindung, die anderswo endete als an der Rezeption bei Ference. Selbst als er in seiner wachsenden Verzweiflung in ein offenes Rohr sprach, das aus einer Wand ragte, erhielt er eine niederschmetternde Antwort von Ference: „Es ist nun das vierunddreißigste Mal, Sir. Wenn Sie erneut ein Telefon in die Hand nehmen oder in ein offenes Rohr plappern und ich Ihre Stimme zu hören bekomme, werde ich alle Rohre abdichten und die Telefone allesamt abmontieren."
Das tat der Concierge tatsächlich und in die gesamte Anlage kehrte eine unwirkliche Grabesstille ein. Lennart machte sich mit seinem Smartphone auf den Weg. Wie einen Detektor hielt er es vor sich und suchte nach einem Netz. Irgendeinem. Selbst wenn es verschlüsselt wäre, würde er sich besser fühlen. Er würde versuchen es zu knacken. Er würde handeln und nicht zur Hilflosigkeit verdammt durch die Hotelanlage tippeln und sich Plattfüße holen.
Am späten Nachmittag holte er sich an der Strandbar einen Imbiss und setzte sich auf die niedrige Mauer, die den Gartenweg vom Sand trennte. Er schaute den Leuten im Meer zu. Sie schwammen, schnorchelten oder vergnügten sich mit den niedrigen Wellen. Ein Mann mit dichtem Vollbart und extrem ausgeprägter Körperbehaarung fiel ihm auf. Einen massigen Körperbau hatte er außerdem und so war Lennart mit seinem Bäuchlein und dem Haarausfall beinahe wieder versöhnt. Das Tunfischsandwich schmeckte ihm gleich besser.
Er hielt nach einem Mobilfunknetz Ausschau oder nach einer Internetverbindung, natürlich, deswegen hatte er sich auf den Weg gemacht und kannte die Hotelanlage mittlerweile besser als das Personal; aus dem Augenwinkel heraus suchte er obendrein nach einer anderen Statur, einer schlanken Silhouette, einer betörend schönen

und klugen Frau. Er suchte sie am Meer, am Pool, an den Bars, auf der Terrasse ihres Bungalows. Zu seinem großen Bedauern fand er sie ebenso wenig wie Frau Thienemann. Zugegeben, um die alte Schachtel scherte er sich weniger.

Langsam wurde es Zeit fürs Abendessen. Lennart rief sich den sterbenden Jogger und den toten Hannes Wiltschass in Erinnerung und konnte seinen Magen dennoch nicht besänftigen. Der knurrte und murrte und forderte zu essen. Hunger, dachte Lennart unwirsch, Hunger konnte er wirklich nicht brauchen. Warum lief nicht irgendein genetisches Programm ab, das zuerst die Fettreserven leerte, ehe Energienachschub nötig war? Die Antwort kam als lautes langes Magenknurren.

Er duschte, zog sich frisch an und begab sich ins Restaurant. Natürlich legte er sein Smartphone auf den Tisch und verfolgte jedes Blinken des Geräts mit Argusaugen. Während er die Artischockenherzen kaute, hielt er den Blick unverwandt auf das Display und die Gedanken pausenlos bei der stummen Bitte, eine höhere Macht möge ein Einsehen haben und ihn aus der Isolation befreien.

Darüber hätte er beinahe das Eintreffen von Susanne und Frau Thienemann verpasst. Die beiden Frauen betraten das Restaurant, Susanne entdeckte Lennart an seinem Tisch und zeigte auf ihn. Sie kam näher, Frau Thienemann im Schlepptau. „Herr Schneider", lächelte sie, „legen Sie Wert auf einen Einzeltisch oder dürfen wir uns zu Ihnen setzen?"

Lennart erhob sich. „Es wäre mir eine große Freude. Bitte."

Für drei Personen war der Tisch zu klein. Lennart schuf so gut wie möglich Platz, indem er seine Gläser zusammenschob und mit seinem Gedeck an die Tischecke rückte. Frau Thienemann saß bereits und drapierte ihren knöchellangen Faltenrock um den Stuhl herum. Darüber lächelte Susanne. Als sie sich setzte, nahm auch Lennart wieder Platz. Sehr nah bei Susanne, wie er bemerkte. Sie zwinkerte ihm zu, rückte ihren Stuhl nach vorn und dabei berührten sich unterm Tisch ihre Knie. Lennart spürte diese Berührung wie einen Stromstoß durch seinen Körper zucken. Er schluckte und erwiderte Susannes Lächeln mit heftigem Herzklopfen.

„Bitte", kam Ference eilends an den Tisch heran. „Wollen die Herrschaften nicht lieber jenen Tisch dort drüben wählen? Er bietet deutlich mehr Geräumigkeit und ist vom Büffet nicht so weit entfernt wie dieser."

Als wäre ihm der Abstand zum Büffet in Susannes Gegenwart nicht völlig egal. Lennart schmulte zu dem anderen Tisch hinüber. An dieser rechteckigen Tafel würde er Susanne kaum mehr sehen können. Entsprechend ablehnend war der Gesichtsausdruck, den er machte.
„Madame?", zeigte Ference auf den anderen Tisch. „Dort wird Sie der fragwürdige Gentleman an Ihrer Seite weit weniger bedrängen."
Unterm Tisch spürte Lennart, wie Susanne ihr linkes Bein gegen sein rechtes drückte. Sie lächelte ihn unverfänglich an. „Was meinen Sie, Herr Schneider, möchten Sie den Tisch wechseln?"
„Nein", sagte Lennart heiser. „Dieser hier ist perfekt."
„Meinetwegen", murrte Ference. „Meine Damen, mein Herr, darf ich Sie zu einem Aperol verführen? Oder einem Sex on the Beach?"
Sex on the Beach, dachte Lennart, das war ein verdammt guter Vorschlag, sofern Ference und alle anderen sich in Luft auflösten und nur Susanne blieb. Sofern das Wasser warm und der Sand weich war. Sofern Sex am Strand so prickelnd war wie die Werbung verhieß und nicht eine ähnliche Enttäuschung wie Sex im Stehen, wenn man keine vom Bodybuilding gestählten Armmuskeln hatte und eine Frau, die leicht wie eine Feder war.
„Einen Sherry", bestellte Frau Thienemann. „Ich trinke immer zum Abendessen und danach ein großes Glas Whisky."
„Für mich", sagte Susanne leise, „einen Orangensaft."
„Keinen Aperitif?", fragte Ference. „Ich würde Ihnen gern Sex on the Beach besorgen."
„Nein!" Susanne sagte es lauter als sie gewollt hatte. Sie atmete tief durch. „Nein, danke", zwang sie sich zu einem Lächeln. „Ich trinke nie Alkohol."
Ference neigte leicht den Kopf und rempelte Lennart dabei wie unbeabsichtigt an. „Hören Sie, Sir, die Madame verträgt nichts. Nach einem kleinen Schlückchen wird sie völlig willenlos. Wollen Sie Ihre Chance nutzen? Soll ich der Madame Schnaps in ihren Orangensaft kippen?"
„Bitte?"
„Sie sind scharf auf sie..."
Lennart machte große Augen. „Also..."
„Was, Sir?" Ference hatte die Wassergläser gefüllt und nahm die Karaffe mit, um Platz auf dem Tisch zu schaffen. „Wenn Sie Schärfe nicht gewohnt sind oder schätzen, sollten Sie die Finger vom Curry lassen."

Passierte ihm verdächtig oft in letzter Zeit. Lennart runzelte die Stirn und überlegte, ob er wirklich so schlechte Ohren hatte oder sein Gehirn tatsächlich mit einfachsten Sätzen überfordert war. Er wartete, bis Ference gegangen war. „Haben Sie gehört, was er zu mir sagte?", fragte er leicht zu Susanne gebeugt.
„Ja." Sie nippte an ihrem Wasserglas. „Das Curry soll scharf sein."
„Das davor?"
„Bedaure." Susanne hob die Schultern. „Frau Thienemann erzählte mir von Ihrem Mann..."
„Vom Dachstuhl", nickte Frau Thienemann, „da waren wir stehengeblieben, meine Liebe. Also, ein sehr heftiger Sturm hat mir vergangenes Jahr den Dings... den Dachstuhl aus der Verankerung gerissen. Von beiden Häusern in... na, sagen Sie schon, junger Mann, Sie kennen die Stadt gewiss."
„München?", nannte Lennart die erste Stadt, die ihm einfiel.
„Nein!" Sie schüttelte heftig den Kopf. „Köln! Meine drei Hannoveraner im Haus waren betroffen. So ein verdammt heftiger Blitzeinschlag."
„Bitte?" Lennart stellte sein Rotweinglas ab. „Sagten Sie nicht, ein Sturm hätte Ihre Häuser abgedeckt?"
„Häuser?" Sie lachte und tätschelte ihm die Wange. „Junger Mann, meine Yachten hat er versenkt. Mitten in Kaiserslautern. Sie müssen besser aufpassen, wenn Sie sich unterhalten, und dürfen sich nicht von der schönen Frau an Ihrer Seite ablenken lassen, sonst kann man es Ihnen als Unhöflichkeit auslegen."
In Gedanken betitelte Lennart die alte Frau mit allerlei unfreundlichen, durchaus zutreffenden Begriffen. Eher zweifelte er an ihrem Gedächtnis als an seinem. Er griff zum Rotwein und nahm einen großen Schluck. Das tat er immer wieder, denn er wollte mit seinem Dessert warten, bis Susanne mit ihrem Abendessen annähernd gleich weit fortgeschritten war. Frau Thienemann, das bemerkte Lennart, aß nichts. Sie nippte am Sherry und redete. Sie erzählte pausenlos von ihrem Mann (oder ihrem Hund) und den Häusern (oder Yachten) in München (oder Köln oder anderswo). In ein und demselben Satz verstrickte sie sich in drei völlig unterschiedliche Szenarien und wenn Lennart nachfragte, tätschelte sie ihm die Wange und meinte, er sei ja so ein reizender junger Mann. Darüber amüsierte sich Susanne prächtig. Sie lachte heiter, wenn Frau Thienemann eine neue Geschichte auftischte oder Lennart in die Wange kniff. Sie schmunzelte, wenn Lennart die Augen rollte, und lächelte, wenn er einen Blick mit ihr tauschte. Sie legte ihre Hand auf

seinen Arm, wenn sie lachte, und rückte näher an seine Seite des Tisches als je eine Frau zuvor.
Die Nachspeise holten sie sich gemeinsam. Susannes Wahl fiel auf ein Stück Schokotorte mit Kokosfüllung, Lennart drapierte Kostproben vieler Cremes, Törtchen, Obstsalate auf einen großen Teller. Es war zu viel, das war ihm klar, und er hatte seiner Figur gegenüber ein schlechtes Gewissen, bis Susanne fragte, ob sie von seiner Auswahl probieren dürfe.
Natürlich durfte sie und die Art, wie sie sich den Desserts widmete und ihm dabei tiefe Blicke zuwarf, lenkte seine Gedanken in sehr unanständige Bahnen. Um den Kopf einigermaßen klar zu bekommen, konzentrierte er sich mit einem langen Atemzug auf Frau Thienemann. „Was sagen Sie zum Essen, gnädige Frau?" Selbst wenn sie wieder von ihrem Gatten und dem Vermögen anfing, war es ein besseres Thema als jenes Thema, welches sein Unterleib und sein Stammhirn mit aller Vehemenz zu verfolgen beabsichtigten.
„Mein Mann", sagte Frau Thienemann, „schätzte zeitlebens die einfache Hausmannskost. Meine Spezialität ist Rinderbraten mit Spätzle und grünem Salat. Ach, davon konnte mein lieber Dackel nie genug bekommen."
Susanne lachte unterdrückt. „Sie haben Ihren Mann *Dackel* genannt?"
„Welchen Dackel?", fragte Frau Thienemann mit großen Augen. „Mein Papagei war der Dackel."
Wenn er Susanne ausblendete und sich nur auf Frau Thienemann konzentrierte, war es eine durchaus unterhaltsame Situation. Mehr als einmal musste Lennart lachen, nur um sich sofort ertappt zu fühlen. Sich über eine arme, kranke Frau zu amüsieren, war kein feiner Charakterzug.
„Gehen wir an die Bar?", fragte Frau Thienemann, als Lennart seinen Dessertlöffel ablegte. „Ich könnte einen Sherry vertragen. Oder hatte ich schon einen? Wissen Sie, junger Mann, ich esse zum Trinken und danach immer ein Fläschchen Sherry. Mir gefällt es an der Poolbar ausgesprochen gut."
Um Frau Thienemann den Gefallen zu tun, machten sie sich auf den Weg zur Poolbar. Sie ließen die alte Dame voraus gehen und hielten ein paar Schritte Abstand. Lennarts strapaziertes Herz machte einen weiteren Hüpfer, als Susanne sich bei ihm einhängte und sehr nah neben ihm schritt. „Mir", sagte sie leise, „wäre die Strandbar lieber gewesen. Von dort zur Einsamkeit des Strandes sind es nur ein paar

Meter; an der Poolbar mit ihrer grellen Neonbeleuchtung fühle ich mich wie auf dem Silbertablett."

„Unvorteilhaft", stimmte Lennart ihr nach einem Blick auf das weißblau beleuchtete Areal zu. Er fand es schrecklich, selbst wenn die Lampen irgendeinen Designpreis gewonnen hatten und völlig in die Möblierung integriert waren. Selbst Susanne, die eine herausragend schöne Frau war, wirkte wie ein Relikt aus einer Geisterbahn.

Susanne hatte Stucks erspäht, der mit leicht grünem Gesicht, das nicht von der Beleuchtung kam, auf der Theke lümmelte. Den Kopf hatte er auf die verschränkten Arme gebettet, als wollte er auf der Bar schlafen. Seine feuchten Augen starrten auf das halb leere Glas Rum-Cola, das neben ihm stand.

„Hey", sagte Susanne leise, als sie neben ihn trat und ihm über den Rücken strich. „Alles in Ordnung mit dir?"

Keine Reaktion. Darum war Lennart froh. Je weniger dieser Tölpel an Worten von sich gab, desto besser. Einzig um Susanne tat es ihm Leid und allein für sie fand er milde Worte des Mitgefühls. „Er scheint recht mitgenommen zu sein."

„Ja", machte Susanne und bestellte bei Ference einen Coconut Kiss. „Wenigstens ins Bett könnte er sich legen, anstatt seinen Rausch hier an der Bar zu kurieren." Sie streckte den Arm und berührte Stucks an der Wange. „Achim? Willst du dich nicht besser hinlegen?"

Die Antwort kam in Form eines tiefen Brummens. Stucks drehte den Kopf in die andere Richtung und Ference reichte Susanne den Coconut Kiss. Er schaute zu Lennart. „Für Sie auch etwas, Sir?"

Lennart dachte kurz nach. „Einen Martini, bitte." Er lehnte sich auf die Theke. „Hatten Sie nicht eben im Restaurant Dienst?"

„Sir", lächelte Ference, „ich bin immer dort, wo meine Gäste mich brauchen. Mit Zitrone?"

„Gern." Lennart streckte den Hals, als Ference aus einem eisgekühlten Behälter hinter sich ein Stück Zitronenschale ins Glas fischte. „Ist das nicht anstrengend, diese ständigen Wechsel der Lokalität?"

„Sir", stellte Ference den Martini auf die Bar, „ich bin eine sehr flexible und belastbare Person." Er zeigte zu einer Ecke des Barbereichs, wohin das grelle Licht nur teilweise reichte. „Dort drüben wäre ein Tisch frei, Sir? Madame?"

Lennart tauschte einen Blick mit Susanne. Während sie den empfohlenen Tisch taxierte, stellte Ference ein neues Glas Rum mit Cola vor Stucks. Das riss ihn kurzfristig aus seinem Dämmerzustand. Er richtete sich auf, setzte das Glas an die Lippen und leerte es auf einen Zug. Ein gewaltiger Rülpser folgte und sein Kopf sank zurück in die ursprüngliche Position auf der Theke.

„Du liebe Zeit." Susanne hielt ihr Glas fester. „Besser, wir setzen uns."
Lennart ließ ihr natürlich den Vortritt und er rückte ihr den Stuhl zurecht und wartete, bis sie saß. Ihr gegenüber wollte er nicht sitzen. Er wählte den Platz neben ihr und im Hinsetzen nippte er am Martini. Ausgezeichneter Geschmack. Eine gelungene Mischung aus trockenem Gin und süßem Wermut, zu dem die frische Zitronenzeste hervorragend passte. Lennarts Blick fiel auf den Nebentisch, wo Frau Thienemann sich zum Ehepaar Duschke gesellt hatte.

„Ich hoffe", sagte Frau Thienemann zu ihm herüber, „Sie sind mir nicht böse. Herr und Frau Badewannke liegen eher in meiner Altersgruppe und man soll die Jugend unter sich lassen. Ich wollte der Frau Toilettke eh von meinem verstorbenen Dalmatiner erzählen."

„Duschke", kicherte die Dame mit der dauergewellten Löwenföhnmähne. „Wir heißen Duschke und Sie haben mir von Ihrem verschiedenen Mann erzählt."

„Herr Schuster", winkte Frau Thienemann, „kommen Sie herüber mit Ihrer bezaubernden Frau. Sie brauchen nicht allein in der Ecke zu schmollen."

Lennart war dieser Sinneswandel gar nicht recht. Er lehnte sich nach vorn, um nicht zu laut werden zu müssen. „Schneider ist mein Name und ich bin nicht mit Frau Brenner zusammen." Leider, fügte er in Gedanken hinzu.

„Schuster oder Skilehrer", winkte Frau Thienemann ab, „ich konnte mich an einen Handwerker erinnern." Sie leerte ihr Sherryglas und bekam prompt ein neues von Ference in die Hand gedrückt. „Die Handwerker, die sich um meinen Mann gekümmert haben, habe ich allesamt gefeuert."

„Den Hausmeister." Frau Duschke legte ihre Hand auf Frau Thienemanns Arm. „Sie haben den Hausmeister gefeuert und den Handwerkern die Rechnungen gekürzt." Frau Duschke lehnte sich zurück. „Ich habe meinem Mann von dem Gartenkurs erzählt, während wir zu Abend gegessen haben. Interessiert es Sie?"

„Abendessen!" Frau Thienemann hob die Hand vor den Mund. „Das habe ich glatt vergessen."

„Sie saßen bei uns am Tisch", rief ihr Susanne leicht lächelnd in Erinnerung.

„Tatsächlich?" Einen Moment tat Frau Thienemann, als würde sie eifrig nachdenken. Sie runzelte die Stirn und kratzte sich an der Nase. „Bei Ihnen?" Sie lachte, wie alte Frauen nun mal lachen. Es war schwer den Unterschied zu einer Gans zu erkennen. „Junger Mann, ich pflege immer neben meinem Gatten zu sitzen. In vierzig Jahren Ehe bin ich nie fremdgegangen, egal wie adrett der junge Mann mir gegenüber war." Sie wurde ruhiger. „Wenn Ihre Frau nicht so böse schauen würde, wollte ich mich glatt an Sie heranmachen."

„Verzeihung." Lennart brauchte einen großen Schluck Martini. „Sagten Sie nicht, Ihr Gatte wäre gestorben?"

„Wer?"

„Ihr Ehemann."

„Was denken Sie nur!" Sie lachte wieder. „Ich war nie verheiratet. Da hätte ich ja zeitlebens nur mit einem Kerl in die Kiste können."

„Bei den Scherereien, die einem die Männer machen", sagte Frau Duschke, „legt man sich lieber einen Garten zu. Da tobt von Zeit zu Zeit auch mal der Sturm durch. Ist zwar unbequem, wirft aber nicht gleich das ganze Leben über den Haufen." Sie kippte einen Teil ihres Getränks in das Blumenbeet hinter sich. „Der letzte Herbststurm", fuhr sie fort, „hat mir die Rosen umgeknickt und den Bambus auch. In seiner Heftigkeit hat er sogar den Kastanienbaum entwurzelt und auf den Hasen geschmettert. Das dumme Tier hat sich nicht einfangen lassen und hoppelte im Garten umher. Naja, das hat er nun davon. Kann er auf seiner Wolke hoppeln und damit prahlen, wenigstens als freier Hase gestorben zu sein. Wenngleich es keine Freude sein kann, wenn einem eine zwanzig Meter hohe Kastanie auf den Kopf knallt."

„Zwanzig Meter!", staunte Frau Thienemann. „Meine Güte, wenn die Kastanie zwanzig Meter hoch war, wie groß muss erst der Baum sein!" Sie stürzte den Inhalt ihres Sherryglases auf einen Zug hinunter.

Susanne lächelte herzlich und beugte sich zu Lennart. „Sieht aus, als hätten sich zwei Seelenverwandte gefunden."

„Manfred", rempelte Frau Duschke ihren Mann in die Seite, „sag, wie hieß der Gärtner, der die Kastanie hätte umsetzen sollen?"

„Umhauen, weil sie..."

„Sie war eh zu groß zum Versetzen", winkte Frau Duschke ab. „Ich habe sie zeitlebens zugeschnitten und ständig an ihr rumgemacht; trotzdem ist sie mir über den Kopf gewachsen."

„An ihr rumgemacht", schmunzelte Lennart leise und nahm einen kleinen Schluck Martini. „Interessant."

„Hätte ich gern gesehen", verkniff sich Susanne das Lachen.
Im Gegensatz zu ihnen fand Herr Duschke nichts an der Unterhaltung amüsant. Sein genervter Rundumblick wurde von einer Frau eingefangen, die an die Bar trat. Seinem Gesicht nach war Herr Duschke alles andere als erfreut und Lennart konnte nach einem kurzen Blick verstehen warum.
Sie mochte Mitte vierzig sein. Gekleidet war sie mit einem knappen hellgelben Blumenkleid, dessen Rock zu kurz geraten war. Diese Frau hatte Falten in den Kniekehlen, die nicht gebräunt waren wie der Rest ihres Körpers, und sah stellenweise wie ein Zebra aus. Über die Oberschenkel zog sich Orangenhaut und von einer Diät, die zu schnell gegangen war, hingen schlaffe Hautlappen in Wellen über die Beine. Die Spagettiträger des Kleides rutschten über ihre mageren Schultern und wurden nur von den herausstechenden Schlüsselbeinen gehalten. Extrem dürr war sie. Einen BH trug sie nicht und es war auch keiner nötig. Ihre Brüste bestanden praktisch nur aus Brustwarzen und diese zeichneten sich unter dem dünnen Stoff ab. Ihr Kleid hatte dunkle Flecken am Rock, als hätte sie Kaffee darauf verschüttet.
Ob Lennart sie falsch verstand? Er strengte seine Ohren an und verstand immer das gleiche. Sie ging von einem Mann zum anderen und fragte jeden: „Möchten Sie vögeln?"
Die ersten beiden Herren, die links an der Bar saßen, hatten die Frau mit heftigem Winken weitergeschickt. Der dritte kippte beim Zurücklehnen fast vom Stuhl. „Ich kriege beim besten Willen keinen mehr hoch."
Stucks war der nächste in der Reihe und Susanne beugte sich interessiert nach vorn, als die Mittvierzigerin Stucks in die Seite rempelte. „Hey, willst du nur saufen oder auch mal nett vögeln?"
Stucks ruckte hoch und er kniff mehrmals die Augen zusammen. Endlich bemerkte er die Frau neben sich. „Was?" Er gähnte breit. In seinem Rachenraum hätte ein LKW wenden können.
„Ich will mit dir vögeln."
Stucks ließ seinen Kopf zurück auf die Theke sinken. „Nee, danke."
„Soll ich dir einen blasen?", fragte die Frau mit hängenden Schultern. „Ich kann gut blasen, wirklich." Sie zog eine fürchterliche Schnute. „Ich hab mir extra die Lippen aufspritzen lassen, damit es geiler aussieht."
„Nein", schüttelte Stucks den Kopf, wobei es mehr ein Eiern als ein Schütteln war und er sich das Ohr an der Theke rieb. „Geh weg."
Die schamlose Mittvierzigerin versuchte ihr Glück bei den übrigen

Männern und bei Herrn Duschke, dem seine Gattin ununterbrochen ins linke Ohr quatschte, was eine Kunst war, schließlich plauderte sie gleichzeitig mit Frau Thienemann. Herr Duschke lehnte mit einer knappen Handbewegung ab. „Wenn ich vögeln wollte, könnte ich meine Alte rannehmen. Das würde ich auch, wenn sie endlich mal die Klappe halten würde, was sie niemals tut. Selbst mit einem Kerl zwischen den Beinen geht ihr Mundwerk pausenlos."

„Ich", sagte die Frau mit Notstand, „würde dabei garantiert nicht reden wollen. Nur rein und raus, mehr nicht. Kein Vorspiel, kein Nachspiel, nur Knattern."

„Mädchen", murrte Herr Duschke, „du hast bereits zu viel gesagt. Ich bin auf Urlaub gefahren, um meine Ruhe zu haben, wenn meine Alte im Kurs aufgeräumt ist."

Lennart wusste nicht, was er zu allem sagen sollte. Er war in Hotels gewesen, wo Betriebsräte großer Firmen sich die Huren einbestellt und im Nebenzimmer Orgien gefeiert hatten. Er hatte Absteigen erlebt, wo der Rezeptionist billige Flittchen gegen einen kleinen Obolus vermittelte. Sämtliche Arten an körperlichen Gelüsten hatte er mitbekommen und stets war man mehr oder minder erfolgreich mit dem Vertuschen gewesen. Schamlosigkeit wie diese raubte ihm die Sprache.

Er starrte auf die Mittvierzigerin, die inmitten der anderen Gäste in Tränen ausbrach. „Verdammt!", heulte sie, „ich wollte mich im Urlaub austoben und mal so richtig durchnudeln lassen und jetzt will mich keiner! Ich würde Blowjob machen und mich in den Arsch ficken lassen, vorne und hinten und gleichzeitig und nebenbei mit jeder Hand einen Schwanz massieren. Keiner will mich!" Sie plärrte wie ein Kind, das an der Supermarktkasse keinen Lolli bekam. Ihre Finger tasteten nach dem Saum ihres Rockes und als sie ihn erwischte, lüpfte sie das Kleid und schnäuzte in den fleckigen Stoff.

Ehe Lennart reagieren und sich wegdrehen konnte, hatte sich das Bild in seine Erinnerung gebrannt. Klapperdürre, ausgemergelte schlaffhäutige Schenkel, völlig kahl rasierte Blankheit, auf der die eingewachsenen Schamhaare feuerrote eitrige Pickel bildeten, dunkelrote fleischige Schamlippen, die inneren länger als die äußeren, und über allem ein glänzender Film aus dem, was von ihr bisher Erlebten übrig war.

Sie fiel vor Frau Thienemann auf die Knie und schlug sich dabei gewiss die Haut auf. Mit völlig verweinten Augen packte sie Frau Thienemann

an den Knöcheln. „Bitte, darf ich Ihre Muschi lecken, während ich mir einen Fingerfick mache? Ich bin so geil und will jetzt einen Orgasmus."
Frau Thienemann hob hilf- und ratlos die Schultern. „Ich weiß überhaupt nicht, was Sie von mir wollen. Solche Wörter sind mir völlig fremd. Ist das was zum Naschen?"
Die Mittvierzigerin holte tief Luft: „Ich will Sex mit Ihnen!"
„Geht das?", staunte Frau Thienemann. „Wissen Sie, mein Mann hat in siebzig Jahren Ehe stets die Standardnummer mit dem Boot gemacht und..." Frau Thienemann riss Mund und Augen auf, denn die Mittvierzigerin war unter ihrem Faltenrock verschwunden und es hörte sich an, als würde Stoff reißen. Von unsichtbaren Händen gepackt rutschte Frau Thienemann auf dem Stuhl nach vorn an die Kante. Ein weißes Stoffstück fiel zu Boden, das Lennart sehr an die Schlüpfer seiner Großmutter erinnerte und in Sachen Erotik keinen Gedanken an Zwischenmenschlichkeit aufkommen ließ.
„Das darf nicht wahr sein." Lennart wandte sich ab und kniff die Augen zu, um nichts mehr zu sehen. Die Geräusche, gegen die er seine Ohren nicht verschließen konnte, waren eindeutig. Mit angetanem Grunzen schmatzte die kniende Frau und Frau Thienemann machte: „Oh! Oh! Oho!" Ausnahmsweise dachte sie nicht an ihren verstorbenen Gatten und die Immobilien oder Yachten.
Lennart kniff sich in die Nasenwurzel. Er spürte, wie sich seine Knie anspannten und alles in ihm sich auf eine schnelle Flucht einstellte. „Das ist abstoßend."
„Ich muss weg", flüsterte Susanne und stand auf. Sie ließ ihren Drink stehen, nahm nur die kleine Handtasche und Lennart folgte ihr. Leider war sein Blickwinkel größer als gedacht. Er sah die Mittvierzigerin unter Frau Thienemanns Faltenrock, der sich im Takt der sexuellen Zuwendung hob und senkte. Die alte Dame war völlig weggetreten und stellte ihre Lust zügellos zur Schau. Sie stöhnte und keuchte mit verkniffenem Gesicht.
Die Beine der Leckenden glänzten nass. Sie hatte ihre rechte Hand zwischen den Schenkeln und drei Finger tief in sich selbst versenkt. Bei jeder Bewegung schmatzte es aus ihrem Unterleib. Lennart beeilte sich wegzukommen. Er hatte gerade den Lichtkreis der nahen Gartenlampe verlassen, als er die Frau schreien hörte: „Das ist so geil! Das ist so geil! Kann mich nicht endlich jemand ficken! Ference, finden Sie jemanden, der mich fickt!"
„Madame!", hörte Lennart den Concierge sagen und er blieb kurz

stehen. Zwei Frauen beim Sex, ringsum Leute, die sich nicht darum scherten und ein Concierge, der mit geradem Rücken daneben stand und fragte: „Kann ich Ihrem Wohlbefinden auf die Sprünge helfen, Madame?"

„Ja!", schrie die Frau wie von Sinnen. „Ficken Sie mich! Ficken Sie mich in den Himmel!"

„Sehr wohl, Madame."

Lennart spürte seine Kinnlade nach unten rauschen. Fassungslos beobachtete er, wie Ference die Hosen runterließ, sich hinter die Frau kniete und sie an den Hüften packte. Er schob sein erstaunlich langes, erigiertes Glied in sie und rammelte los wie ein wildes Kaninchen.

Weg, nur weg. So schnell wie möglich folgte Lennart Susanne, die den Weg zum Strand eingeschlagen hatte. Er selbst lief nicht, dazu fühlte er sich nicht fit genug. Mit dem Gedanken spielte er schon, denn die gellenden Schreie der Frau verfolgten ihn. Deutlich hörbar feuerte sie Ference an: „Schneller! Tiefer, viel tiefer! Fester! Fester! Bis Ihr Schwanz mir das Hirn aus dem Schädel bumst! Schieben Sie Ihre Eier gleich mit rein!"

Von den Ferkeleien völlig unbeeindruckt stand der Viertelmond am Himmel. Lennart suchte nach dem großen Wagen, dem einzigen Sternbild, das er kannte. Er fand es nicht. Vermutlich war es von diesem Ort der Welt aus nicht zu sehen. Er hörte das Meeresrauschen und leises Lachen der Gäste an der Strandbar. Wenigstens hatte er genug Abstand zur Poolbar und dem Gestöhne.

„So eine verdammte Schweinerei!" Murrend zückte er sein Smartphone. Wenn es keinen Empfang hatte und er sich bei niemandem beschweren konnte, wollte er sich wenigstens eine Notiz machen. Mit Datum und Uhrzeit fing er an, ehe er nach Worten suchte, die das Geschehene einigermaßen distanziert und nüchtern beschrieben. „Das ist...", hob er knapp die Schultern. Er hätte ein Foto machen sollen. Einen Film. Die Beschreibung würde ihm keiner glauben, nicht mal seine Chefin van Trassen und sie war der abgebrühteste Mensch, den Lennart kannte. Sie brachte kein Sexskandal aus der Ruhe, kein Hygieneproblem, kein überraschend ausgebrochener Krieg, selbst die größten Fettnäpfchen durchwatete sie mit traumwandlerischer Selbstsicherheit und eingebauter Rettungsweste.

„Ist etwas, Sir? Sie kommen mir ungehalten vor?"

„Sie!" Wie von der Tarantel gestochen fuhr Lennart herum und hackte

Ference seinen Zeigefinger gegen die Brust. „Wie können Sie ein derart schamloses Verhalten mit nichts als einem Lächeln abtun? Ich bin entsetzt, wie es in diesem Hotel zugeht. Von der lockeren Moral steht nichts andeutungsweise in der Beschreibung."
„Sir, fühlen Sie sich nicht wohl?" Ference legte den Kopf schief. „Ist Ihnen der Martini zu Kopf gestiegen? Ich habe ihn wie üblich fünf zu eins gemischt."
„Tun Sie nicht so scheinheilig." Lennart wedelte mit dem Smartphone vor Ferences Augen. „Sich mit Gästen einzulassen, das mag in vielen Häusern vorkommen. Es auf derart ungenierte Weise unter den Augen anderer zu treiben... Ference, schämen Sie sich!"
„Sir", blieb seine Miene unbewegt, „ich bin stets um das Wohl meiner Gäste bemüht und mir liegt es fern jemandes Unwillen hervorzurufen. Sir."
Vor Wut stampfte Lennart mit dem Fuß auf. „Es gehört nicht zu Ihren Aufgaben vor aller Augen Geschlechtsverkehr mit Ihren Gästen zu haben!"
„Sir", begann es in Ferences dunklen Augen zu blitzen, „es ist erstaunlich was Sie glauben gesehen zu haben."
„Glauben!"
Ference hob die Hand. „Sir", sagte der Concierge, „ich war hier am Strand, um zu prüfen, ob die Tretboote anständig befestigt sind. Ein Sturm könnte heute Nacht die Insel erreichen."
„So ein Quatsch!" Lennart zwang sich zu einigen tiefen Atemzügen und strich sich über das Haar, das seit Jahren dünner wurde und heller und seit er hier auf der Insel war, sich schneller denn je verabschiedete und büschelweise im Kamm stecken blieb. „Ich weiß, was ich gesehen habe."
„Merkwürdig", sagte Ference und begann sich ans Kinn zu tippen. „Vielleicht, Sir, befragen Sie Frau Brenner zu den Vorkommnissen. Vor wenigen Minuten erschien sie in ziemlich derangiertem Zustand am Strand. Ist das, was Sie mir vorwerfen, Sir, womöglich etwas, das Sie sich selbst zuschreiben sollten?" Ference zeigte in Richtung der Brandung. „Dort steht sie am Wasser, als wollte sie Zuflucht in der Weite des Ozeans suchen. Mit Verlaub, Sir, Sie hätten nicht so unverschämt zudringlich sein sollen."
„Ich?", schnaubte Lennart. „Stellen Sie sich ruhig dumm; ich weiß, was ich gesehen habe." Er war im Gehen, als er verharrte. „Einiges an diesem Hotel beginnt mich sehr zu stören und ich möchte mit dem

Manager darüber sprechen. Ich hoffe, ich finde ihn in einer halben Stunde in seinem Büro."
„Es ist beinahe Mitternacht, Sir."
„Wecken Sie ihn!", blaffte Lennart und ging zu Susanne hinüber. Sie hatte die Arme verschränkt, als wollte sie sich gegen kühlen Wind schützen, dabei war es trotz der leichten Brise außerordentlich warm. Die Insel war zweifellos vom Klima begünstigt. Rund ums Jahr tropische Temperaturen, kaum Regen, immer warm. „Frau Brenner", sagte Lennart leise, denn er wollte nicht wie aus dem Nichts erscheinen und ihr einen Schrecken einjagen. „Geht es Ihnen gut?"
Sie wandte den Kopf zu ihm und suchte in seinem Gesicht nach den Antworten auf viele Fragen. Schließlich blickte sie zurück auf Meer. „Ich dachte, ich hätte Ference mit dieser Frau... Dabei war er hier. Richtete die Knoten, mit denen die Tretboote festgemacht sind. So schnell..." Sie öffnete die Arme, als wollte sie die Strecke von der Poolbar bis zum Meer abmessen. „Als ich diese Frau nicht mehr hörte, entdeckte ich ihn bereits. So schnell kann kein Mensch sein, erst recht keiner, der zurück in seine Hose..." Sie atmete tief. „Bilde ich mir das ein? Was ist nur los mit mir?"
Lennart suchte im weichen Sand nach einem besseren Stand. Er betrat das lange Holzgitter, das den Strand entlang führte. Man konnte darauf bequem gehen oder stehen und wenn die Sonne den Sand aufheizte, verbrannte man sich nicht die Fußsohlen. „Ich dachte ebenfalls, ich hätte etwas gesehen, das ich lieber nicht gesehen hätte. Als ich Ference traf und darauf ansprach, tat er völlig ahnungslos." Er unterdrückte ein Gähnen. „Vielleicht schlafe ich zu wenig. Seit ich hier bin, spielt mir meine Fantasie einen Streich nach dem anderen. Nichts läuft so, wie ich es erwarte."
„Bei mir ist es ebenso." Susanne schlüpfte aus ihren Schuhen und machte einen Schritt nach vorn in die auslaufende Brandung. Sacht umspülte das warme Meerwasser ihre Füße. Sie bewegte die Zehen zwischen den Schaumkronen. „Ich sehe Dinge, die nach einem Blinzeln weg sind. Ich höre etwas, das mich entsetzt, und habe mein Gegenüber schlicht falsch verstanden. Ich fühle mich durch Vorkommnisse belästigt, die niemand außer mir wahrnimmt. Langsam beginne ich an meinem Verstand und mir selbst zu zweifeln." Sie bückte sich nach einer Muschelschale, die die letzte Welle zwischen ihren Füßen abgelegt hatte. Eine schöne, farbenprächtige gedrehte Muschel. „Hoffentlich liegt es tatsächlich an der fehlenden Nachtruhe. Herr

Schneider, sind Sie mir böse, wenn ich Sie allein hier stehen lassen?"
„Sehr." Lennart bot ihr den Arm. „Ich würde Sie gern zu Ihrem Bungalow begleiten. Nicht den Hauptweg am Pool entlang, sondern den anderen Weg, der hinter den Häusern entlangführt. Darf ich?"

Kapitel 4

Während der Nacht versuchte Lennart Ruhe zu finden. Er wälzte sich von einer Seite auf die andere, lauschte durchs offene Fenster dem Meeresrauschen und döste ein, bis ihn Schreie weckten, von denen er nicht sagen konnte, ob sie real waren oder seinen Albträumen entsprangen.

In seinen Träumen war es Susanne, die von Ference an der Bar, am Strand und im Zimmer gevögelt wurde. Und am Pool, wo auf der Liege nebenan die verbrannte Frau lag. Sie sah schlimmer aus als in der Realität. Das Fleisch war verkohlt bis auf die Knochen, auf den Schultern balancierte sie einen grellweißen Totenkopf und zwischen den klappernden Zähnen sprach sie: „Ich will nicht weiß sein. Ich will nicht weiß sein." Da kam Ference mit einer Dose Farbe und pinselte ihren Totenkopf schwarz an, wobei die Frau zu schreien begann, weil jede Berührung ihr unsägliche Schmerzen bereitete. Ein zweiter Ference kniete derweil hinter Susanne, die vor Lust jauchzte. Sie hatte die Stimme der Vierzigjährigen und gab Ference Kommandos: „Fester! Tiefer! Viel, viel tiefer!" Bis sie zu würgen begann und ein Penis aus ihrem Mund quoll, ein riesiger Penis, der ihren Mund komplett ausfüllte. Ein Samenerguss passierte, der den halben Poolbereich überflutete. Ein dritter Ference kam und wischte in aller Seelenruhe den Boden. Ein vierter Ference wedelte mit einem großen Palmenblatt die Wolken vor der Sonne zur Seite und ein fünfter Ference fragte Lennart, ob er von der Kokosschokolade und den Rumrosinen probieren wollte.

Nach einem wiederholten Albtraum dieser Art griff Lennart zu seinem Smartphone. Es war halb vier und er fühlte sich, als hätte er gar nicht geschlafen. Seine Bettwäsche war durchgeschwitzt, er selbst auch und er hasste diesen Geruch an sich. Er spielte mit dem Gedanken an eine Dusche und verwarf ihn wieder. Er war zu faul. Deshalb schob er die nasse Bettwäsche zur Seite und suchte sich am Rand des Bettes ein Fleckchen, das trocken war. Er musste schlafen, um für das Gespräch mit dem Manager gewappnet zu sein. Um Mitternacht hatte er vergeblich gewartet und entschieden, das Gespräch ausgeruht am Morgen zu führen. Lennart schloss die Augen. Fest presste er die Lider zusammen, als ein gellender Schrei die Stille zerriss.

„Verdammt!", sprang Lennart auf die Beine. „Das kann unmöglich ein Nachtalb meiner Fantasie sein!"

Blitzschnell schlüpfte er in eine bequeme Trainingshose und ein T-Shirt. Neben der Tür standen seine Schlappen. Er steckte den Schlüssel ein und machte sich auf die Suche. „Bin ja gespannt, welche Geschichte mir nun aufgetischt wird." Er fühlte die typische Mattigkeit, das übernächtige Frösteln in sich, wenn man zu wenig geschlafen hatte, aus dem Bett gerissen wurde und hellwach sein sollte. Ein weiterer markerschütternder Schrei löste einen Adrenalinschub aus, der augenblicklich jede Müdigkeit wegfegte.

„Sir?"

Lennart blieb nicht stehen, als Ference neben ihm auftauchte. Er wollte – musste – wissen, was es mit diesen durch und durch gehenden Schreien auf sich hatte, wer da brüllte wie am Spieß. „Halten Sie keine Nachtruhe", giftete er den Concierge an, „oder haben alarmierte Gäste Sie aus dem Bett geholt?"

„Alarmierte Gäste?" Ference hielt mühelos Schritt und lachte leise. „Sir, ist Ihnen nicht gut?"

„Mir?" In diesem Augenblick erklang wieder ein Schrei und Lennart bog an der nächsten Weggabelung ab, um ihm zu folgen. „Was sind das für Schreie, die mich die ganze Nacht nicht zur Ruhe kommen lassen?"

„Sie, Sir, hören Schreie?" Der Weg war schmaler geworden und Lennart eilte in der Mitte, deshalb wich Ference auf den Rasen aus. „Das ist ungewöhnlich."

„Tatsächlich?" Ein bitteres Schnauben konnte Lennart sich nicht verkneifen. „So ungewöhnlich wie ein live aufgeführter Porno?"

„Sir, möchten Sie den Arzt konsultieren? Offensichtlich ist es um Ihre Wahrnehmung nicht gut bestellt." Ference packte Lennart am Arm und zwang ihn zum Stehenbleiben. Lennart funkelte den Concierge wütend an. „Lassen Sie mich auf der Stelle los. Wenn Sie behaupten, Sie würden diese Schreie nicht hören oder ihnen keine Bedeutung zumessen, rufe ich die Polizei, sobald ich ein Telefon finde, das funktioniert."

„Schreie..." Ference ließ ihn los und lachte künstlich und leise. „Sir, es gibt viele Ursachen für Schreie. Ein Liebespaar zum Beispiel. Wissen

Sie, Sir, Sie eilen direkt auf den Bungalow von Herrn Stucks und Frau Brenner zu. Junge Leute, Sir, praktizieren oft Geschlechtsverkehr, der lauter und intensiver ist als man es vermuten mag. Sir, Sie wollen sich nicht erneut blamieren."

„Das", streckte Lennart den Arm und machte tiefe Atemzüge. Er war flott marschiert und deswegen außer Puste. Sein Übergewicht halt und die mangelnde Fitness. „Das sind nicht die Geräusche, die ein Liebespaar verursacht. Da hat jemand Schmerzen."

„Nun, das eine schließt das andere nicht aus. Oder?" Ference fasste ihn erneut am Arm. „Empfinden Sie keine Lust, wenn Sie einer schönen Frau die flache Hand auf den nackten Po klatschen? Oder wenn Sie heftig an den Brustwarzen saugen oder beim Fellatio die Zähne in die Schamlippen pressen? Sir?"

„Was erdreisten Sie sich!" Lennart schlug Ferences Hand weg. „Wenn es sich tatsächlich um ein Pärchen beim Geschlechtsverkehr handelt, werde ich mich – wie auch immer dieses Stelldichein geartet sein mag – unbemerkt zurückziehen." Tatsächlich hoffte Lennart von ganzem Herzen, es möge ein Pärchen sein. Selbst wenn es Susanne mit diesem Stucks war. Wenn einer der beiden in ein Ledergeschirr geschnallt war und der andere mit einer Peitsche zugange, selbst wenn sie beide in völliger Ekstase verloren waren und Lennarts Avancen sich damit in Luft auflösten, hätte er damit leben können. Müssen. Er konnte sich nicht vorstellen, wie ein Schmerz, der zu solchen Schreien führte, gleichzeitig Lust bereiten konnte. Wenn es wider Erwarten tatsächlich so war, sollte Susanne mit dieser Art des Liebesspiels und ihrem Herrn und Meister ruhig glücklich sein.

Dergleichen waren seine Überlegungen, als er dem großen Pool näherkam. Die Schreie wurden lauter und eindringlicher und der Schmerz überwog immer mehr. Das konnten keine Lustschreie sein. Würde die Frau Lust empfinden, wäre hin und wieder ein genüssliches Stöhnen zu hören und Lennarts Eingeweide würden sich nicht derart zusammenkrampfen. Er überlegte, wen er am Pool vorzufinden erwartete, und seine Vermutung wurde bestätigt. Es war die Frau, die er nirgendwo anders als auf der Poolliege in der Sonne gesehen hatte. Dort lag sie unverändert – und sie starb.

Heftiger Brechreiz stieg in seiner Kehle auf. Lennart würgte und schluckte das Abendessen zum zweiten Mal hinunter. Ihre abgehakten Schreie ließen sein Herz rasen. Konnte es wahr sein? Mit einem zweiten Blick kam er langsam an die Liege heran. Dort stand gebückt ein Mann, der einer altmodischen Arztserie entsprungen war. Mehr als einen Meter achtzig war er groß und spindeldürr war er auch. Er war völlig weiß angezogen. Hose, Hemd, Kittel, alles weiß. Selbst die Schuhe waren weiße Fußbettpantoffeln. Um den Hals baumelte ein Stethoskop, in der Kitteltasche steckten ein Thermometer und so ein Holzstäbchen, das einem der Arzt gern mal in den Rachen schob, bevor man Ahhh sagen musste.

„Was zur Hölle tun Sie da?", fragte Lennart fassungslos und blieb einen guten Meter von der sterbenden Frau entfernt stehen.

„Wonach sieht es aus?", setzte der Arzt das Messer erneut an. „Ich tue meine Pflicht."

Wie in Zeitlupe schüttelte Lennart den Kopf. „Ich glaube es nicht." Er streckte den Arm. „Mit diesem Messer? Verdammt, das ist ein Küchenmesser! Damit schneidet man Zwiebeln oder Gemüse, keinen..." Lennart schluckte. „Scheiße, hören Sie auf damit! Sie dürfen der Frau nicht die Haut vom Leib schneiden!"

„Verbrannte Stellen", richtete der Weißgekleidete sich auf, „entfernt man, bevor eine deckende Schicht aus Quark oder Schmand aufgetragen wird. Das habe ich gelesen."

„Wo denn?" Ein eiskalter Schauer lief Lennart über den Rücken. „In einem Buch?"

„Ja." Erneut beugte sich der Mann nach unten und säbelte mit harten Bewegungen einen Streifen Haut vom Körper der wimmernden Frau. Seine halblangen blonden Haare wippten im Takt, Schweißperlen traten ihm auf die Stirn. Unter den Armen begannen sich nasse Flecken auszubreiten. „Ich habe nie gern gelesen", sagte er, „nur dieses eine Buch konnte ich von vorn bis hinten durcharbeiten."

„Ein *einziges* Buch! Sie sind Arzt!"

„Von vorn bis hinten."

Als zöge ihm jemand den Boden unter den Füßen weg. War er aus dem Albtraum nicht erwacht? Hoffentlich träumte er. Nein, er *musste* träumen. Lennart rieb sich die Stirn und beschloss – es war ja nur ein Traum – dieses widerliche Spiel mitzumachen. „Wovon..." Er zwang den Kloß in seiner Kehle Richtung Magen. Nie zuvor hatte er während eines Traums so reale Übelkeit verspürt. „Wovon handelte dieses Buch?"

Einen Streifen Haut nach dem anderen hatte der Arzt mehr oder weniger sorgfältig abgeschält. Er stand in einer Lache aus Blut und Gewebefetzen. Das Korkbett seiner Pantoffeln begann sich anzusaugen. „Einhundert Küchentricks." Er richtete sich auf und

dehnte seinen Rücken. Nacheinander knackten die Wirbel. Wahrlich ein grotesker Traum! „Entweder das Buch taugt nichts oder das Messer ist schlecht. Ich würde es schleifen, wenn ich wüsste, wie das geht."
Einige Schritte weiter standen Stühle um einen kleinen Tisch herum. Im Zwielicht der Poolbeleuchtung setzte sich Lennart, stützte den Kopf auf die Hände und war sich einer Sache bewusst: Höchste Zeit aufzuwachen.
„Sir." Ference trat neben ihn und stellte eine Tasse Espresso vor ihm auf den Tisch. „Warum genau sind Sie hier, Sir?"
„Tja." Völlig unüblich für einen Traum verbrannte Lennart sich die Finger, als er die heiße Tasse mit der Hand umschloss. „Warum träumen wir? Wenn Sie die Antwort darauf haben, gewinnen Sie den Nobelpreis."
„Sie träumen nicht, Sir."
„Ein Albtraum durch und durch." Lennart trank einen Schluck Espresso. Sehr stark, sehr würzig, mit dem Aroma von Pfeffer. Er lehnte sich im Stuhl zurück. „Ist das der Arzt, der den verstorbenen Jogger behandelt hat und versuchte ihn zu reanimieren?"
„Ja", machte Ference, in den Augen einen Stolz, der Lennart anwiderte. „Er hat ein Verlängerungskabel gezogen und wollte das Herz des Patienten mit einem Stromschlag wieder zur Arbeit bewegen. Tja, war wohl zu viel Strom."
„Habe ich den Verstand verloren?", fragte Lennart leise. „Bin ich in einem Irrenhaus?"
Ference gab ihm keine Antwort. Er war zu dem Arzt gegangen, hatte ihm das Messer abgenommen und schliff es nun mit einem Schleifstein, den er im Poolwasser angefeuchtet hatte. Das Knirschen der Klinge auf dem Stein mischte sich mit dem Keuchen eines Mannes, der auf dem Weg abseits des Pools nackt lief. Nackt. Lennarts Augen hingen wie festgeklebt an dem erigierten Glied, das der Mann vor sich hertrug und das bei jedem Schritt auf und ab hüpfte. Plötzlich hielt der junge Mann an, warf sich auf den Bauch und hatte Geschlechtsverkehr mit einem Loch im Boden.
Lennart trank den Espresso leer und behielt die heiße Tasse in den Händen. „Natürlich träume ich. Ich schlafe tief und fest und wenn ich aufwache, sollte ich einem Psychiater von diesen Träumen erzählen. Mit mir stimmt definitiv was nicht."
„Sir, Sie träumen nicht." Ference nahm die leere Espressotasse an sich. „Gehen Sie zum Strand. Genießen Sie den Sonnenaufgang und wenn

Sie Appetit verspüren, wartet das Frühstück im Restaurant auf Sie, Sir."
„Auf keinen Fall." Lennart stand auf. „Wenn ich nicht träume, muss ich auf der Stelle den Manager sprechen und die Polizei informieren."
„Sie können mir Ihre Anliegen vorbringen, Sir."
„Mit Verlaub, ich könnte ebenso mit den Palmen oder diesem Tisch sprechen. Hallo, Tisch, ist dir aufgefallen, wie viele verquere Dinge in diesem Hotel passieren? Wärst du so gut und würdest für Ordnung und Anstand sorgen und vor allem für eine Telefonverbindung zum Festland oder einem intakten Internet? Ich würde unglaublich gern meinen Teil zur Aufklärung dieser Vorgänge beisteuern." In Gedanken mahnte Lennart sich zur Beharrlichkeit. „Nicht ablenken lassen."
Ein gellender Schrei stob durch die Anlage. Es war nicht die Frau, mit der der Arzt zugange war. Sie war mittlerweile tot und glotzte mit großen Augen ins Leere, während um ihre Lippen ein seliges Lächeln tanzte. Blitzschnell suchte Lennart nach der Quelle des Schreis, denn er glaubte sie zu kennen. Er fand im Halbdunkel der Wegbeleuchtung zwei Gestalten, von denen die größere, männliche Gestalt die Frau gepackt hatte und sie zu Boden drängte. Es war der Nackte, der sich eben mit einem Erdloch verlustiert hatte. Die Frau war die gut Vierzigjährige, die sich vor wenigen Stunden in der Bar ausgetobt hatte. Offenbar war der anfängliche Schrei aus überraschtem Entzücken passiert, denn die Frau zog die Träger ihres Kleides von den Schultern und entblößte ihre Brüste, während die Finger des Mannes unter ihren Rock grapschten. Im nächsten Augenblick waren die beiden heftig zugange. Sie hatte ihre Schenkel weit geöffnet, er drängte mit heftigen Stößen in sie und entlockte ihr spitze Lustschreie. Diesmal waren es unmissverständlich Lustschreie.
Lennart schauderte bei dem Gedanken daran, wo der Mann gerade seinen Penis gehabt hatte und wohin er ihn jetzt brachte... Das war an Widerlichkeit nicht zu überbieten. Er spürte eine Hand auf der Schulter und wollte gerade mit einem genervten Knurren auf Ference reagieren, als eine junge Frauenstimme sagte: „Muss ich an meinem Verstand zweifeln? Bin ich verklemmt, wenn ich das für abstoßend halte?"
Lennart drehte sich zu Susanne. Er hätte sie gern mit einem Lächeln und einem Kompliment begrüßt. „Tut mir Leid", hob er die Schultern. „Mir ist nicht nach vorgespielter, höflicher guter Laune. Warum sind Sie schon wach?"
„Noch." Sie hatte trotz der Wärme eine langärmelige Bluse um die Schultern. „Schreie hielten mich wach und außerdem mache ich mir

Sorgen um Achim. Er ist bisher nicht ins Zimmer gekommen."
„Ihr Lebensgefährte." Lennart rollte die Lippen und schob seine Hände in die Hosentaschen. „Zuletzt habe ich ihn dort drüben an der Bar gesehen." Beide schauten hinüber. Zu dieser frühen Morgenstunde stand nur Ference hinter der Bar. Abwechselnd wischte er die Theke oder polierte Gläser. Sein bleiches Gesicht hätte hervorragend in eine Geisterbahn gepasst und am besten hätte er das schlimme, kalte Licht gleich mitgenommen. „Vielleicht", sagte Lennart, „ist er an der Lobbybar."
„Nichts zu machen." Das hatte der Arzt gesprochen. Wie in einem schlechten Film zog er seine Handschuhe aus – dicke, grüne, gefütterte Gartenhandschuhe – und warf sie auf die Leiche. „Ich habe getan, was ich konnte."
Ference kam mit einer Schubkarre und weil er aus einer völlig anderen Richtung kam, guckte Lennart schnell hinter sich an die Bar. Dort stand niemand mehr. Kein Barkeeper, der Gläser polierte, kein Ference, der sich in Dinge einmischte, die ihn nichts angingen, und Dinge, die ihn angingen, ignorierte.
In die Schubkarre legte Ference die tote Frau. Der Platz reichte nicht, deshalb hingen ihre Beine und ihr Kopf zu den Enden herab. Mit einer Schaufel beförderte er die Haut, die der Arzt abgeschält hatte, ebenfalls in die Karre. Schweigend fuhr er davon. Eben als Ference hinter einem Bungalow verschwand, erschien er auf der anderen Seite des Pools mit einem Schrubber in der einen Hand und einem Kübel und Kernseife in der anderen. Um die Schulter hatte er einen langen Schlauch, den er an einem Wasserzufluss neben dem Aufbau für die oberen Pools anschloss.
„Meine Güte", machte Susanne leise, „da beginnt er in aller Seelenruhe zu putzen."
Ference spülte erst mit viel Wasser den ärgsten Schmutz in einen Gully, bevor er mehrere Flocken Kernseife auf den Pflastersteinen verteilte und zu schrubben begann.
„Würden Sie", drehte sich Susanne zu Lennart, „würden Sie mich zur Lobbybar begleiten?"
„Gewiss."
„Es sei denn, Sie haben anderes vor?"
„Nein."
„Bestimmt wollen Sie lieber zu Bett gehen und zu schlafen versuchen."
Sie seufzte über den leeren Pool und den arbeitenden Ference hinweg.

„Die Schreie haben aufgehört und es sollte Ruhe herrschen."
„Ruhe", überlegte Lennart. „Wie soll ich Ruhe finden in dieser Umgebung? Vielleicht, wenn man Ference durch einen anderen Concierge ersetzt, die Gäste erneuert, das Hotel von Grund auf renoviert, neue Medien in ausreichender Zahl installiert und die Angestellten endlich an ihrem Platz bleiben, anstatt bei irgendwelchen Belangen sofort für Ference das Feld zu räumen. Außerdem könnte eine gehörige Portion gesunden Menschenverstandes für alle nicht schaden."
Ein leises Lächeln tanzte um Susannes Mund. Sie ergriff seinen Arm und drückte seine bloße Haut für einen Moment lang. Diese Geste passte nicht zu seinem schlampigen Kleidungsstil, immerhin hatte er es nur in Jogginghose und T-Shirt geschafft. Lennart war froh um diese Innigkeit. Er legte seine Finger über ihre, erwiderte ihr Lächeln und Susanne sagte: „Verstand, Herr Schneider, kann man nie genug haben. Gehen wir Achim suchen."
Dieses Vorhaben war schnell in die Tat umgesetzt, wie Lennart bald feststellte. Stucks lümmelte in einem niedrigen Sessel an der Lobbybar. Seitlich von ihm stand auf einem kleinen Tischchen ein großes Glas, das mit Cola gefüllt war. Natürlich auch mit Rum, wie Lennart schnuppernd feststellte. Ein sehr langer Strohhalm verband das Glas mit Stucks. Er brauchte nur zu nuckeln und sich ansonsten nicht zu bewegen.
„Du lieber Himmel", sagte Susanne. Sie rüttelte Stucks an der Schulter und erntete ein diffuses Augenblinzeln. Zu mehr war er nicht imstande. „Achim?", fragte sie nach. Keine Reaktion. Sie versuchte ihm den Strohhalm aus dem Mundwinkel zu ziehen. „Er hat fest zugebissen", stellte sie leise fest. „Na, wenn er es hier bequem findet." Sie drehte sich zu Lennart herum. „Ich würde unter diese fürchterliche Nacht gern einen Schlussstrich ziehen. Frühstück, Herr Schneider?"
Das war eine ausgezeichnete Idee. Zwar hatte der Espresso von vorhin seinen Herzschlag auf Touren gebracht, doch die Wirkung schien nachzulassen. Ein langes Frühstück war genau richtig und Ference kam ihm gerade recht. „Gibt es Neuigkeiten bezüglich der Telefone?"
„Sir", Ference rollte sehr unhöflich die Augen, „Sie scheinen eine Paranoia zu entwickeln, was das anbelangt. Ständig fragen Sie nach dem Zustand der Leitungen, nach einem funktionierenden Apparat, nach einem Telefon, das Sie benutzen können oder einer technischen Erklärung, warum die Zustände so sind, wie sie im Katalog stehen.

Vorhin, als Sie die Lobby verließen. Als Sie das Restaurant betraten und den Cappuccino bestellten, taten Sie es wieder. Seitdem sind vier Minuten vergangen. Hier", stellte er die große Tasse Cappuccino vor Lennart auf den Tisch, „ist Ihr Cappuccino und nein, die Telefone funktionieren nicht anders als bisher."
„Unglaublich." Lennart stützte die Ellbogen auf den Tisch und verfolgte das gefliese Muster der Poolumrandung bis zum Beckengrund. Das Wasser lag völlig unbewegt, obwohl nicht weit entfernt eine von diesen langen Stangen im Becken steckte, mit denen auf der ganzen Welt die Pools gereinigt wurden. Diese überdimensionalen Staubsauger für Unterwasser. Schläuche und Dosen lagen ebenfalls am Beckenrand, als hätte jemand seine Arbeit nur für einen Moment unterbrochen. Lennart suchte nach demjenigen und griff zu seiner Serviette. Er legte sie über die Beine und wandte sich, nachdem er niemand sehen konnte, der den Pool reinigte, an Ference: „Sollte es für besondere Vorkommnisse nicht eine Notfalleinrichtung geben?"
„Satellitentelefon?" Ference zog die Schultern hoch bis zu den Ohren. „Buschtrommel? Flaschenpost? Möchten Sie eine verfassen, Sir?"
Lennart griff nach der Zuckerdose und verteilte einen gehäuften Teelöffel Zucker auf dem Cappuccinoschaum. Und zwei weitere. „Sie mögen mich nicht, das habe ich mittlerweile verstanden."
Ference trat zwei Schritte nach links und stellte einen Espresso vor Susanne ab. „Sir, Sie bringen viel Unordnung in mein Hotel. Meine Gäste fühlen sich durch Sie belästigt und das ist ein Zustand, da werden Sie mir zustimmen, den ich nicht tolerieren kann."
„Belästigen!" Lennart ließ einen vierten Löffel Zucker rieseln. „Unordnung!" Ein weiterer Löffel folgte. *Ihr* Hotel? Ist der Manager im Haus? Ich will mit ihm die weiteren Schritte besprechen."
„Nein, Sir."
„Es ist nach sieben. Erzählen Sie mir nicht, ein Haus wie dieses würde von einem Manager geführt, der seine Arbeit erst um die Mittagszeit beginnt."
Ference zeigte mit der freien Hand auf das Büffet. „Stärken Sie sich, Sir. Genießen Sie ein ausgiebiges Frühstück. Madame", er wandte sich an Susanne, „ich habe Ihren Lebensgefährten", sein eisiger Blick streifte Lennart, „den Mann Ihres Herzens, die Liebe Ihres Lebens, die Zukunft Ihres Glücks zurück an den Pool gebracht. Er wird dort hoffentlich eine ruhige Zeit verleben und seine Unpässlichkeit bald überwunden haben."

Susanne knirschte kurz mit den Zähnen. „Ich denke, ein Kübel ist für seine Unpässlichkeit absolut ausreichend."
„Die Hitze, Madame, die lange Anreise, das ungewohnte Essen und die fremden Getränke. Sie müssen entschuldigen, Madame." Ference ging zum nächsten Tisch, um dort benutztes Geschirr einzusammeln.
„Er", nickte Lennart ihm nach, „findet eine Menge Ausreden für einen sturzbetrunkenen Kerl." In dem Augenblick fiel ihm die Bedeutung seiner Wortwahl auf. „Entschuldigen Sie bitte, ich wollte Ihrem Partner nicht zu nahe treten. Ich bin nur sehr in Rage, weil das Benehmen sämtlicher Leute um mich herum nicht so ist, wie ich es gewöhnt bin." Zwischen ihren schlanken Fingern balancierte sie die Espressotasse und pustete vorsichtig hinein. Schwarz. Kein Zucker. „Er betrinkt sich in letzter Zeit häufiger." Sie nahm einen kleinen Schluck. „Bitte, halten Sie ihn nicht für einen Säufer. Das ist er nicht. Als wir uns kennenlernten, gab es nur einen Tag im Jahr, an dem er betrunken war: den Geburtstag seines Kumpels, wenn die beiden um die Häuser zogen. Im Laufe der Zeit kamen andere Gelegenheiten dazu. Starkbieranstich. Oktoberfest. Das monatliche Treffen mit seinen Freunden." Langsam drehte sie die Tasse zwischen ihren Fingern. „Wenn er wieder nur einen befristeten Vertrag bekommen hat oder sein Projekt nicht verlängert wurde. Er hat Betriebswirtschaft studiert und eine Zeitlang Unternehmen beraten. Als die Krise zuschlug, waren die Beraterjobs das erste, wofür Unternehmen sich Geld sparten. Seitdem hat er keinen Fuß mehr auf den Boden bekommen."
„Im wahrsten Sinne des Wortes", vermutete Lennart. Er selbst, dessen war er sich bewusst, bewegte sich zu wenig und war zu wenig motiviert, was den Sport und die Leibesertüchtigung anging. Stucks hingegen fehlte es an Motivation zum Leben, was Lennart nicht nachvollziehen konnte, wenn er in Susannes strahlende Augen blickte, ihren Elan spürte und sich vorstellte, wie sie gleich nach dem Aufstehen eine Runde joggte.
Um seinen rebellierenden Magen zu besänftigen, holte Lennart sich vom Büffet Rührei mit Speck und Tomaten, Toast, frisch gepressten Orangensaft. Genau deshalb schleppte er dieses vermaledeite Übergewicht mit sich herum. Weil er futterte ohne Sättigungsgefühl, wohingegen Susanne angesichts ihres leeren Tellers überlegte, ob sie nach den Geschehnissen ihrem Magen ein halbes Stück Gurke zumuten durfte. Er sollte wenigstens auf Kaffee pur umsteigen oder den Zucker weglassen, fand er, als er das, was er essen wollte, auf den Tisch

stellte und für den letzten Teller keinen Platz mehr fand.
„Was ist mit Ihnen?", fragte Susanne und drehte den Stuhl, damit sie nicht steif neben ihm saß, sondern schräg. Sie sah über seine kulinarischen Eroberungen hinweg. „Haben Sie eine Idee, wie man an die Polizei oder den Manager kommt?"
„Ja." Lennart ließ den Geschmack des Orangensaftes auf seinen Gaumen wirken. Perfekt. Reife Früchte, süß, angenehmer Anteil an Fruchtfleisch, keine bitteren Fasern. „Das Hotel mag auf Internet und Telefon verzichten, um den Gästen eine ruhige Zeit zu ermöglichen – von mir aus. Die vielen Angestellten werden nicht alle im Mittelalter leben. Heutzutage hat jeder ein Smartphone und ich bin sicher, es gibt auf dieser Insel ein Netz." Er kostete das Rührei. Perfekte Konsistenz, angenehm leicht gesalzen, ein Hauch von Muskat. Keine vorbereitete Rühreimischung, wie billige Hotels sie anboten, sondern frisch aufgeschlagene Eier, wie er an dem Stückchen Schale erkannte, das ihm in die Zunge piekte.
„Außerhalb dieser Mauern, meinen Sie?" Susanne begann zu nicken. „Eine ganze Insel ohne Mobilfunk ist schwer vorstellbar."
„Eben." Lennart würzte das Rührei mit Pfeffer nach. „Wenn man das Hotel durch den Haupteingang verlässt und die Ebene voller Steine überquert, gelangt man an einige Berge."
„Hügel", lächelte Susanne, „es sind allenfalls Hügel."
„Aus Ihrer sportlichen Sicht heraus vielleicht." Auch Lennart lächelte. „Für meine Konstitution handelt es sich um recht hohe, anspruchsvolle Berge. Entweder gibt es dahinter eine Siedlung, in der wir Hilfe finden, oder wir erwischen auf den Berggipfeln wenigstens ein Mobilfunknetz. Auch wenn die Hauptinsel nicht zu sehen ist, müsste die Abdeckung bis hierher reichen."
Susanne hatte sich entschieden und holte sich Müsli und zu Lennarts Erstaunen tat sie einen großen Löffel Zucker dazu. In Windeseile war das Müsli gegessen. „Ich bin eine recht gute Esserin", lächelte sie leicht. „Wegen der ganzen Lauferei brauche ich ständig Nachschub an Energie. Brot mit Nugatcreme esse ich am liebsten, überhaupt Schokolade jeder Art." Sie legte den Löffel in die leere Müslischale.
„Nehmen Sie mich mit?"
„Natürlich." Lennart drehte den Kopf zum Büffet. „Ich wette, die Semmeln sind frisch gebacken."
Susanne lachte heiter. „Es sind allenfalls Brötchen, keine Semmeln. Eines davon werde ich mit Kirschmarmelade essen und wir können

gern gemeinsam ans Büffet gehen, allerdings wollte ich wissen, ob Sie mich auf den Hügel mitnehmen." Sie klopfte leicht auf die Handtasche, in der ihr Smartphone auf eine Verbindung zur Zivilisation wartete. „Ich habe beim Joggen an der Küste entlang vergeblich nach einem Netz gesucht."
„Oh", machte Lennart. Er sah sich den Berghang hinauf kriechen, auf allen Vieren, schweißüberströmt, während vor ihm Susanne in hochhackigen Schuhen tänzelte. „Um halb elf in der Lobby? Sollte mein Gespräch mit dem Manager erfolglos verlaufen, können wir aufbrechen."
„Okay", sagte Susanne und drehte sich um. Lennart schaute ihr nach, wie sie davon ging. Seine Gedanken waren bereits in der Nähe der Rezeption, wo er das Büro des Managers wähnte. Das war in Hotels immer so und er hatte an genügend Rezeptionstresen gestanden, die Arme aufgestützt und eine gewaltige Kritik auf der Zunge, um das zu wissen. Bei einem sehr ungehaltenen Gast huschte der Manager schnell aus seinem Büro, um den Wirbel möglichst klein zu halten und den Nörgler zur Seite zu nehmen.
Auch hier und heute entdeckte Lennart eine Tür in Rezeptionsnähe und die befand sich direkt hinter dem Tresen, der – natürlich – von Ference bewacht wurde. Lennart stützte die Arme auf. „Wie machen Sie das nur? Eben haben Sie im Restaurant das Geschirr abgeräumt, nun sitzen Sie hier an der Rezeption."
„Sir, gibt es etwas, womit ich Ihnen behilflich sein darf?"
„Ich möchte den Manager sprechen."
„Sir, Sie dürfen all Ihre Bedenken gerne mir mitteilen."
Lennart zeigte auf die große Milchglastür, die sich hinter Ference befand. „Ist das sein Büro?"
„Wessen Büro, Sir?"
„Das des Managers", sagte Lennart. Er kam um die Theke herum, klopfte an die Tür und wollte sie öffnen. Abgeschlossen. Er rüttelte an der Türklinke. „Bitte", wandte er sich an Ference, „öffnen Sie diese Tür."
„Wie Sie wünschen", griff Ference nach der Türklinke und zu Lennarts Überraschung ließ die Tür sich nun öffnen, dabei hatte Ference keinen Schlüssel benutzt. „Interessant", beugte sich Lennart nach vorn und untersuchte die Klinke auf der Unterseite. „Ist da ein Lesegerät eingebaut, das den Fingerabdruck scannt? Ich kann nichts erkennen."
„Bitte, Sir", sagte Ference, „Sie wollten das Zimmer sehen."
„Danke." Zweifellos war es ein Büro und es war eindeutig für einen Chef

gemacht. Ein riesiger Schreibtisch stand in der Mitte des Raumes, dahinter ein Ledersessel. In der Ecke gab es eine kleine Sitzgruppe, wo man zwanglose Gespräche führen oder gemeinsam trinken konnte. Die Wand rechts vom Eingang war vollständig verglast. Man konnte über die Poollandschaft hinweg bis zum Meer sehen. Auf der gegenüberliegenden Seite hatte der Chef durch zwei schmale Fenster die Hofeinfahrt und neu ankommende Gäste im Blick.

Wenn es einen Chef gegeben hätte, denn hier, da war Lennart sicher, arbeitete niemand. Er strich mit dem Zeigefinger über die Schreibtischplatte und bestaunte die Spur, die er im Staub zog. Der schwarze Ledersessel war mit einer grauen Schicht überzogen, Lampen und Korbstühle auch.

„Meine Güte." Lennart hustete in der staubigen Luft. „Hier arbeitet seit Jahren niemand. Keine Akten, kein Papierkram, das Telefon", hob er den Hörer und lauschte, „ist natürlich tot. Sagen Sie, Ference, hat der Manager ein anderes Büro?"

„Manager?", hob Ference die Schultern.

Lennart zog die oberste Schublade des Schreibtisches auf. Leer. „Es muss einen Manager geben."

„Warum, Sir?"

„Weil", schob Lennart die Schublade wieder zu, „jemand dem Personal auf die Finger gucken muss."

„Ich verbitte mir diese Unverschämtheit!"

„In sehr guten Häusern", sagte Lennart mit einem Blick rundum, „wie dieses der Katalogbeschreibung und der Preisklasse zu schließen eines ist, kann man das Personal ein paar Tage allein lassen. Davon wird der Service nicht beeinträchtigt und die Gäste bemerken keinen Unterschied. Wenn ich Manager wäre, Ference, würde ich Sie keine Stunde aus den Augen lassen."

„Frechheit!" Ference streckte den Arm und zeigte auf die Tür. „Sir, Sie wollten das Zimmer sehen und das haben Sie. Genießen Sie Ihren Urlaubstag und gehen Sie mir nicht länger auf den Sack."

„Ihre Wortwahl!", stieß Lennart aus. „Ich muss sagen..." Er lehnte sich an den staubigen Schreibtisch und verschränkte die Arme. „Was, wenn ich nicht gehe? Wenn ich genau hier bleibe und die Rezeption, den Poolbereich und die Zufahrt im Auge habe, bis der Manager kommt? Oder wenigstens jemand, der Hilfe rufen kann?"

„Hilfe rufen kann?" Ference lachte leise. „Das kann ich durchaus, Sir."

„Na, tun Sie es!"

Ference lachte in sich hinein, als er sich in die Mitte des Raumes stellte, tief einatmete und laut zu rufen begann: „Hilfe! Hilfe! Hilfe! Wie oft, Sir, bis Sie zufrieden sind?"

Lennart schnaubte, verwünschte den Concierge innerlich und verließ wütend das Büro. Blieb nur Plan B. Er wollte, weil er viel Zeit bis zum verabredeten Treffen mit Susanne hatte, die Anlage durchstöbern, ob der Manager vielleicht ein zweites Büro hatte oder sich gern an der Strandbar rumtrieb. Wenn auch das nichts half, blieb der Aufstieg auf den wohl höchsten Berg, den er in seinem Leben erklimmen würde. Er zögerte. Entweder ging er den Hauptweg vorn am Pool entlang oder den schmalen Weg hinter den Bungalows. Am Pool würde er zweifellos auf Stucks treffen, der sturzbesoffen auf einer Liege seinen Rausch auszuschlafen versuchte. Wahrscheinlich begegnete ihm der nackte Mann, der alles vögelte, was bei drei nicht auf dem Baum war. Sollte der Baum ein Astloch haben... Zu seinem Glück gab es auf der Insel nur Katzen, keine die Baumhöhlen bewohnenden Eichhörnchen, die mit einem ungebetenen Eindringlich auf ihre eigene Art fertiggeworden wären.

Lennart wollte der Mittvierzigerin nicht begegnen und Frau Thienemann auch nicht. Er wählte also den Weg, der hinter den Bungalows an der Außenmauer entlang führte.

Andernorts gab es Mauern, um die Gäste vor dem Anblick der benachbarten Anlagen zu schützen. Man sollte nicht sehen, was man nicht gebucht hatte, damit man mit dem, was man gebucht hatte, nicht unzufrieden sein konnte. Hier begrenzte die Außenmauer den Blick, um den Gast nicht mit der steinigen Einöde zu belasten, von der das Hotel umgeben war. Innerhalb der Mauer war das Leben des durchschnittlichen Urlaubers perfekt (was Lennart mit den bekannten Einschränkungen eingestand), außerhalb gab es Geröll, Gestein und stechende, dornige Pflanzen auf jedem Fleckerl Boden.

Von dieser Seite her war die Mauer, soweit Lennart es bei den vielen Kletterrosen sehen konnte, in einwandfreiem Zustand, ohne Löcher, rissigen Putz oder abblätternde Farbe. In regelmäßigen Abständen waren Kletterrosen gepflanzt, die ihre Triebe über die Mauer streckten und wie Wasserfälle aus buntem Leben wirkten. Blüten, so groß wie Hände, verströmten betörenden Duft. Lennart gefiel die Anordnung der Farben. Oben nahe der Rezeption und des Hauptgebäudes blühten weiße Kletterrosen. Je näher man dem Meer kam, desto dunkler wurden die Blüten. Erst rosa, rot, feuerrot, rot mit einem Touch ins

Violette, schließlich mit einem Hauch von Schwarz und die letzte Kletterrose schien eine besondere Zuchtform zu sein, jedenfalls blühte sie in einem sehr dunklen Rot, das im Sonnenlicht völlig schwarz wirkte. Schmiedeeiserne Tore gab es auch. Lennart zählte sechs Stück, die verteilt waren über die Strecke vom Hauptgebäude bis zum Strand. Keines war offen. Bemerkenswerte Weitsicht, fand Lennart, denn nichts nervte Urlaubsgäste derart wie ein Tor, das im Wind auf- und zuschlug und mit diesem Geräusch der Nacht schnell ein Ende setzte.
Das sechste Tor in Sichtweite, bemerkte Lennart Frau Duschke und er wurde langsamer. Er blieb stehen. An eine der hohen Palmen war eine immens lange Leiter gelehnt. Ganz oben stand Frau Duschke und säbelte mit einer Machete Blätter und Kokosnüsse herab. Am Boden lagen einige verteilt.
„Bleiben Sie bitte stehen!", rief sie, als sie Lennart kommen sah. „Es ist nicht angenehm, wenn einem ein so riesiges Blatt auf den Kopf fällt oder gar eine Kokosnuss." Sie ließ die Machete sinken und lächelte von ihrem erhöhten Platz. „Wissen Sie, Herr Schneider, es kommen in den Tropen jedes Jahr viele Menschen ums Leben, weil ihnen Kokosnüsse auf den Kopf fallen. Dagegen sind die Todesfälle nach Haiangriffen zu vernachlässigen."
„Danke für die Warnung." Lennart schob die Hände in die Taschen seiner dunklen Stoffhose, während er ihre sicheren, absolut schwindelfreien Bewegungen verfolgte. „Sie haben also mit Ihrem Gartenkurs angefangen?"
„Der Kurs", sagte Frau Duschke und hackte mit der Machete gegen den Blattstrunk, „wird extra für mich abgehalten. Ference ist wirklich ein Schatz. Ich habe bisher auf keiner Reise einen Concierge kennengelernt, der so zuvorkommend ist."
„Stets zu Diensten, Madame."
Ehe er laut aufschreien konnte, biss Lennart sich auf die Zunge, denn auf der anderen Seite der Palme, auf einer zweiten Leiter, stand Ference. Er beugte sich seitlich am Stamm vorbei und grinste Lennart breit an. „Wie kann ich dienen, Sir?"
„Ich fürchte, was Sie für mich tun könnten, wollen Sie nicht tun."
„Äußern Sie einen Wunsch, Sir."
„Weil Sie der Geist aus der Lampe sind?"
„Warum so gereizt, Sir? Genießen Sie die Zeit, die Ihnen bleibt."
Lennart schnaubte.
„Frau Duschke", sagte Ference zu seiner Schülerin, „Sie dürfen mit der

Machete richtig kräftig zuschlagen. Scheuen Sie sich nicht. Lassen Sie die Klinge arbeiten und bremsen Sie nicht vorher unbewusst ab."
„Mir ist mit dem langen, scharfen Messer unwohl", lächelte Frau Duschke schwach. „Immerhin ist die Klinge so lang wie mein Unterarm."
Ference nahm ihr die Machete ab, hielt sie fest in der Hand und holte aus. Er ließ die Klinge gegen den Schaft des Blattes sausen und wie durch Butter ging sie hindurch. Das große Blatt segelte zu Boden.
„Keine Scheu, Frau Duschke. Sehen Sie? Sie können niemals effektiv arbeiten, wenn Sie das Werkzeug nicht benutzen. Sparen Sie Ihre Kraft, indem Sie die Machete arbeiten lassen. Immer schön schwingen, immer schwingen."
Einige Hiebe lang verfolgte Lennart das Schauspiel und hoffte, Frau Duschke möge den Halt auf der Leiter nicht verlieren. Zwei Dutzend Meter über dem Erdboden war sie mit keinem Gurt oder einem Seil gesichert. Manchmal balancierte sie gar auf einem Bein; Lennart kniff ein Auge zu. „Frau Duschke", fragte er, „haben Sie Palmen daheim im Garten oder wollen Sie Ihren Rosen und Buchsbäumchen mit der Machete kommen?"
„Unken Sie nicht, Herr Schneider!"
„Ich gebe meinen Bedenken Ausdruck. Der deutsche Garten ist beileibe kein tropischer Regenwald, durch den man sich mit einer Machete kämpfen muss."
„Ference sagt, es sei das beste Gartengerät überhaupt." Sie hielt in der Bewegung inne und wischte sich mit dem Handrücken den Schweiß von der Stirn. „Eine Machete ersetzt sämtliche Gartenscheren, Heckenscheren, Motorscheren, sogar die Unkrautstecher, die kleinen Schäufelchen und dreifingrigen Krallen. Ference sagt, ein guter Gärtner brauche außer einer Machete nur einen Rasenmäher, denn es sei mühsam, den Rasen mit der Machete zu kürzen. Möglich sei es durchaus, sagt Ference."
„Ference." Lennart spürte, wie sich sein Blick verdüsterte. „Nun denn, Frau Duschke, lassen Sie sich den Spaß von einem alten Nörgler wie mir nicht verderben."
„Nörgler, ja", lächelte Frau Duschke und ließ ihr Gartenwunderwerkzeug durch die Luft flitzen. „Alt sind Sie nicht, Herr Schneider."
Ihr kam die Machete aus. Kein Wunder, dachte Lennart, bei der Fuchtelei, und verfolgte die Flugbahn des Messers. Er sah es durch die Luft taumeln, einen Salto machen und die Machete sauste mit der

Klinge voran herab. Vor seinen Füßen bohrte sie sich in den Rasen und blieb schwingend stecken.
Ein heftiger Adrenalinschub zischte durch seine Arme und Beine, als Lennart hinter sich einen erschreckten Schrei hörte: „Meine Güte!" Es war Susanne. „Ist Ihnen was passiert?" Obwohl sie hochhackige Sandalen trug, war sie erstaunlich flink auf den Beinen und kam neben ihm zu stehen. Sie fasste ihn an den Armen. „Das war knapp!"
„Keineswegs." Lennart mochte das Gefühl ihrer Finger an seinen nackten Armen. Er war froh sich ordentlich angezogen zu haben. Hemd, Krawatte und dunkle Hose machten auf sie gewiss mehr Eindruck als Jogginghose und T-Shirt. „Zwischen mir und der Machete ist ein guter Meter Platz."
Trotzdem ließ Susanne ihn nicht los. Sie begann zu lächeln. „Aus meiner Perspektive sah es fürchterlich aus. Ich dachte schon, Sie bekämen die Klinge in den Schädel."
„Ja", rief Ference von seinem Platz auf der Leiter, „das dachte ich auch, Sir."
„Ich habe sie kommen sehen", sagte Lennart, „und hätte zur Seite springen können."
„Mit welcher Geschicklichkeit, Sir?"
„Na", machte Lennart, „einen kleinen Hopser bekomme ich hin, wenn es die Situation erfordert."
„Sie müssen Nerven aus Stahl haben", wurde Susannes Lächeln breiter. „Offenbar brauchen Sie meinen Trost nicht." Sie drückte sanft, strich mit den Fingerspitzen über seine Arme nach unten zu seinen Handgelenken und spielte kurz mit seinen Fingern, ehe sie ihn losließ. Lennarts Herz schlug bis zum Hals. „Womöglich stehe ich völlig unter Schock und breche gleich zusammen?"
„Nein", lachte Susanne, „Sie haben die Chance verpasst."
„Ich könnte Frau Duschke bitten, eine zweite Machete nach mir zu werfen?"
„Bitte nicht." Susanne rückte seinen Krawattenknoten zurecht, obwohl dieser tadellos saß. Es war ein Vorwand, um ihn sacht an der Brust zu berühren. „Wenn Sie auf dem Weg zum Manager sind, sollte ich Sie besser nicht stören."
Genau das sollte sie. Sollte ihn stören und ablenken und alles, was an Entsetzen in ihm war, mit ihren zarten Fingern einfach wegwischen. Lennart riss sich zusammen. „Der Manager ist nicht da", sagte er. „Wenn Sie sich passende Schuhe anziehen, können wir gleich los. Es

sei denn, Sie haben andere Pläne?"

„Ich?" Sie hakte sich bei ihm unter und begann von Ference und Frau Duschke weg zu gehen. „Achim liegt betrunken am Pool und schläft. Wann immer seine Lider flackern, ist sofort Ference zur Stelle und reicht ihm einen weiteren Drink."

„Seltsam." Lennart schaute über die Schulter zu der Palme zurück, wo Ference auf der Leiter stand und ihm nachglotzte. „Er ist ein erstaunlich flinker Kerl."

„Eher erstaunlich unverschämt." Susanne bog bei der nächsten Gelegenheit nach links ab, denn ihr Bungalow lag in genau der anderen Richtung. „Ich habe gesehen, wie er Achim ein Tütchen zugesteckt hat. Kokain, können Sie sich das vorstellen?"

„Das dürfte auch in diesem Land illegal sein."

„Als eine Frau an der Poolbar eine Nektarine aus dem Obstfach nehmen wollte, kam Ference gelaufen und schlug ihr auf die Finger." Susanne fuhr sich kurz durch die Haare und rieb sich die Stirn. „Ich habe den ganzen Tag nichts anderes zu tun, als einfach nur am Pool oder am Meer zu sitzen. Achim ist hackedicht und die übrigen Gäste benehmen sich mehr als seltsam. Ich würde an meinem Verstand zweifeln", sie drehte den Kopf und lächelte ihm leicht zu, „wenn es Ihnen nicht offensichtlich ebenso erginge. Sie scheinen außer mir der einzige normale Mensch zu sein."

„In der Tat", schmunzelte Lennart, „ich bin ein absolut normaler, durchschnittlicher Typ." Damit brachte er sie zum Lachen, ein Lachen, das er wunderschön fand. Ihre Augen glitzerten dabei, ihre strahlend weißen Zähne funkelten und sie kam näher zu ihm. Sie duftete nach Himbeeren und Granatapfel. Frisch, luftig, leicht. Obwohl sie seinen Arm berührte, hing sie nicht an ihm, vielmehr schwebte sie wie eine Elfe. Sie passierten den Pool und die Bar in einigem Abstand. Lennart sah Stucks unter einem Schirm liegen. In der linken Hand hielt er ein Glas, das halb gefüllt mit einer klaren Flüssigkeit war. „Ist eher kein Wasser", murmelte Lennart.

„Ist es." Susanne ließ ihn los, um den Schlüssel aus ihrem Handtäschchen zu suchen. „Ich habe vorhin den Wodka weggekippt und das Glas mit Wasser aus der Minibar aufgefüllt." Sie schob den Schlüssel ins Schloss und sperrte die Tür auf. Gleich neben dem Eingang standen ihre Schuhe und sie wählte für die Bergbesteigung flache Pantoletten mit Glitzersteinchen an den Seiten. Die Turnschuhe ließ sie stehen. „Hoffentlich finden wir ein Netz."

Vom Pool ertönte ein gellender, kurzer Schrei, gefolgt von einem gelallten Protest: „Ference, Scheiße, da hat mir irgendein Arsch Wasser ins Glas gekippt!"
Lennart beugte sich nach rückwärts und machte mit einem verschmitzten Lächeln den Hals lang. Er sah Stucks halb von der Liege purzeln, als er das Wasser in einen Blumentopf kippen wollte. Prompt kam der Concierge gelaufen, hielt ihn an den Schultern und bugsierte ihn zurück auf die Liege. Er drückte ihm ein frisches Glas in die Hand, die Eiswürfel klimperten bis zu Lennart und der Strohhalm hatte sogar zwei Knicke, um bequemes Trinken im Halbliegen zu ermöglichen.
Susanne zog die Tür hinter sich zu. „Gehen wir."
Diesmal hakte sie sich nicht bei ihm unter. Sie hielt ihr Smartphone wie eine Ikone vor sich. Lennart erinnerte sich an den farblich nicht passenden Blumenschmuck, um den sie sich hatte kümmern wollen. Er wusste nicht, was er dazu sagen sollte, und entschied sich für einen schnellen Rundumblick.
Da war er wieder, der dauergeile Erdloch-Beglücker. Ob Lennart ihn jemals in einer Situation sehen würde, die nicht verfänglich war? Gerade eben kratzte er sich ausgiebig zwischen den Beinen und selbst wenn er eine Hose getragen hätte, hätte Lennart es nicht für gutes Benehmen gehalten. Er guckte in die andere Richtung. Auch Susanne tat es und so erblickten sie beinahe gleichzeitig Frau Thienemann, die vor einer Topfrose stand und eifrig auf sie einsprach. Susanne schnaubte verhalten. „All das Durcheinander mit ihrem Ehemann, den sie für einen Dalmatiner hält, und ihren Häusern, Yachten oder Autos. Außerdem diese groteske Vorstellung gestern an der Bar…"
„Mhm", machte Lennart, „man muss sie für verrückt halten, sonst wäre ihr Verhalten nicht zu entschuldigen."
„Ja", sagte Susanne unschlüssig. „Ältere Damen sind gewöhnlich so solide. Perfekt zurechtgemacht, tadellose Manieren. Als wären sie es, die eine Gesellschaft fest im Leben verankern."
„Solide", wiederholte Lennart. Er musste den Kopf wenden, um Frau Thienemann sehen zu können. Die Alte trug einen wadenlangen Sommerrock in dezentem Beige, dazu eine hellorange Bluse und ihre braune Henkeltasche über dem Arm. Man konnte sie für eine normale ältere Dame halten, die anständig und bedächtig auf jedermanns Ruf und die allgemeine Moral achtete. Nur sprach sie mit einem Rosenbusch. „Wissen Sie", hörte Lennart ihre leise Stimme, „ich steche immer mit meinem stählernen Messer darauf ein, aber ich kann das

Biest einfach nicht töten." Sie begann sich am Bein zu kratzen. Sie zog den Rock hoch, viel höher als Lennart es erwartet hätte, und kratzte sich mit Hingabe am Oberschenkel.

„Genau das", sagte Lennart leise, „trägt meine Oma auch drunter. Hautfarbene Strümpfe, die an einem altmodischen Strumpfhalter hängen."

Susanne blieb kurz stehen. „Woher wissen Sie das denn?"

„Ich kümmere mich um sie. Einkäufe und dergleichen, nach dem Rechten sehen, Papierkram erledigen." Lennart begann zu lächeln bei der Erinnerung. „Sie hat mich einmal in ein Wäschegeschäft mitgenommen und die Verkäuferin nach Strapsen gefragt."

„Da sind Sie aus allen Wolken gefallen?", lachte Susanne.

„Natürlich." Lennart mochte den sanften Blick aus ihren Augen und ihr charmantes Lächeln. „Bis Oma einen ihrer abgetragenen Strumpfhalter auf den Tresen knallte und gefragt hat, ob man den reparieren kann. Von da an hatte ich Mitleid..."

„Mit Ihrem Großvater?", schmunzelte Susanne.

„Und", lachte Lennart zurück, „mit Wäscheverkäuferinnen."

Sie ließen Frau Thienemann stehen, der das Gespräch mit dem Röschen offenbar sehr behagte. Sie ließ sich nicht einmal von dem Mann ablenken, der hinter einem Bungalow hervorkam und sich mit lang gestrecktem Kopf umsah.

„Sucht er seine Kleidung?", fragte Susanne. „Das wäre bei dem Nackedei dringend nötig."

„Ich wette", begann Lennart sich umzusehen, „er sucht jemand ganz bestimmten." Tatsächlich entdeckte er Ference, der hinter der Bar auftauchte, als hätte er sich eben zu einem weit unten gelegenen Regalfach gebückt. „Was hat er vor?"

„Wer?", fragte Susanne und drehte sich um. Sie entdeckte Ference ebenfalls und schnappte nach Luft. „Wie kommt er hinter die Bar? Er war gerade..." Sie drehte sich zu einem Bungalow, dessen Tür offen war. Für einen kurzen Moment glaubte auch Lennart eine rote Uniform zu sehen. „Oh", machte Susanne, „ich fürchte, ich habe ihn verwechselt. Die sehen in der lächerlichen Uniform auch alle gleich aus."

Im Laufschritt kam Ference an. „Zu Diensten, Sir!" Diesmal meinte er nicht Lennart. Er blieb vor dem nackten Mann stehen, der den Arm ausstreckte und die Handfläche nach oben drehte. In die geöffnete Hand ließ Ference zwei Tabletten fallen, die Lennart an Form und Farbe erkannte. Nicht, weil er sie selbst benutzte, sondern weil die Bilder

durch die Presse gegangen und die Fakes mit Zuckerfüllung der Renner auf jedem Junggesellenabschied waren. „Erektionsmittel!", stieß er aus. „Das darf nicht wahr sein!"
Mit leicht schief gelegtem Kopf drehte sich Ference zu ihm. „Stimmen Sie erneut die ewig gleiche Leier an, Sir?"
„Sie werden sich eine Endlosschleife anhören müssen", eilte Lennart mit wenigen Schritten zu Ference und dem Nackten, „weil Sie gegen sämtliche Vorschriften und eine Menge Gesetze verstoßen." Er wandte sich an den Nackten mit dem ausgemergelten Oberkörper und den spärlichen Brusthaaren, dessen Hände im Rhythmus seines rasenden Herzens zitterten. „Nehmen Sie diese Dinger bloß nicht."
„Sir", verschränkte Ference die Arme, „unterlassen Sie es meine Gäste zu belästigen."
Lennart streckte den Arm und wollte die zwei Tabletten an sich nehmen. Der Dauergeile schloss schnell die Finger und streckte Lennart die Zunge raus. „Das sind meine, hol dir deine eigenen."
„Diese Medikamente", sagte Lennart, „können ernsthafte Nebenwirkungen haben. Sie sollten sie nur nach Rücksprache mit einem Arzt einnehmen."
„Pf", machte der Mann, ehe er sich die Tabletten in den Hals schleuderte und trocken schluckte. „Eine Gesichtsbarracke wie du kann es nicht nachvollziehen, du benutzt ein Bett nur zum Heia machen. Ich bin extra in Urlaub gefahren, um rund um die Uhr zu vögeln."
„Da hätten Sie besser ein anderes Hotel gewählt."
„Es war ein prima Hotel", sagte der Nackte und stuppte Lennart den Zeigefinger in die Brust, „bevor du gekommen bist. Mit deiner ewigen Nörgelei und deinem Hang zum Weltverbessern gehst du mir gewaltig auf den Sack." Er wackelte pausenlos mit den Zehen und trat von einem Bein aufs andere, als müsste die Energie, die sein Körper freisetzte, sofort irgendwohin. Langsam richtete sich sein Penis auf, bis er stabil aufrecht stand. „Danke, Mann", klopfte der Nackte Ference auf die Schulter, „wenn die Wirkung nachlässt, melde ich mich wegen Nachschub."
„Jederzeit gerne, Sir."
Lennart stockte der Atem, als der Nackte Frau Thienemann ansprach und sie nur einen Wimpernschlag später rücklings auf dem Rasen lag. Ihre Lippen bewegten sich und wenn Lennart sich nicht auf das Gestöhne des Mannes konzentrierte, sondern auf die ältere Dame,

konnte er hören: „Wissen Sie, mein Mann ist ja bei einem Messerunfall zum Schlagen gekommen. Drei Dalmatiner hat der Wind abgedeckt und meine Yachten haben die Hausmeister gefälscht. Können Sie sich das wegwehen? Ich habe mein Leben lang getanzt. Einige tanzen, um sich zu erinnern, andere tanzen, um zu vergessen."

„Haben Sie gesehen?", mahnte Lennart Ference. „Er hat riesengroße Pupillen und Schweiß steht ihm auf der Stirn. Seine Glieder zittern und er ist in seinen Bewegungen sehr fahrig."

„Frau Thienemann genießt eben diese fahrigen Bewegungen und das Zittern im Glied", lächelte Ference dem Nackten und Frau Thienemann mit leicht geneigtem Kopf zu. „Der Verlust der Körperkontrolle kommt, wie Sie festgestellt haben, von den Nebenwirkungen: Der Puls rast, das Herz muss Höchstleistung erbringen. Etwas, das Ihnen, Sir, offensichtlich völlig fremd ist."

Lennart ignorierte diese Worte. „Trotzdem geben Sie ihm Medikamente, die ein verantwortungsvoller Arzt niemals verschreiben würde?" Er rieb sich über das Gesicht. „Ich komme mir vor wie im Irrenhaus. Ich wiederhole mich."

„Sir", sagte Ference, „ich mache meine Gäste glücklich. Ich würde auch Sie glücklich machen, wenn Sie mir sagten, wonach Ihnen ist, Sir?"

„Das würden Sie nicht." Lennart drehte sich um und machte drei Schritte an Susannes Seite. „Wir wollten nur die Gegend erkunden."

„Ja", nickte sie eifrig und zwang ein Lächeln auf ihr Gesicht. „Ein bisschen Bewegung haben."

„Aha." Ference rollte die Augen, ehe er auf Susannes Hand mit dem Smartphone zeigte. „Sie werden auf der gesamten Insel kein Netz finden, weil es keines gibt."

„Trotzdem", sagte Susanne fest, „werden Herr Schneider und ich die Gegend erkunden."

„Na klar", machte Ference, wobei sein Blick düster wurde. „Passen Sie auf den Weg auf. Zwischen den spitzen Steinen wachsen Pflanzen, die nicht nur scharfe Dornen tragen, sondern auch einen üblen Hautausschlag hervorrufen. Den behandelt unser Arzt, indem er über die Pusteln pinkelt."

„Igitt", sagten Lennart und Susanne beinahe gleichzeitig.

„Tja", drehte Ference sich um und schlenderte davon, „von mir aus erkunden Sie diese Insel bis in alle Ewigkeit."

Kapitel 5

Sanft begann der Anstieg, nachdem sie die steinige Ebene überwunden hatten. Spitzes Geröll und Dornengestrüpp gab es reichlich, anscheinend verteilt über die gesamte Insel. Dazwischen war genügend Platz, um einigermaßen bequem zu gehen. Es brauchte keine übertriebene Vorsicht, wie Lennart erleichtert feststellte. Selbst als der Weg steil wurde, machten ihm die Dornen keine Sorgen, die Steigung schon. Bald ging es senkrecht nach oben, seinen kneifenden Waden nach sogar über Kopf. Lennart suchte nach den Überhängen, an denen er sich festklammern musste, bohrte seine Finger in sämtliche Steinstreben und war entsetzt, weil es nur bergauf ging. Vielleicht lag diese Falscheinschätzung seiner Position im Raum an seinem Kreislauf und dem wummernden Herzen, vielleicht an der Oberseite seiner Knie, wo sich beidseitig ein heißes Stechen breitgemacht hatte. Überlastung, diagnostizierte er bei sich selbst, nach einigen Schritten bergauf. Sein innerer Schweinehund drängte zum Umkehren und Aufgeben und dem Rückzug ins Eiscafé, wohingegen Susanne wie erwartet vor ihm her tänzelte. Sie wich von dem geraden Weg ab, den Lennart als den kürzesten einschätzte, schlug Haken um besonders stacheliges Gewächs herum und machte Bogen um große Steine. Ja, vielleicht war ihr Weg der bequemere – kürzer wäre der andere gewesen, bei dem immer mal wieder ein großer Schritt über Dornen oder einen Felsbrocken nötig war, und Lennart wollte keinen von beiden gehen. Er war völlig erledigt. Er versuchte mit besonders langen, tiefen Atemzügen gegen die Schwäche anzukommen, die von ihm Besitz ergriffen hatte.
Susanne merkte man nichts an. Sie blickte fortwährend hinter sich und über das Hotel und den Strand und die Küste und immer endete dieser Blick auf dem Display ihres Smartphones. „Nichts", sagte sie. „Kein Netz." Besser hätte sie eine lange Schlabberhose getragen und einen Pulli, der ihr zwei Nummern zu groß war, damit ihr Anblick nicht so ablenkend gewesen wäre. Wann immer Lennart einen klaren Blick zustande brachte, blieben seine Augen an ihren schlanken Beinen hängen, dem hohen Saum ihrer Shorts, den Knien, den zierlichen Knöcheln, der glatten Haut und eine Idee formierte sich, die den Aufstieg auf den Berg nicht schneller machte.
Ja, sie schwitzte in der Hitze. Kleine Schweißtropfen standen ihr im Haaransatz. Ihr blaues T-Shirt zeigte davon keine Spuren, nicht einmal

unter den Armen, wo bei solcher Hitze jeder normale Mensch sofort heftig zu schwitzen begann. Wie er selbst eben auch. Ihm lief der Schweiß in Sturzbächen vorn und hinten herab; sein Hemd war längst durchnässt. Er glaubte eine tropfnasse Spur hinter sich herzuziehen und nicht nur weil ihm das peinlich war, schnappte er hektisch nach Luft.

Auch Susanne atmete tief – immer, wenn sich auf dem Display nichts Neues tat. Sie stieß ein abfälliges Schnauben aus, wenn sie wieder einmal stehen blieb und auf ihn wartete und dabei so tat, als wäre die Aussicht ein Päuschen wert.

„Setzen Sie sich", sagte sie, als gerade einmal der halbe Weg geschafft war. Dabei zeigte sie auf einen größeren Felsen mit recht flacher Oberfläche.

„Nein, nein." Der Gedanke, seinen Hintern auf dieses harte Ding zu pressen und die Beine zu entlasten, war verlockend. Er hätte sich glatt auf einen Kaktus gesetzt, wenn er nur endlich sein polterndes Herz beruhigen und seine Beine entlasten konnte. „Es geht schon. Ich hätte nur besser meine Sportschuhe nehmen sollen."

„Haben Sie welche?" Susanne stand felsenfest wie eine Gämse im Berg und zeigte auf den Felsen. „Setzen Sie sich. Ich sehe mal, ob Sie sich eine Blase gelaufen haben."

„Wenn ich mich anstrenge, kriege ich meine Füße nahe genug an meine Augen heran, um selbst nachzusehen." Lennart ließ sich auf den Felsen sinken und mit dem Ausatmen bekam er einen wütenden Protestschrei seiner inneren Organe zu hören. Vom Herz bis zur Milz beschwerte sich jeder über diese rüde Behandlung und sämtliche Muskeln stimmten in diesen Chor ein. Einzig sein Gehirn fand, es wäre seit Jahren Zeit für solches Training gewesen und er solle sich nicht so anstellen in Gegenwart einer wunderbaren Frau. Lennart verfolgte mit den Augen den Weg, den sie gekommen waren. Für seine Verhältnisse ein ordentliches Stück Weg. Wie lange sie wohl gebraucht hatten? Er hob sein Handgelenk vor die Augen und blinzelte, bis das Bild stabil stand. „Eine Stunde?" Lennart tippte gegen die Uhr. „Eine Stunde! Es fühlt sich wie drei Tage an."

„Zieht sich." Susanne ging vor ihm in die Hocke und hielt sich vorsichtig an seinen Knien fest. Das machte sie lächelnd und sie tat es nicht, um die Balance halten zu können. Sie machte ohnehin den Eindruck, als sei sie im Abendkleid nur mal eben kurz die Nase pudern gegangen.

„Unser Unterfangen ist nicht gut durchdacht. Sie wollen einen Berg in

Bügelfaltenhose und Halbschuhen bewältigen, ich in Pantoletten, Shorts und Spagetti-Shirt. Kein Wunder, wenn einem der Kopf und die Füße wehtun." Sie knetete durch die Hose hindurch die Muskeln rund um seine Knie. „Möchten Sie lieber umkehren?"
Lennart wog unschlüssig den Kopf. „Am liebsten würde ich ein Netz finden." Er betrachtete auf diese geringe Distanz ihre feinen Gesichtszüge. „Meine Schuhe sind wirklich unpassend und ich habe weder genügend Muskelmasse noch Übung, um diesen Mangel wettzumachen. Im Gegensatz zu Ihnen bin ich nicht in Form."
Susanne hob die Schultern, als müsste sie sich entschuldigen. Sie schaute auf seine Lippen, bewegte ihre Finger auf seiner Hose und machte einen tiefen Atemzug. „Ich fürchte, ich fange mir einen Sonnenbrand ein, weil ich vergessen habe, mir Sonnencreme mitzunehmen. Außerdem habe ich Durst, schrecklichen Durst." Sie wandte den Kopf nach hinten. „Können wir zurückgehen und morgen einen zweiten Anlauf wagen? Besser ausgerüstet, natürlich."
Ob sie sich bewusst näher zu ihm gebeugt hatte? Nicht nur ihre Finger berührten ihn, er spürte auch ihr Shirt an seinen Knien. Für den Hauch eines Moments rutschte sein Blick an den schmalen Spagettiträgern vorbei ins Dekolletee, bewunderte sie sanften Wölbungen und er fragte sich, wie sie nackt aussah. Bevor sein Gesicht diese Gedanken verriet, fand er wieder ihre Augen. Wunderschöne Augen, in deren wachem Blick er einen ebenso wachen Geist sah. Lennart beugte sich ebenfalls nach vorn. Erst einige wenige Zentimeter vor ihrem Gesicht stoppte er. „Sie dürfen nur nicht hoffen, ich würde morgen eine bessere Figur machen. Fünfunddreißig Jahre Lotterleben lassen sich nicht über Nacht ungeschehen machen."
Susanne begann zu schmunzeln, ohne den Blickkontakt zu unterbrechen. „Bergab geht es leichter", sagte sie. „Wenn Sie die Krawatte abnehmen, bekommen Sie vielleicht sogar Luft."
„Die Krawatte abnehmen?", quälte Lennart sich auf die Beine. „Lieber nicht. Ich sehe nur mit Hemd und Krawatte einigermaßen annehmbar aus."
„Tiefstapler", lächelte Susanne und stupste ihn leicht in die Seite. Das heiterte ihn auf und motivierte ihn für wenige Schritte und trotzdem sehnte Lennart sich nach dem Moment, in dem er wieder gepflasterten Hotelboden unter den Füßen haben würde. Nicht mehr zwischen dem Gestrüpp stolpern, nicht mehr kleinen und großen Steinen ausweichen, nicht der Versuchung widerstehen, es einfach bergab laufen zu lassen

und hoffen, er möge nicht zu Fall gebracht werden von seinen eigenen Füßen.

In der flirrenden Hitze fiel ihm das Atmen schwer. Sein Gehirn schaltete ab und dachte an nichts anderes als Susannes Po. Manchmal stahl sich das Bild einer mit eiskalter Apfelschorle gefüllten Badewanne dazwischen: Immer, wenn Lennart schluckte und seine Zunge am trockenen Gaumen kratzte. Endlich sah er in fürchterlich weit entfernten hundertfünfzig Metern den Hoteleingang vor sich auftauchen. Die Muskeln in seinem Körper jubilierten, sein Herz machte vor Freude einen Sprung und sogar seine Lunge schaffte mehr Luftvolumen.

Nachdem sie die Lobby durchquert hatten, spürte Lennart die verdrängte Erschöpfung heftig aufwallen. Er wollte nichts sehnlicher als den Weg mit dem sanften Gefälle gehen, der vorbei an Rabatten mit blühenden Rosen führte. Auf der anderen Seite des Weges standen mit Rosen bepflanzte große Kübel. Sie waren Lennart gleich aufgefallen, besonders die Osiria. In einem guten Rosenjahr, wenn die Blüte voll zur Geltung kam und es das Wetter mit Pilzen und Läusen nicht gut meinte, war diese Rose eine Augenweide aus weißer, roter und rosa Farbenpracht. Dann freuten sich Oma und ihr Arzt, der ihr weniger Medikamente gegen Bluthochdruck verschreiben musste, und Lennart, der weniger oft in die Apotheke musste, um die Medizin zu holen. Klar, er hätte sie im Internet bestellen können. Nur ließ Oma immer einen schönen Gruß an die junge, hübsche, ledige („Sie ist auf der Suche, Lennart, mein Junge!") Apothekerin bestellen. Einmal hatte Lennart überlegt, ob er sie auf einen Kaffee einladen sollte, ganz wie Oma es gern gesehen hätte. Er sah sie im weißen Kittel hinter dem Tresen stehen. Ihre braunen Augen und die schwarzen Haare waren Durchschnitt und nichts an ihrer Begrüßung weckte das Verlangen nach einem Gespräch mit ihr. Ob sie klug war oder nicht, welche Hobbys sie hatte, ob sie gern auswärts aß oder sein Faible für Science Fiction teilte? Er nahm das Medikament, bestellte den schönen Gruß und ging ohne Verabredung zurück zu Oma.

„Schade", sagte Lennart und wurde langsamer. „Der Gärtner hat die Osiria an einen anderen Ort gebracht, dabei hat ihr das Plätzchen hier wohl gefallen."

„Bitte?" Susanne drehte den Kopf zu ihm. „Ich habe nicht zugehört, entschuldigen Sie bitte. Dort steht eine Frau am oberen Pool, die mir arg weggetreten aussieht."

„Machen Sie sich keine Gedanken; die stand gestern genauso da und machte denselben dämmrigen Eindruck." Lennart zeigte auf die Pflanzen. „In dieser Reihe an Blumenkübeln stand bis heute Morgen eine Rose, die Osiria heißt. Prächtige Blüte, imposante Farbgebung, dezenter Duft. Mir hat sie sehr gut gefallen und meine Oma wäre auf eine solche kerngesunde Pflanze neidisch. Leider ist die Rose weg. Anscheinend hat der Gärtner einen anderen Platz für sie gefunden."
„Verstehe." Als würden ihr die Pflanzen erst jetzt auffallen. „Rot, weiß und gelb. Eine andere Unterscheidung gelingt mir leider nicht." Sie hob die Schultern. „Dabei wäre gerade diese Fähigkeit praktisch. Ich habe so viel mit Blumen zu tun, mit ihren Farben, der Haltbarkeit, dem Duft… Leider bin ich zu unbedarft und muss mich auf das verlassen, was mir der Gärtner vorschlägt."
„Überschätzen Sie meine Fähigkeiten nicht", winkte Lennart ab. „Mir ist die Osiria nur aufgefallen, weil ich das jährliche Drama um Omas Rosen stets mitbekomme. Eine andere Sorte, muss ich zugeben, kenne ich nicht."
Susanne beugte sich lächelnd zu einer Blüte und schnupperte daran. „Können Rosen nach Zitronen duften? Diese tut es, oder? Riechen Sie mal an dieser gelben."
Lennart kam näher. „Sehr frisch und fruchtig. Ja, Zitrone. Erstaunlich. Als hätte man Zitroneneis unter der Nase."
Susanne schloss die Augen. „Ference wüsste, wie sie heißt…"
Kaum hatte sie den Namen ausgesprochen, rechnete Lennart mit Ferences Erscheinen. Prompt hörte er Schritte hinter sich und die vertraute Stimme fragte: „Wie kann ich helfen, Madame?"
Mit geschlossenen Augen richtete Susanne sich auf und drehte sich zu Ference. Erst nach einem tiefen Atemzug öffneten sich ihre Lider. „Ich fürchte, Sie können gar nichts für Herrn Schneider oder mich tun."
„Wie wäre es", ignorierte Ference diese Kritik, „mit einem großen Schokoladeneisbecher inklusive extra viel Sahne für Herrn Schneider und für Sie, Frau Brenner, mit einem herrlichen Obstsalat? Den Obstsalat erhalten Sie an der Bar, wo Sie die Gesellschaft Ihres Lebensgefährten teilen können. Ihr Lebensgefährte, erinnern Sie sich an ihn?"
„Pf", machte Susanne leise. „Der alte Trunkenbold kann mir gestohlen bleiben."
„Madame", warf Ference einen kurzen bösen Seitenblick zu Lennart, „Sie sollten Ihre kostbaren Urlaubstage nicht mit einem Kretin wie dem

da verbringen. Dazu ist Ihre Zeit zu kostbar. Sie haben nur wenige freie Tage im Jahr, die sollen Ihnen Freude bereiten. An denen sollten Sie entspannen, zur Ruhe kommen, die Dinge tun, die Ihnen das ganze Jahr nicht möglich sind. Kommen Sie, ich begleite Sie zur Bar."
Obwohl Ference einige Schritte machte und Susanne am Arm berührte, blieb sie stehen. Sie stemmte die Hände in die Hüften. „Ich bin nicht auf diesen Urlaub angewiesen, um mich zu erholen, zu entspannen oder einen Obstsalat zu essen. Wenn ich mich gestresst fühle, gehe ich joggen. Hier oder daheim. Wenn ich lesen möchte, tue ich das. Wo, ist mir einerlei. Ference, ich lege meine Hoffnungen nicht in ein paar lächerliche Urlaubstage. Die machen nicht wett, was unterm Jahr versäumt wurde." Sie nickte ihm knapp zu. „Maßen Sie sich also nicht an, mir zu sagen, wie ich diesen Urlaub verbringen soll." Sie reckte das Kinn vor. „Ich werde mir zu trinken holen, Ference, weil mir danach ist und nicht weil Sie es mir gesagt haben." Ihre Augen fanden Lennarts Blick. „Herr Schneider, begleiten Sie mich?"
Lennart bot ihr seinen Arm, obwohl sich der Schmerz aus seinen Füßen bis in den Oberkörper zog. Ihm war überhaupt nicht klar, was seine Rückenmuskeln mit den Beinen zu tun hatten, sein Nacken mit seinen Knien, sein Hals mit seinem linken kleinen Zeh. Es war einzig die Gelegenheit Ference eins auszuwischen, die ihn beflügelte. „Gerne auch bis ans Ende der Welt."
Susanne nahm seinen Arm. „Ich fürchte, da sind wir schon."
Nach wenigen Schritten blieb Lennart stehen und drehte sich zurück zu Ference. „Übrigens, wo ist die Osiria hingekommen?"
„Sir?"
„Die rot-weiß melierte Rose", sagte Lennart, denn vielleicht kannte Ference sich nicht mit Blumen aus. „Sie stand in einem großen Kübel hier bei den anderen dreien."
Seinem Fingerzeig folgte Ference, indem er den Kopf langsam drehte.
„Erst die Katzen und die Stimmen, nun die Rosen."
„Was soll daran ungewöhnlich sein?"
„Woran, Sir?"
„An Katzen und Rosen?"
„Wer hat von Katzen und Rosen gesprochen, Sir?"
„Sie." Lennarts Arm schoss nach vorn und zeigte auf Ference. „Es ist keine Minute her."
„Sie beide", stellte Ference mit leicht zusammengekniffenen Augen fest, „Sie beide sind höchst absonderliche Gäste."

„Genug!", zischte Susanne, ließ Lennarts Arm los und machte drei große Schritte, an deren Ende sie nur eine Handbreit vor Ference stand. „Ich habe genug von Ihnen und diesem fürchterlichen Hotel. Ich will schnellstmöglich abreisen. Wann geht das nächste Schiff zur Hauptinsel?"
Ference hob die Schultern.
„Ein Versorgungsboot", sagte Susanne leiser, „würde ich auch nehmen. Lieber zwischen Mülltüten fahren als gar nicht. Wann fährt das nächste?"
„Madame", lächelte Ference übertrieben mild, „wie kommen Sie auf die abstruse Idee, wir lägen an einer der Hauptwasserstraßen dieses Ozeans?" Er zeigte auf das dunkelblaue Meer mit den davor still stehenden Palmen, zwischen denen sich die Bungalows geradezu malerisch machten. „Wie kommen Sie angesichts dieses Paradieses auf den Gedanken an Abreise? Woran fehlt Ihnen? Was suchen Sie anderswo, das Sie hier finden sollen?"
Susannes wütenden Augen nach hätte sie den Concierge am liebsten selbst als Floß benutzt. Gleich würde Ference mit gefesselten Armen und dem Gesicht nach unten im Wasser treiben. „Sie", schnaubte Susanne, „Sie hören überhaupt nicht zu!"
„Das", gab Ference zurück, „ist so eine Frau-Mann-Sache, fürchte ich, Madame. Sir, wo meine Bemühungen beim anderen Geschlecht vergeblich sind, kann ich zumindest Ihnen helfen?"
Lennart zwang sich zur Ruhe. Er ließ seine Hand kräftig auf Ferences Schulter sausen. „Sehen Sie", sagte er, „wir beide wissen, wie so ein Hotel läuft. Das Büffet ist großartig, das Angebot an Snacks, Cocktails und anderen Köstlichkeiten atemberaubend. Alle Zutaten frisch und erlesen, von allerbester Qualität und sehr liebevoll arrangiert."
„Natürlich, Sir", begann Ference nun herzlich zu lächeln. „Sie befinden sich im besten Hotel der Welt. Wie käme es an, wenn ich minderwertige Ware benutzte?"
„Sehen Sie." Lennart drückte die Schulter des Concierge leicht. „Es werden ausschließlich die besten und frischesten Zutaten verwendet und die", er drückte diesmal kräftig, „werden mindestens einmal täglich mit einem Boot gebracht. Nicht wahr?"
„Oh!" Der Concierge rollte mit hängenden Schultern die Augen. Ference wischte Lennarts Hand von seiner Schulter. „Sie haben mich reingelegt, Sir. Sie haben mir Honig ums Maul geschmiert, um an Informationen zu kommen. Ein hinterlistiger Charakterzug, Sir."

Ungerührt schob Lennart die Finger in die Hosentaschen und fuhr fort: „Heutzutage muss jeder Hotelier ein Höchstmaß an Flexibilität bieten. Jeder Gast will die Dauer seines Aufenthalts selbst bestimmen. Ich wette, es kommen täglich neue Gäste an."
Ference schnaubte heftig. „Natürlich kommen neue Gäste; das ist hier ein Hotel."
„Dann", triumphierte Lennart, „checken auch Gäste aus."
„Natürlich", breitete Ference die Arme weit aus, „Sie können jederzeit auschecken, jedoch niemals abreisen." Er ließ die Arme sinken. „Nicht von hier, Sir." Kaum hatte er das gesagt, drehte er sich um und stapfte davon. „Nun entschuldigen Sie mich bitte, an der Strandbar ist ein Gast an einer Erdnuss erstickt. Ich muss mich kümmern. Bin schließlich nicht zu Ihrem alleinigen Amüsement da."
Lennart schaute dem eilig davonstapfenden Concierge nach und runzelte die Stirn. „Er macht Witze, oder?"
„Ich hoffe es", verschränkte Susanne die Arme. „Woher weiß er das?"
Weil sie ihn anschaute, verzog Lennart das Gesicht zu einer ratlosen Grimasse. „Er ist ein komischer Kauz, zweifellos. Meine Frage nach der Osiria hat er gekonnt ignoriert und..." Er stutzte, als sein Blick auf die Rosentöpfe fiel. „Wo ist der dritte hingekommen? Bin ich verrückt? Gerade eben waren es drei Kübel mit Rosen."
„Ganz sicher", stimmte ihm Susanne zu. „Rot, weiß und gelb. Wo ist die gelbe Zitronenrose hin?" Ein plötzlicher Schauer trieb ihr eine Gänsehaut über die nackten Arme. Sie rieb daran. „Ist es Abend? Die langen Schatten, das fahle Licht... Ach, ich kann diesen Menschen nicht ausstehen und ich wünschte, ich könnte diesen Ort verlassen."
„Gehen wir an die Bar?", erinnerte Lennart sie an ihren eigenen Vorschlag.
Sie rieb sich lange die Arme, bis sie den Kopf schüttelte. „Ich möchte lieber in meinen Bungalow zurück." Sie lächelte. „Bitte, seien Sie mir nicht böse. Mir ist plötzlich so kalt und ich friere und... Bitte, gehen Sie allein an die Strandbar."
Das tat Lennart und jetzt, wo er unter der Dusche stand und Shampoo auf seine Handfläche gab, schauderte ihn bei der Erinnerung an das, was er in der Strandbar erlebt hatte. Er verteilte das Shampoo im Haar. Dieser herbe Duft lag ihm nicht besonders; das Shampoo enthielt Koffein und andere bizarre Zusätze, mit denen er die Ausbreitung seiner Geheimratsecken einzudämmen hoffte. Obwohl der Duft nicht gut war, überwog die Hoffnung auf einige zusätzliche Jahre mit Haaren

auf dem Kopf.
Lennart ließ das Shampoo einwirken und erinnerte sich. Tatsächlich war an der Strandbar ein Mann gestorben. Erstickt an einer Erdnuss. Schauerlich. Lennart spürte ein Frösteln und drehte das Wasser heißer. Dampfende Schwaden füllten den Raum. Er hätte das Fenster öffnen oder die Lüftung einschalten sollen.
Als er die Bar erreicht hatte, allein, während Susanne ihren eigenen Bungalow aufsuchte und er darüber betrübt war, lag zwischen den gemütlichen Sitzplätzen ein Mann auf dem blanken Fußboden. Seine toten Augen stierten blutunterlaufen ins Leere. In seiner Kehle klaffte ein weit offener Schnitt. Der Mann, der sich für einen Arzt hielt, kniete neben dem Toten und stützte sich mit seinen blutigen Hände auf die Oberschenkel des Verstorbenen. „Da kam der Luftröhrenschnitt wohl zu spät."
Ference stand aufrecht neben der Szene. „Offensichtlich."
„Zu spät?", fragte hingegen Lennart. „Sie haben dem Armen nicht nur einen Schnitt in der Luftröhre zugefügt, Sie haben ihm den halben Kopf abgesäbelt!" Er schnaubte angewidert. „Mit einem Buttermesser."
„Was, Sir", fragte Ference zurück, „verstehen Sie von der menschlichen Anatomie? Sind Sie Arzt?"
„Wäre ich gern geworden", sagte Lennart. „Ich habe den Gedanken verworfen, weil ich immer gedacht hatte, ich könnte kein Blut sehen." Er verschränkte die Arme. „Seit ich hier bin, werde ich pausenlos eines Besseren belehrt. Sagen Sie, Ference, fühlt sich *dadurch* niemand Ihrer anderen Gäste gestört?"
„Wodurch?" Ference hatte außerhalb der Strandbar eine Schubkarre geparkt, die er schnell holte. „Durch Urlauber, die rundum zufrieden sind? Nein, Sir, davon fühlt sich nur einer gestört und das sind Sie."
„Und Frau Brenner."
„In der Tat." Ference kratzte sich an der Nase, ehe er den Toten in die Karre wuchtete. „Für diese Merkwürdigkeit wird sich im Laufe der Zeit eine Erklärung finden, Sir, da bin ich sicher. Was haben Sie nun vor? Wollen Sie mir im Weg stehen oder sich für das Abendessen fertig machen? Abendessen, Sir. Wie jedermann sehen kann, sind Sie ausgiebigen lukullischen Genüssen sehr zugetan."
Unwillkürlich fasste Lennart sich an seinen nicht kleinen Bauch. Wenn sich der Speck wenigstens gleichmäßig über den ganzen Körper verteilte, anstatt als Wampe vor dem Schwerpunkt zu baumeln. „Ich bemühe mich ums Maßhalten. Immerhin."

„Vielleicht", meinte Ference, „ist dieser Urlaub der passende Zeitpunkt, um entweder diesen Vorsatz über Bord zu werfen oder mit einer Diät zu beginnen?"

„Mhm", knurrte Lennart, „damit Sie mich entweder mästen wie den bedauernswerten Herrn Wiltschass, der mir – ich darf Sie erinnern – im Restaurant verblutet ist, oder mich verhungern lassen, wie diese arme Frau, der sie auf die Finger klopfen, sobald sie sich zu essen nehmen möchte."

„Diäten", hob Ference die Karre an, „müssen eingehalten werden, sonst sind sie nicht erfolgreich. Sir, informieren Sie mich, sobald ich Ihnen behilflich sein kann." Absolut geräuschlos brachte Ference den Toten in der Schubkarre weg. Er fuhr aus der Bar, bog rechts ab und verschwand hinter dem Gebäude im länger werdenden Schatten.

„Tja...", machte Lennart und drehte sich zurück. Wenn er schon mal hier war, konnte er sich den Rückweg über die Eisdiele sparen und statt eines großen Eisbechers mit Sahne Obst nehmen. Er ging zur Kühltheke. Bananen, Orangen, Mandarinen, Ananasstücke auf einer Etage, darüber Äpfel, Birnen, Nektarinen und Melonenstücke. Lennart war unschlüssig, worauf er Appetit hatte, als er eine Bewegung neben sich wahrnahm. Es war Ference, der in Windeseile eine Schubkarre gebracht hatte, in der kein Toter lag, sondern Pflastersteine, Sand, diverse Werkzeuge und anderes Arbeitsgerät.

„Das ging ja schnell", sagte Lennart und nahm sich zwei Stücke Wassermelone. „Respekt."

„Sir?", fragte Ference, als wusste er nicht, worum es ging.

Lennart zeigte mit der Melone auf die Stelle, wo Ference vor wenigen Sekunden mit dem Verstorbenen verschwunden war. „Sie sind grad mit dem Toten weg. Prompt sind Sie mit Werkzeugen wieder zurück. Das hat keine Minute gedauert." Lennart biss die Ecke der Wassermelone ab. „War der Mann allein hier oder mit Angehörigen?"

„Mit seiner Gattin, Sir", sagte Ference und kniete sich auf den Boden. Mit einer Greifzange hob er jene Pflastersteine aus dem Muster, die voller Blut waren, um sie gegen saubere Steine zu tauschen.

„Mit seiner Gattin", sagte Lennart, „so, so." Er aß weiter von der Melone und wartete ab, ob Ference etwas sagen wollte. Als der Concierge, der momentan als Hausmeister fungierte, schwieg, fragte Lennart: „Wie hat sie den tragischen Tod Ihres Mannes aufgenommen?"

„Oh", lächelte Ference von unten herauf, „das weiß ich nicht, Sir, denn sie ist zum Schwimmen."

„Schwimmen?" Lennart mochte den eiskalten, frischen Geschmack der Melone und er schob das Kribbeln in seinen Eingeweiden auf diese Kälte. „Das belieben Urlauber täglich viele Male zu tun."
„Nun", klopfte Ference den Sand unter den Fliesen flach, „sie watete vor einer Woche ins Meer und kehrte bis heute nicht zurück."
„Und das lässt quittieren Sie mit einer derart lapidaren Feststellung?" Lennart schnaubte. „Wahrscheinlich ist sie verunglückt."
„Davon gehe ich aus, Sir."
„Sie hätten die Küstenwache verständigen müssen. Längst." Lennart hatte das erste Melonenstück verspeist und widmete sich dem zweiten.
„Die werden nicht begeistert sein, wenn eine Suchmeldung derart spät eintrudelt."
„Wozu, Sir?" Ference setzte neue Steine mit geübten Handgriffen und sehr flink. „Sie wollte ausgiebig schwimmen, Sir, und ich halte niemanden meiner Gäste von seinen Plänen ab. Wenn ich Ihre wüsste, Sir, könnte ich Sie entsprechend unterstützen."
„Und mich tagelang mit dem Gesicht nach unten im Meer treiben lassen?" Lennart wischte sich die Finger mit einer Serviette sauber.
Ference füllte in die Fugen zwischen den Pflastersteinen feinen Sand ein, packte seine Geräte zusammen, lud alles in die Schubkarre und beendete seine Tätigkeit, indem er sich die Hände an der Hose abklopfte. Lennart warf Serviette und Schalen in einen Mülleimer. „Sie sind sehr geschickt", sagte er, „machen Sie das öfter?"
„Bitte, Sir?"
„Tauschen Sie öfter Pflastersteine?"
„Wenn es nötig ist, Sir."
„Ist es oft nötig?"
„Diese Frage, Sir, verstehe ich nicht."
„Ob hier ständig so viele Menschen ums Leben kommen", stemmte Lennart die Hände in die Hüften. „Haben Sie nichts anderes im Sinn, als die Ruhe unter Ihren Gästen zu konservieren? Warum echauffiert sich niemand über Ihre Gepflogenheiten?"
„Nur Sie, Sir, und die Madame sind unglücklich mit diesem Zustand." Ference hob die Schubkarre an und ging davon. „In der Tat sehr sonderbar", murmelte er und Lennart verlor ihn aus den Augen.
Unbewegt stand er unter der Dusche und erinnerte sich an diesen Vorfall. Merkwürdiges Verhalten, fand er, andererseits war Ference von Anfang an ein merkwürdiger Kerl gewesen. Als er die kleine Gästegruppe am Festland in das Boot geholt hatte, war Lennart dieser

unangenehm durchdringende Blick aufgefallen, mit dem Ference ihn musterte. Als suchte er direkt in Lennarts Innerem. Als hätte er einen Röntgenblick und würde in seine Seele gucken, sich genau umsehen, alles begutachten, über manches die Nase rümpfen und sich über vieles lächerlich machen.

Lennart drehte das Wasser heißer, damit es mit höherer Temperatur seine Füße umspülte. Er hatte vom Gehen Muskelkater bekommen, ein müdes Ziehen in den Waden und ein unangenehmes Drücken in den Kniegelenken. An seinen Fußsohlen gab es Stellen, die schmerzten, sobald er sein Körpergewicht darauf stellte. Wärme, dachte er, könnte helfen. Er drehte sich unter dem Wasserstrahl, damit seine Beine von dieser Prozedur auch profitierten, und genoss die Hitze.

Zwischen die Schaumbläschen, die im Abfluss verschwanden, mischte sich ein anderer Farbton. Lennart brauchte einen Moment, ehe er begriff: Nasenbluten. Sein ehemals hellblauer Waschlappen war dunkel gefärbt und er stand in einem See aus hellrotem Blut, das sich mit dem Duschwasser verdünnte.

„Mist!", näselte er und beugte den Kopf nach vorn, um sich nicht weiter anzuferkeln. Er ließ das Blut laufen und drehte das Wasser kälter. So kalt er es ertrug, ließ er das Wasser in seinen Nacken prasseln. Mit einer Hand drückte er sich den Waschlappen unter die Nase, mit der anderen bemühte er sich seinen Körper sauber zu bekommen. Verrenkungen aller Art waren die Folge und immer wieder musste er den Waschlappen umdrehen oder ausspülen. Wann immer er den Lappen von der Nase nahm, war die ganze Duschwanne sofort wieder hellrot eingefärbt.

Er musste raus aus der Dusche. Bevor er eine Handvoll Taschentücher aus dem Spender ziehen konnte, hatte er den Duschvorleger mit einigen Bluttropfen erwischt. Lennart presste sich die Taschentücher unter die Nasenlöcher und wickelte sich mit absurden Bauchtanzbewegungen ein Handtuch um die Mitte. Dabei spritzte das Wasser von seinem Körper und seinen Haaren durchs ganze Bad, als wollte eine zweite Sintflut hereinbrechen. Gerade da klopfte es.

„Hä?" Lennart verharrte und lauschte, ob er sich womöglich getäuscht hatte. Was wollte Ference, dieses Ungeheuer, jetzt wieder? Natürlich musste es Ference sein, wer sonst? Dieser Mistkerl vereinte sämtliche schlechte Manieren in sich und kümmerte sich um nicht den kleinsten moralischen Standard.

Es klopfte erneut und Lennart ging öffnen. „Bin ja gespannt", murmelte

er, „warum dieser Tunichtgut ausnahmsweise vor der Tür wartet."
Zu seiner großen Überraschung war es nicht Ference, sondern Susanne. Er verfluchte innerlich seinen Aufzug, sein Nasenbluten und überhaupt seine gesamte schlampige Erscheinung.
„Entschuldigung", sagte sie leise, „ich will nicht stören..." Da bemerkte sie die blutigen Taschentücher und holte erschrocken Luft. „Meine Güte! Was ist Ihnen denn passiert?" Ohne auf eine Antwort zu warten, schob sie ihn an den Schultern zurück ins Zimmer und zum Sofa. „Setzen Sie sich." Geschwind drehte sie sich um und zerrte den Mülleimer in seine Nähe. Sie holte den Taschentuchspender. „Austauschen. Die sind längst alle durchgeblutet."
„Das ist nichts Ernstes", sagte Lennart und gehorchte trotzdem. Er warf die blutigen Taschentücher weg und zupfte sich eine Handvoll neue aus dem Spender. „Ich habe öfter Nasenbluten wenn ich lange heiß dusche."
„Jaja." Susanne ging ins Badezimmer und öffnete das Fenster so weit wie möglich. Lennart wollte protestieren, erinnerte sich aber im letzten Moment an die Insektengitter, die vor allen Fenstern angebracht waren. Da würde er keinen Besuch von Lebewesen bekommen, die mehr als zwei Beine hatten. Susanne brachte ein Handtuch, das sie ihm um die Schultern legte. „Sie sind tropfnass."
„Wie gesagt", legte Lennart den Kopf in den Nacken, „ich war gerade duschen."
Langsam ging sie in die Hocke und Lennart folgte ihr mit den Augen. Sie hielt sich mit den Fingerspitzen an seinen Knien fest. „Sie haben mir einen ordentlichen Schrecken eingejagt", sagte sie. „In den letzten Tagen habe ich zu viel Blut gesehen und zu viele groteske Dinge erlebt. Ich dachte für einen Moment, Sie wären der nächste, der in meinen Armen das Zeitliche segnet."
„In Ihren Armen", lächelte Lennart mit den Taschentüchern unter der Nase. „Wenn ich mich nach vorn kippen lasse, begrabe ich Sie unter mir."
Ein leicht rötlicher Schimmer zog über ihre Wangen. Sie zupfte weitere Taschentücher aus dem Spender und hielt ihm den Mülleimer. „Das scheint nicht aufhören zu wollen."
„Holen Sie bloß diesen Arzt nicht", sagte Lennart, als Susanne aufstand. Sie allerdings bückte sich nur vor dem Kühlschrank. „Keine Angst, daran habe ich keine Sekunde gedacht. Sind Eiswürfel da?"
Eiswürfel, überlegte Lennart, wären wundervoll. Weil er seine Augen

nicht von ihrer Kehrseite wenden konnte, sollte sie ihm sämtliche Eiswürfel vorn unters Handtuch kippen. „Der Orangensaft ist alle", sagte er stattdessen und riss sich zusammen. „Das ist alles, was ich über den Inhalt des Kühlschrankes sagen kann."
Susanne hatte die Eiswürfel gefunden und richtete sich auf. Sie schmunzelte, als sie aus dem Bad einen Hygieneplastikbeutel holte und die Eiswürfel hineinkippte. „Ordentliche Kälte", erklärte sie, „kriegt jedes Nasenbluten binnen Minuten in den Griff." Sie zwirbelte das offene Ende des Beutels zusammen und presste ihn in seinen Nacken. Im ersten Moment dachte Lennart, jemand hätte ihm einen Hammer kräftig auf den Kopf gedonnert. Eiseskälte schnitt sein Gehirn in zwei Hälften. Kurze Zeit sah er Sterne, ehe sein Körper den eiskalten Schock überwunden hatte. Er schloss die Augen. Nicht nur wegen der Kälte. Susanne stand viel zu nahe bei ihm, um seine Gedanken nicht in eine unanständige Richtung driften zu lassen. Sie trug keine besondere Kleidung, nur eine wadenlange, schwarze Sporthose und ein hellblaues T-Shirt und sah trotzdem umwerfend gut aus.
Weil sie den Eiswürfelbeutel in seinem Nacken mit einer Hand festhielt, hob er den Kopf, bis sein Blick hoch genug war. „Wussten Sie von meinem Nasenbluten oder haben Sie zufällig an meine Tür geklopft?" Seine Augen waren nicht hoch genug, nur etwa auf Höhe ihres Bauchnabels, den er nicht mal erahnen konnte, weil ihr T-Shirt nicht eng anlag. Nicht genug Bauchspeck. Anders als bei ihm, wie er zähneknirschend feststellte. Er versuchte seinen Bauch einzuziehen. Ein vergebliches Unterfangen, immerhin saß er mit rundem Rücken auf dem Sofa. Im Stehen, vielleicht, hätte man es bemerkt.
Mit der freien Hand fischte Susanne ein gefaltetes Blatt Papier aus ihrer Gesäßtasche. Lennart beobachtete sie dabei genau. Unverschämtheit! Ihre Hose bestand aus so dünnem Stoff und trotzdem war nichts zu sehen, was seine Frage nach ihrer Unterwäsche beantwortet hätte. Nicht einmal, als sie sich in sämtliche Richtungen drehte und bog.
„Das hier", reichte sie ihm das Blatt, „habe ich an der Rezeption mitgehen lassen. Ich wollte mich nicht auf das verlassen, was der Concierge uns vorlügt. Wie steht es mit Ihrem Nasenbluten? Hat es aufgehört?"
„Jetzt schon?" Lennart nahm die Taschentücher von seiner Nase und schniefte. Er tupfte sich über die Nasenlöcher und atmete langsam und vorsichtig ein. „Gewöhnlich dauert das länger."
„Killer-Eis", hob Susanne kurz den Daumen, „wie ich sagte." Sie brachte

den Beutel ins Bad.
Blitzschnell warf Lennart die Taschentücher weg und strich sich durchs wenige Haar, damit es nicht wie nach einem Blitzschlag vom Kopf weg stand. Als Susanne zurückkam, faltete er gerade das Papier auseinander. Ein schneller Blick genügte. „Eine Gästeliste." Sein Herz klopfte heftiger, als Susanne sich dicht neben ihn setzte. „Hier", zeigte er auf die Liste, „sind die Bungalows der Reihe nach aufgelistet und hier steht, welche Gäste darin wohnen. Inklusive Anreisedatum." Nun runzelte er die Stirn. „Das Abreisedatum fehlt."
„Die Dauer des Aufenthalts auch."
„Kein Hotelier", wog Lennart leicht den Kopf, „arbeitet ohne Abreisedatum. Es ist das wichtigste Datum schlechthin, denn am Abreisetag muss das Zimmer für den nächsten Gast vorbereitet werden. Das kostet Zeit und wenn der neue Gast warten muss, in einem Haus mit dieser Reputation, kostet es den guten Ruf."
„Sehen Sie das hier?" Susanne zeigte auf den Bungalow mit der Nummer sieben. „Diese Frau Margareta Siewert kommt am zwölften an. Am dreizehnten kommen Herr und Frau Ziesel an und sie wohnen auch in Nummer sieben."
„Stimmt." Lennart versuchte die wirre Liste zu verstehen. „Belegung am zwölften: Eine Person. Belegung ab dem dreizehnten: Zwei Personen."
Einen Atemzug später sagte Susanne: „Ich hole Ihnen ein frisches Handtuch für die Schultern. Dieses ist total nass und Sie tropfen auf das Sofa."
Sobald Susanne im Bad verschwunden war, wickelte Lennart das Handtuch um seinen Bauch neu. Auf dem Sofa hatte sich bereits ein nasser Fleck gebildet, der merkwürdig aussah. Schnell setzte er sich darauf und deckte ihn ab.
„Erinnern Sie sich", kam Susanne aus dem Bad zurück und legte ihm ein trockenes Handtuch um die Schultern, „was Ference sagte? Von hier reist man nicht ab."
„Ich mag ihn nicht. Unter anderem wegen seiner Wortwahl und des mysteriösen Getues. Vielleicht will er sich damit wichtigmachen, vielleicht weniger robuste Charaktere ängstigen. Mich nervt es gewaltig." Seine Augen fanden auf der Liste den Bungalow mit der Nummer achtzehn. „Merkwürdig. Ihre Abreise ist für Montag in einer Woche geplant, oder?"
„Geplant", wiederholte Susanne, „das war einmal. Ich werde die nächste Chance zur Abreise nutzen. Was ich von dieser Urlaubshölle

erlebt habe, reicht mir vollauf."
Lennart tippte auf die Zeile, die ihn irritierte. „Ihr Bungalow, Frau Brenner, ist ab Sonntag von einer Frau Lauffen besetzt."
„Tatsächlich." Susanne starrte auf das Papier. „Können Sie sich das erklären?"
„Nein." Lennart überflog die Liste. „Mein Aufenthalt dauert bis Freitag. Danach steht mein Bungalow eine Woche und vier Tage leer. Meine Güte, so viel Leerstand würde kein Hotelier freiwillig hinnehmen." Er begann die Liste genauer zu lesen. „Mist!", ließ er plötzlich eine Faust auf sein Knie fallen. „Heute sind zwei neue Gäste angereist. Deren Boot hätten wir nehmen können."
„Was ist morgen?", fragte Susanne und lehnte sich gegen Lennarts Oberarm. Er schluckte trocken, als er durch das Handtuch und ihren dünnen T-Shirt-Stoff eine Wölbung zu spüren glaubte. Sie zeigte auf die Liste. „Sehen Sie, morgen kommen ebenfalls neue Gäste an. Wenn Ference oder jemand anderes sie von der Hauptinsel holt, muss er von hier wegfahren. Wir fahren einfach mit."
„Oder", räusperte sich Lennart und ehe seine Gedanken abdrifteten, erinnerte er sich an die Eiswürfel im Nacken. „Falls wir das Boot erwischen, wenn es die neuen Gäste aussteigen lässt, kapern wir die Nussschale und zwingen den Kapitän uns zur Hauptinsel zu fahren. So oder so, wir kommen hier weg. Wann...?"
Ein Klopfen an der Tür unterbrach sie. Beide drehten die Köpfte und Lennart sagte: „Das kann nur einer sein."
Bevor er aufstehen und zur Tür gehen konnte, öffnete sie sich und Ference trat in den Raum. Er schnupperte den Duft, der aus dem Bad kam. „Madame, Sie befinden sich in eines fremden Mannes Zimmer."
„Naja", meinte Susanne gelassen, „wir leben zum Glück nicht mehr in einer Zeit, als das verpönt war."
„Ist es auch nicht verpönt", schaute Ference Lennart an und rümpfte die Nase, „wenn dieser Mann nicht Ihrem Stand entspricht, halb nackt ist und sich seine Anziehungskraft ausschließlich durch die Gravitation seines massigen Körpers erklären lässt? Es ist abstoßend, Sir, wie viel wiegen Sie? Hundertfünfzig Kilo?"
„Frechheit." Lennart faltete unauffällig die Liste zusammen und schob sie unter das Handtuch. „Was führt Sie her, Ference? Haben Sie beim Zählen Ihrer Schäfchen eines vermisst?"
„Mitnichten." Ference verließ für einen kurzen Moment den Bungalow und als er zurückkehrte, hatte er Stucks bei sich. Gestützt von Ference

vermochte er gerade noch zu stehen. Er schwankte heftig und seine Augen hatten ein bizarres Eigenleben entwickelt. Sie rollten haltlos im Kopf herum. „Boah, ist mir schlecht."
„Ach herrje!" Susanne stand auf und ging zu ihm. Sie fasste ihn an den Wangen. „Achim, alles klar?"
„Nö." Er schüttelte den Kopf eindeutig zu heftig. Er würgte und konnte im letzten Moment den Brechreiz unterdrücken. „Was machst du hier bei dem Kerl?" Stucks wollte auf Lennart zeigen, doch er erwischte die Richtung nicht. Sein Finger zog Halbkreise wie ein Radar. „Du bist seine Freundin, nicht meine. Oder andersrum. Komm, wir gehen und legen uns hin."
„Das ist eine fabelhafte Idee, Achim." Susanne fing ihn auf, als er nach vorn zu kippen drohte. „Stütz dich auf mich, dann bringe ich dich ins Bett."
„Ins Bett", begann er zu kichern. „Gute Idee, Schnecki. Wir können uns mal wieder richtig austoben und diesmal wird dein Telefon garantiert nicht klingeln." Er ließ sich einige Schritte weit bringen. „Ich hab eine Unterhose aus Leder dabei, weil ich dachte, das macht dich vielleicht an."
„Achim..."
„Und Liebeskugeln. Das hast du früher so geil gefunden, wenn ich sie dir ganz langsam..." Ein heftiger Rülpser unterbrach seine Erzählung und er stützte sich am Türstock ab. „Himmel, ich hätte keine Insel buchen sollen. Die schwankt schlimmer als ein Schiff."
„Weil du betrunken bist." Susanne machte einen weiteren Schritt und zog Stucks mit sich. „Du solltest nichts mehr trinken, Achim."
„Trinken?" Er kicherte und tätschelte ihr die Wange, wobei er einmal ihre Nase erwischte und ein andermal beinahe ihr Auge. „Grandiose Idee. Vögeln können wir immer, Rum for free gibt es nur hie..."
Er lachte über seinen missglückten Reim, torkelte weiter und Susanne hatte alle Mühe ihn auf Kurs zu halten. Lennart verschränkte abwartend die Arme. „Nun, verehrter Concierge, wollen Sie nicht helfen?"
„Um nichts in der Welt!" Ference schlug die Hände über dem Kopf zusammen. „Die beiden werden ihren Sex selbst hinbekommen. Oder meinen Sie, ich sollte Herrn Stucks beim Aufreiten helfen?"
„Mäßigen Sie Ihren Ton!" Lennart riss die Schranktür auf und holte ein frisches T-Shirt aus dem Fach. Er schlüpfte hinein. „Ich dachte, Sie könnten Susanne dabei helfen, ihren besoffenen Ex ins Bett zu

bringen?"

„Ex, Sir?" Lennart hörte ihn hüsteln. „Sie machen sich vergeblich Hoffnungen. Sobald die beiden allein sind, wird Herr Stucks seiner Freundin jeden Gedanken an einen anderen Mann aus dem Hirn bumsen. Ein ordentlicher Fick rettet manche Beziehung."

„Ihr Ton!" Lennart schlüpfte in einen Slip und eine bequeme, weite Sporthose. Dabei kam ihm die Liste zwischen die Finger, die er unterm Handtuch versteckt hatte. Schnell schob er sie zwischen die frischen T-Shirts im Schrank.

„Gefällt Ihnen nicht, Sir?" Plötzlich erschien neben der offenen Schranktür Ferences Gesicht. „Bumsen, ficken, vögeln, das tun Paare in Hotelzimmern. Sie treiben es im Bett, im Bad, auf dem Teppich, im Stehen unter der Dusche, von vorn, von hinten, oral und anal und weiß der Teufel wie noch. Und Sie, Sir, haben in Gedanken Frau Brenner auch schon gefickt und wahrscheinlich haben Sie sich dabei fleißig einen von der Palme gewedelt."

„Frechheit!", schimpfte ihm Lennart hinterher, allerdings war Ference bereits aus dem Bungalow und hinter irgendeiner Ecke verschwunden. Es gab ja genügend Häuserecken, Mauervorsprünge, große Blumenkübel, Palmen oder Treppen. „Verkriechen Sie sich ruhig", murrte Lennart, „Sie kommen mir trotzdem nicht davon."

Erst einmal musste er Susanne und Stucks einholen. Obwohl die beiden nur in Schlangenlinien vorankamen, hatten sie die Hälfte des Weges geschafft. Im Laufschritt kam Lennart zu ihnen und griff sich sofort Stucks' frei baumelnden Arm. Diese Unterstützung nutzte der Tunichtgut, um sich fallenzulassen. Wortwörtlich. Lennart stöhnte auf. „Es wäre eine große Hilfe, wenn Sie wenigstens versuchten Ihre Beine zu benutzen."

„So ein Tag...", lallte Stucks und begann zu kichern. „Wie sieht es aus, mein Freund, gehen wir einen trinken? An der Bar..." Er rülpste laut und dabei gluggerte es in seinem Magen. „...gibt es den besten Rum der Welt."

„Bei der Menge", schnaufte Susanne und stemmte sich mit aller Kraft gegen sein Gewicht, „bei der Menge kann der Rum gar nicht mehr schmecken. Es reicht, Achim."

„Lange nicht", kicherte Stucks weiter. „Rum mit Cola ist eine Wucht, Rum mit Zitronensaft schmeckt besser und am besten ist er mit Kirschli... Kirschkilör. Solltet ihr beide mal probieren. Würde eure sauren Gesichter wegprizzeln und dir...", Stucks klopfte Lennart kräftig auf die Schulter, „dir würde er helfen eine richtig geile Schnalle rumzukriegen. Ich kenne den Gesichtsausdruck, den du mit dir rumschleppst. Du bist scharf auf eine Braut, möchtest deinen Schniedel in ihr auswinden, ihre Möpse kneten, mal richtig ficken. Leider kriegst du sie nicht rum. Nicht rum. Rum!" Er klopfte wieder die Schulter. „Rum mit Kirschkölir, das rate ich dir."

Lennart spürte einige scharfe Zurechtweisungen in sich aufsteigen, die er mühsam schluckte. Zum Glück waren sie am Bungalow angekommen. Susanne sperrte mit ihrem Schlüssel auf, ließ ihn im Schloss stecken und gemeinsam wuchteten sie Stucks ins Haus hinein und zum Bett. Stucks ließ sich fallen, kugelte herum und lag auf dem Rücken. Er stöhnte.

Dezent versuchte Lennart das Chaos im Zimmer zu ignorieren. Er stieg über die Klamotten am Boden hinweg, allesamt Männersachen, wie er mit einiger Erleichterung feststellte. Der alte, ausgemergelte Rucksack lag mitten im Zimmer und Ohrstöpsel hingen aus dem kaputten Reißverschluss. Auf dem Bett lag die Reizwäsche aus Leder, die Stucks angekündigt hatte, und daneben stand das Kästchen mit den Liebeskugeln. Als Susanne es entdeckte, schnappte sie alles mit einer einzigen Armbewegung, warf es in die Ecke und schob mit dem Fuß die übrigen Kleidungsstücke ebenfalls auf einen Haufen.

Ein Teil seines Gehirns war definitiv zu sehr mit den Liebeskugeln beschäftigt und mit dem Bild einer Frau, die sich unter seinen Händen vor Lust räkelte, wenn er die Liebeskugeln in ihr feuchtes, heißes… Es dauerte, bis Lennart sich unter Kontrolle hatte und sagte: „Einen Kübel." Er holte den Papierkorb heran, in dem eine leere Mülltüte war. „Der überschüssige Alkohol muss raus und er wird den einfachsten Weg wählen."

Stucks warf sich vor Lachen fast weg. „Alles dreht sich! Verdammte Scheiße, alles dreht sich!" Er hob seine Arme und betrachtete mit kugelrunden Augen seine Hände beim Hin- und Herschwingen. „Voll krass." Sein Magen gab den Kampf um Kontrolle auf. Stucks erbrach sich. Ein enormer Schwall stinkenden Mageninhalts schoss senkrecht in die Höhe, erwischte seine wedelnden Hände und platschte zurück auf seine Brust. Der typische saure Geruch breitete sich aus. Lennart hielt sich die Hand vor die Nase und trat einen Schritt vom Bett weg. „Zu spät."

Es war auch zu spät für Susanne. Sie hatte Stucks beruhigen wollen, nun war sie über und über mit Spritzern von Erbrochenem bedeckt. Ihre

nackten Arme, ihr T-Shirt, ihre Hose, selbst ihre Füße und ihr Gesicht hatten Tupfen abbekommen. Um den Mund wurde sie weiß, während ihre Wangen rot wurden. „Verdammt! Achim!"
Ob Stucks sie hörte? Er kotzte erneut und wieder landete alles auf ihm. Sämtlicher Rum, der frisch gepresste Zitronensaft, der Kirschlikör, mit dem der Rum versetzt war, alles stank erbärmlich.
„Viel zu viel", sagte Lennart leise. „Wenn wir daheim wären, würde ich ihm einen Arzt rufen."
„Bloß nicht!"
„Keine Sorge." Lennart stieg über das hinweg, was am Boden gelandet war. Er packte Stucks an der Schulter und zog ihn auf die Seite. Prompt kotzte er wieder und diesmal verschluckte er sich daran nicht. „Diesen Quacksalber lasse ich nicht ins Zimmer." Mit dem Fuß schob Lennart den Eimer dorthin, wohin Stucks sich immer wieder erbrach. „Da wird die Tüte bald voll sein."
Susanne hatte ein Taschentuch geholt und wischte sich die Hände ab, ehe sie zum Telefon griff. „Ference?", runzelte sie die Stirn. „Wie schaffen Sie es nur, eben am hintersten Ende der Hotelanlage zu werkeln und Minuten später an der Rezeption meinen Anruf entgegen zu nehmen?" Sie lauschte der Erklärung mit einiger Skepsis im Blick. „Wie auch immer. Achim hat sich aufs Bett übergeben. Könnten Sie jemanden vom Service schicken, der mir beim Saubermachen hilft?" Sie legte auf. „Ich hätte besser auf ihn aufpassen sollen. Ihn nicht so viel allein lassen."
„Sie ihn?" Lennart biss sich kurz auf die Zunge. „Da gehen unsere Meinungen auseinander."
„Ich danke Ihnen sehr für Ihre Hilfe." Sie nahm die Tür in die Hand. „Würden Sie jetzt bitte gehen?"
Viel lieber hätte er sie in die Arme geschlossen und mit sich genommen, in seinen Bungalow, in sein Bett. Er hatte zwar keine Liebeskugeln dabei, dafür eine gehörige Portion Fantasie. Er suchte nach den richtigen Worten, um diesem Wunsch Ausdruck zu verleihen, da fand er sich vor dem Bungalow in der prallen Sonne stehend. Allein. Er wollte zurück zu Susanne und mit ihr sprechen, als er schnelle Schritte hinter sich hörte. Ference kam gejoggt. „Na", sagte Lennart bitter, „ist diesmal jemand mit einem Stock hinter Ihnen her?"
„Ah", lächelte ihm der Concierge entgegen und bremste ab, „hat die Madame Sie endlich vor die Tür gesetzt? Eine längst fällige Entscheidung."

„Passen Sie auf Stucks auf", mahnte Lennart, „behandeln Sie ihn gut."
„Oho." Ference blieb stehen. „Haben Sie, Sir, endlich geschnallt, wie groß der Unterschied zwischen der Madame und Ihnen ist? Sie mögen sich für gehobene Klasse halten, dabei sind Sie nicht einmal das Schwarze unterm Zehennagel wert."
„Fingernagel." Lennart knirschte mit den Zähnen. „Gestatten Sie mir den Triumph Sie zu verbessern."
„Es bleibt, Sir, Ihr einziger Triumph." Ference zeigte zur Tür. „Entschuldigen Sie mich nun, ich muss der Madame zur Hand gehen und Sie, Sir, sollten sich dringend waschen und umkleiden. Sie sehen fürchterlich aus und stinken erbärmlich."
„Stucks hat mich vollgekotzt, weil Sie die Bedeutung eines Limits nicht kennen."
„Vollgekotzt", nickte Ference leicht und streckte die Hand nach der Tür, „ja, Sir, das außerdem."

Kapitel 6

Es war dunkel, als Lennart aus seinem Bungalow trat und die Tür hinter sich abschloss. Er hatte ein zweites Mal geduscht und sich frisch angezogen und nun wollte er zum Abendessen. Wahrscheinlich würde es ein tristes Erlebnis. Allein zu essen, das war niemals angenehm. Zwangsläufig tat er es öfter und lenkte sich ab mit dem, was er sah, anstatt ein Gespräch zu führen.

Er bekam den Tisch nahe am Büffet, setzte sich mit dem Rücken zur Wand und überblickte das Restaurant. Von der Qualität des Büffets, der Speisen und deren Arrangement war er völlig überzeugt, ebenso von den Fähigkeiten der Mitarbeiter, wenngleich ihm nur Ference bewusst auffiel. Es musste Kellner, Dienstboten, Pagen, Gärtner, Barkeeper oder Reinigungspersonal geben. Wie sonst hätte sich der Betrieb eines solchen Hotels aufrechterhalten lassen? Wann immer Lennart nach einem dieser Menschen suchte, fand er nur Ference. Nun, das mochte für Gäste wie Frau Thienemann angenehm sein, die dem Concierge aus der Hand fraß. Lennart für seinen Teil wünschte sich deutlich mehr Distanz und Abwechslung beim Personal. Wenn er eine Woche immer nur dasselbe Gesicht sah – und dieses nicht einmal leiden konnte – was für ein Albtraum!

Lennart wollte sich nicht länger über Ference ärgern, sondern lieber den Gästen zusehen. Nicht weit entfernt saßen an einem größeren Tisch Frau Thienemann und das Ehepaar Duschke. Lennart zwinkerte, denn er glaubte nicht recht, was er sah. Frau Thienemann, die bei der Anreise einen so adretten Eindruck gemacht hatte, saß ohne Rock und barfuß am Tisch. Sie schlenkerte mit den Beinen wie ein kleines Mädchen. Wieder kniff Lennart die Augen zusammen. Nein, er täuschte sich nicht. Als wollte Frau Thienemann es ihm beweisen, stand sie auf und schritt neben Frau Duschke ans Büffet. Die Bluse fiel locker bis auf die runden Hüften, darunter war Frau Thienemann völlig nackt. Als hätte sie schlicht vergessen sich untenrum anzuziehen.
„Wissen Sie", sagte Frau Duschke, die diese Tatsache ignorierte, „wichtig ist die Machete arbeiten zu lassen. Immer schwingen und durch das Gewächs sausen lassen. Nicht zimperlich sein."
„Mein Onkel", sagte daraufhin Frau Thienemann, „hat mir eine Menge Autos hinterlassen, um die sich mein Banker kümmert. Es müssen dabei so viele Entwässerungspläne beachtet werden."
„Sämtliche Pflanzen", entgegnete Frau Duschke, „kann man mit der Machete zurückschneiden. Buchs, Rosen, Bambus. Sogar Springkraut, sagt Ference, kann man mit der Machete ausmerzen, sofern man die Klinge schön schwingt."
„Ein Erdbeben", sagte Frau Thienemann, „hat all meine Weinfässer ausgemerzt. Sie sind ins Rollen gekommen und kaputt gegangen. Zum Glück hat die Lebensversicherung bezahlt und ich glaube, ich konnte mir davon diese Reise leisten. Wissen Sie, ob dieses Hotel teuer ist? Eine billige Absteige stelle ich mir anders vor."
Beide Frauen hatten sich Teller vom Stapel genommen und prüften die Speisen am Büffet mit kritischen Blicken. Frau Duschke tat sich von dem Fisch auf den Teller. Frau Thienemann stand daneben, kratzte sich kurz am nackten Hintern und wartete. Sie trug keinerlei Unterwäsche, kein Unterhemd, das ihr über den Po reichte, keine Kleidung unterhalb des Bauchnabels. Als sie um die Theke herum ging, wandte Lennart den Blick ab. Er erinnerte sich an den schauerlichen Anblick der rasierten Mitvierzigerin mit den ausgemergelten Schenkeln. Dieses schreckliche Bild musste nicht von einem Unterleib getoppt werden, der ein paar Jahrzehnte mehr erlebt hatte. Lennart war auch diesmal nicht schnell genug im Wegschauen und atmete trotzdem auf. Frau Thienemann war nicht rasiert und die Natur bedeckte, was nicht jeder sehen wollte.
„Schwingen, schwingen, schwingen", sagte Frau Duschke. „Probieren

Sie von dem Fisch, Frau Thienemann, er ist köstlich." Weil Frau Thienemann keine Anstalten machte sich etwas zu nehmen, legte ihr Frau Duschke ein Fischfilet auf den Teller. „Wenn der Koch eine Machete hat, brauchen Sie sich keine Gedanken zu machen. Fisch, Gemüse, Fleisch, alles lässt sich problemlos schneiden." Sie war am Tisch zurück und stellte ihren Teller ab. "Nicht wahr, Manfred?" Frau Duschke rempelte ihrem Gatten den Ellbogen in die Seite. „Alles lässt sich mit der Machete zerteilen; das habe ich dir erzählt."

Herr Duschke stand auf und im Umdrehen sah Lennart, wie er die Augen rollte. „Ich wünschte", hörte er ihn murmeln, „sie würde mir nur halb so viel erzählen. Mir glühen die Ohren und ich will-will-will kein Wort mehr hören." Er nahm sich einen Teller und blieb vor dem Salatbüffet stehen, als würde er das Angebot nicht fassen können. Dabei stierten seine Augen Löcher in die Luft.

„Ach", sagte Frau Duschke, „er interessiert sich überhaupt nicht für unseren Garten oder das Haus und vor allem nicht für den Garten. Die ganze Drecksarbeit bleibt an mir hängen."

„Deshalb", nickte Frau Thienemann bedeutungsschwer, „habe ich mir nie einen Mann ins Haus geholt. Mein ganzes Porzellan wird einmal mein Hund erben und die angeschlagenen Stücke auch." Sie runzelte die Stirn und starrte Lennart plötzlich eindringlich an. „Junger Mann, wissen Sie, ob ich einen Hund habe oder ob es sich um einen Papagei handelt?"

„Mir haben Sie von überhaupt keinem Haustier erzählt", antwortete Lennart höflich. „Nur von Ihrem Mann, den Immobilien und dem Sturm, der die Dächer abgedeckt hat."

„Käse!" Frau Thienemann wischte seine Worte mit einer Hand vom Tisch und widmete sich wieder Frau Duschke. „Ein Frosch ist es, jetzt weiß ich es wieder. Er sitzt daheim in einem Glas mit einer Leiter und sagt mir das Wetter vorher, weil es mit den Lottozahlen nie geklappt hat. Beim Wetter, ja, da ist er einigermaßen zuverlässig. Man weiß nur nicht, wie weit in die Zukunft er das Wetter vorherhersagt. Manchmal ist es nur ein Tag, manchmal dauert es eine Woche oder länger, bis der angekündigte Sonnenschein kommt."

„Interessant." Frau Duschke zerteilte den Fisch auf ihrem Teller in kleine Stücke, die sie mit der Soße mischte. „Wenn der Frosch für das Glas zu groß zu werden droht, können Sie ihn problemlos mit der Machete kürzen. Denken Sie nur daran, die Klinge immer schön schwingen zu lassen."

„Welchen Frosch?", lächelte Frau Thienemann und Ference, der schräg hinter ihr stand, räumte den Teller ab, von dem Frau Thienemann nichts gegessen hatte. Sie hatte den Fisch nicht mal versucht. Sie lächelte Ference zu, drehte sich zurück zu ihren Tischgenossen und es schien, als entdeckte sie Frau Duschke erst jetzt. „Ha, was sind Sie für eine ulkige Person und was haben Sie für eine altmodische Dauerwellenfrisur. Sind Sie aus den Achtzigern übrig? Thienemeier mein Name, Elfriede Thienemüller."

„Thienemann", säuselte Frau Duschke. „Sie sind Elvira Thienemann, die sich vögeln lassen kann."

„Mein Papagei! Ich hätte ihm so gern meine Futtermühle vererbt." Frau Thienemann verzog das Gesicht. „In Deutschland, wussten Sie das, dürfen Tiere nicht erben!" Sie lachte über den Tisch herüber zu Lennart. „Ach, wo haben Sie Ihre bezaubernde Frau gelassen? Sie sind ja so ein reizendes Paar."

Lennart lächelte zurück und sagte mit gedämpfter Stimme. „Ich bin nicht verheiratet, Frau Thienemann. Frau Brenner ist mit Herrn Stucks hier."

„Na", kommentierte Frau Thienemann seine Erklärung, „Sie müssen nachsichtig sein. Auch eine bildschöne Frau wie die Ihre muss für ihr Aussehen arbeiten. Geben Sie Ihrer Holden fünf, zehn Minuten."

Lennart hob sein Glas Wein und prostete Frau Thienemann zu. Sie lächelte und vertiefte sich wieder in ein Gespräch mit Frau Duschke, bei dem sie von ihrem Hund oder Papagei zu sprechen versuchte und Frau Duschke in jedem Satz die Vorzüge der Machete erwähnte. Selbst Steine wollte sie damit aus der Erde hacken.

Ihm taten die Beine weh. Als Lennart aufstand, um sich ans Büffet zu gesellen, fühlte er sich, als hätte er besagte Machete in den Waden stecken. Jeder Schritt war eine Qual, die erst mit der Zeit besser wurde. Nach einigen Metern war ein dumpfes Pochen übrig, schmerzhaft, unangenehm, lästig. Er verfluchte stumm den Berg, der ihn bezwungen hatte, und sagte zu Herrn Duschke, der unverändert am Büffet stand und seinen tiefsinnigen Blick nicht bewegte. „Alles in Ordnung?"

„Ja." Herr Duschke machte nur kurz einen orientierungslosen Eindruck. „Es ist alles bestens, danke der Nachfrage. Ich habe überlegt, ob ich mit dem Tintenfischsalat anfange oder mit den gefüllten Weinblättern." Er entschied sich für den Salat und tat sich marinierte Mini-Tintenfische auf den Teller.

„Ihre Frau", sagte Lennart lächelnd, „ist wohl eine leidenschaftliche

Gärtnerin?"
"Sie kennt kein anderes Thema." Herr Duschke schritt weiter und nahm sich von den Oliven. "Sie hören es selbst. Nicht einmal beim Essen kann sie mich in Ruhe lassen."
Lennart schmunzelte. "Sehr passioniert, in der Tat."
"Von mir aus", sagte Herr Duschke, "könnte dieser Gartenkurs nicht nur den ganzen Tag, sondern auch die ganze Nacht dauern. Am liebsten inklusive Verpflegung. Ich bräuchte mir kein Wort mehr anzuhören und hätte endlich meine Ruhe. Nichts mehr von ihr hören, gar nichts mehr, das wäre was. Ich habe einen Schädel auf wie ein Wasserbüffel und irgendwann zerfetzt es ihn mir. Oder mir fallen die Ohren ab." Er nahm sich von dem gerösteten Weißbrot. "Können Sie das nachvollziehen, Herr Schneider? Sind Sie verheiratet?"
"Auch nicht liiert", sagte Lennart und zum zweiten Mal binnen kurzer Zeit wollte er am liebsten ein „leider" hinzufügen.
"Lassen Sie es bleiben", riet ihm Herr Duschke leise murmelnd. "Meine Gattin war eine wunderschöne Frau und wenn man ihr Alter berücksichtigt, hat sie nichts von ihrem guten Aussehen verloren, sie ist gut erzogen, sehr devot und trotzdem steht sie mir bis hier." Er langte sich mit der Hand an die Stirn und weil das Weißbrot in Kräuterbutter geröstet war, glänzten nun Rosmarin und Oregano auf seiner Haut. "Wenn Sie sich eine Frau zulegen", sagte Herr Duschke und Lennart musste sich zwingen, nicht pausenlos auf die Kräuter zu gucken, "nehmen Sie sich eine, die einen eigenen Beruf hat, ein eigenes Leben, eigene Freunde, einen eigenen Kopf. Das ist anstrengend, wenn man müde von der Arbeit kommt und sich keiner ums Essen, die Wäsche oder die Post gekümmert hat. Alles muss man selber machen, weil die Partnerin genauso erledigt auf der Couch fläzt und womöglich den Bürokram mit nach Hause genommen hat. Mit der Zeit", winkte er ab, "verliert ein Mann die Lust an einem Heimchen. Eine selbstbewusste, eigenständige Frau hingegen bleibt immer interessant."
Minuten später trafen sie sich erneut am Büffet. Diesmal war es nicht Lennart, der den Kontakt suchte. Er war zuerst gegangen, um sich Nudeln mit Gemüse zu holen. Hinter ihm erschien Herr Duschke. "Sehen Sie", seufzte er, "meine Alte quasselt mir die Ohren ab. Hätte sie eigene Interessen, nicht nur diesen dämlichen Garten, müsste ich nicht immer schweigen und könnte auch mal was sagen. So aber..." Er nahm sich drei Scheiben Rumpsteak mit Zwiebeln und Soße. "Meine Sekretärin plappert auch viel, trotzdem ist sie mir lieber. Wenn ich zu

der sage, sie soll die Klappe halten, tut sie das."
„Dafür", lächelte Lennart, „wird sie bezahlt."
„Ich bin", sagte Herr Duschke, „CEO eines international bekannten Automobilkonzerns." Plötzlich leuchteten seine Augen und eine Lebendigkeit trat in seinen Blick, die Lennart ihm nicht zugetraut hatte.
„Ich habe", erzählte Herr Duschke, „dort als Lehrling angefangen. Karosseriebau. Alles von der Pieke auf gelernt und nach oben gearbeitet."
„Manfred!", hörte Lennart Frau Duschke rufen und ihr Gatte drehte sich zu ihr. Auch Lennart schaute. Frau Duschke zeigte auf Susanne, die neben den Tisch gekommen war. „Wenn ich diesem reizenden Paar Tipps bei der Gartengestaltung geben möchte, trägst du deinem Chauffeur auf mich zu fahren? Die beiden wohnen in Bayern, das ist viel zu weit, um mit dem Taxi zu fahren."
„Natürlich", sagte Herr Duschke und leise murmelnd fügte er hinzu: „Wenn Sie sie in Bayern behalten, lasse ich sie mit dem Helikopter hinbringen."
„Manfred!", fuhr Frau Duschke fort, „du sollst dem netten Herrn nicht deine dämlichen Autogeschichten erzählen. Mit dem technischen Firlefanz langweilst du ihn nur."
„Mitnichten", sagte Lennart und wurde ignoriert.
„Erzähle lieber von den Fischen, die du fängst." Frau Duschke drehte sich halb im Stuhl herum. „Mein Mann angelt ja so unglaublich gerne. Er nimmt sich nur nie die Zeit dafür. Angelrute, Stiefel, Köder – alles steht seit zwanzig Jahren originalverpackt im Keller. Naja, wenn ich es auf Fische abgesehen hätte, würde ich sie mit der Machete fangen. Immer schön schwingen lassen." Sie drehte sich zu Frau Thienemann zurück. „Aus dem ganzen Arm heraus immer schwingen lassen."
„Sämtliche Weinfässer", lamentierte Frau Thienemann, „hat mir die Sonne in den Fluss gespült. Alle meine Erdmännchen sind ertrunken und nun muss ich mich ganz allein um die Hausmeister kümmern, dabei habe ich keine Ahnung von Geldanlage."
Lennart bemerkte mit einem breiter werdenden Lächeln, wie Susanne sich schweigend vom Tisch entfernte und zu ihm kam. Sie trug ein dunkelrotes, schulterfreies Kleid, silbernen Schmuck und eine weiße kleine Handtasche. Er kam sich dumm vor, wie er vor ihr stand und sie anstarrte. „Guten Abend", brachte er hervor.
„Guten Abend", lächelte sie. „Ist das Essen zu empfehlen?"
„Uneingeschränkt." Lennart warf keinen Seitenblick auf das Büffet. „Sie

sehen umwerfend aus." Er gab sich einen Ruck. „Sind Sie allein da?"
Nur für den Hauch einer Sekunde legte sich ein dunkler Schatten über ihre Augen. „Achim ist..."
„Möchten Sie", unterbrach Lennart sie, „sich zu mir setzen? Es wäre mir eine große Freude."
Ihr Lächeln wurde breiter. „Darauf habe ich gehofft, Herr Schneider. Ich hätte eine Uhrzeit mit Ihnen verabreden sollen, aber bis vor einer halben Stunde wusste ich nicht einmal, ob ich überhaupt würde erscheinen können."
Lennart drehte sich herum, nahm einen Teller und reichte ihn ihr. „Darf ich für Sie zu trinken bestellen? Ananas- oder Mangosaft?"
„Eine Mangoschorle", nickte Susanne. „Danke." Sie guckte über die Schulter zu ihm, als Lennart seinen Teller zum Tisch brachte und Ference die Bestellung gab: „Eine Mangoschorle für die Dame, bitte. Und für mich bitte ein Glas Rotwein."
„Wildern Sie unverblümt, Sir?"
„Wenn ich ein Gewehr hätte", sagte Lennart, „wären Sie mein einziges Ziel."
„Lassen Sie Frau Brenner in Ruhe." Ference hatte ein Glas zur Hälfte mit Mangosaft gefüllt und gab nun Mineralwasser hinzu. „Die Dame ist liiert und selbst wenn sie es nicht wäre, haben Sie nicht genug Anstand, Geld und gutes Aussehen, um die Madame zu befriedigen. Sie sind weit unter ihrem Niveau und wahrscheinlich ist für ordentlichen Sex Ihr Schwanz zu kurz."
Lennart schluckte. Sein Blick fand Susanne, die mit eleganter Sicherheit Salat auf den Teller tat und nebenbei mit Herrn Duschke plauderte. Ihr Lächeln raubte einem den Atem, ihre Nähe ließ jedes Herz höher schlagen. Lennart spürte seines im Hals und es setzte für einen Schlag aus, als Susanne ihm zuzwinkerte. „Ference", sagte er leise, „halten Sie den Mund."
Ferences geflüsterte Schimpftirade verfolgte Lennart, bis Susanne an den Tisch trat und ihren Teller abstellte. Sofort sprang Lennart wieder auf die Beine, obwohl dabei ein schneidendes Stechen durch seine Waden zischte, und rückte ihr den Stuhl zurecht. Sie dankte ihm mit einem Lächeln und einem tiefen Blick, der sein Herz Kapriolen schlagen ließ. Ausgerechnet jetzt war es zu Höchstleistungen fähig, jetzt, wo er keinen Berg hinauf, sondern diese Frau erobern wollte.
„Wenn ich mit Ihrem Erscheinen gerechnet hätte", sagte Lennart, „hätte ich mit dem Essen später begonnen. So bin ich mit dem

Hauptgang fast fertig und kann nur mit dem Dessert – versprochen – auf Sie warten."

Susanne legte sich die Serviette über den Schoß und begann zu essen. Sie hatte sich von dem gemischten Salat mit Granatapfel und Walnüssen genommen. In aller Ruhe faltete sie zu große Blätter, ehe sie aß. „Wie geht es Ihrer Nase, Herr Schneider? Keine Blutungen?"

„Alles bestens."

„Und was ist mit Ihren Beinen?"

„Ausgezeichnet." Lennart griff zum Wasserglas und trank einen Schluck. Er bemerkte Susannes Zwinkern um die Augen. „Gut", schmunzelte er, „das entspricht nicht ganz der Wahrheit. Meine Beine fühlen sich müde an. Sie müssen nie Leistung bringen und halten sich im Gegensatz zu Ihren Beinen für privilegierte Rentner. Waren Sie hier auf dieser Insel auch joggen?"

„Mhm."

„Das klingt, als würden Sie es bedauern?"

„Das Laufen nicht." Sie schob die Granatapfelkerne auf ihre Gabel. „Am ersten Morgen nach unserer Ankunft war ich beim Laufen. Ich bin raus aus dem Hotel und rechts abgebogen, denn ich dachte, der Weg würde mich vielleicht einige Kilometer weit führen. Er durchquerte eine Senke, ging um eine enge Kurve und dahinter lag ein Skelett. Mitten auf dem Weg." Sie ließ das Besteck sinken und griff zu ihrem Trinkglas. „Ich weiß nicht, ob es menschliche Knochen waren. Der Schädel fehlte und es herrschte große Unordnung, wenn Sie verstehen, was ich meine."

Lennart nickte.

„Von ein paar Knochen lasse ich mir nicht die Stimmung verderben, deshalb bin ich weitergelaufen. Auf meinem Weg fand ich immer wieder Knochen und bei jedem Stück schauderte mich mehr. Zum ersten Mal seit Jahren war ich um einen Weg dankbar, der nur ein paar Kilometer lang ist. Er führt an der sehr felsigen Küste entlang. An den Bergen, die wir hinauf wollten, biegt er auf das Geröllfeld ab, führt querfeldein bis beinahe zum Hafen. Von dort nimmt man entweder die Straße, die wir mit dem Minibus gefahren sind, oder läuft querfeldein, bis der Strand beginnt."

„Es führt ein befestigter Weg um die Insel herum?", staunte Lennart.

„Nicht ganz." Susanne hatte ein großes Salatblatt auf der Gabel und versuchte ein Walnusshälfte darauf zu setzen. „Geteert ist nur die Straße vom Steg zum Hotel. Besonders über das Geröllfeld ist der Weg kaum zu erkennen. Ich bin ihn einige Male gelaufen, obwohl die

Knochen noch daliegen. Jedes Mal sage ich Ference Bescheid. Er meinte, er würde sich darum kümmern. Passiert ist nichts; die Knochen liegen unverändert."

Lennarts Blick fand unwillkürlich den Concierge, der sich zwischen den Gästen herumtrieb und scheinheilig nach dem Befinden oder irgendwelchen Wünschen fragte. „Erneut keine Polizei, keine Behörden, keine Hilfe von außen."

„Mir scheint", überlegte Susanne leise, „auf dieser Insel bekommt einem keine Art von Sport." Sie war nachdenklich geworden. „Sie haben einen Jogger sterben sehen, ich jemanden, der auf der Insel umherwanderte. Eine Frau soll im Meer ertrunken sein."

„Mhm", machte Lennart, „davon habe ich gehört." Er sah Ference kommen. „Hätte mich gewundert, wenn er mich länger als ein paar Minuten in Ruhe lässt."

Susanne hatte ihr Lächeln wiedergefunden. „Wenn er Sie mit mir in Ruhe lässt." Sie lehnte sich im Stuhl zurück und schlug ihre Beine übereinander. „Als er mir vorhin im Zimmer half, hat er sich regelrecht darin überschlagen Entschuldigungen für Achim zu finden."

„Tatsächlich?" Lennart legte seine Serviette zur Seite. „War er damit erfolgreich?"

Susanne lachte heiter. Sie griff zu ihrem Glas und drehte es in der Hand. „Natürlich nicht."

Ference trat an den Tisch und räumte die Teller ab. „Madame", sagte er leise, „es betrübt mich Sie hier zu sehen."

„Ihrer Ansicht nach sollte ich besser bei Achim bleiben, nicht wahr?"

„Das Klima", lächelte Ference, „die ungewohnte Umgebung. Endlich einmal ohne jeglichen Druck agieren zu dürfen. Sie müssen verzeihen, Madame, wenn es einen Mann um den Verstand bringt."

Susanne zeigte mit der flachen Hand auf Lennart. „Wie man sieht, verfällt nicht jeder Mann dem Wahnsinn."

„Oh, Madame", blitzten Ferences Augen gefährlich auf, „beurteilen Sie diesen Herrn nicht nach der Art, wie er sich im Urlaub gibt. Er wickelt Sie um den Finger und wenn Sie ihm erst ins Netz gegangen sind, zeigt er Ihnen sein wahres Gesicht, das zweifellos einer bösartigen Fratze gleicht. Sie sollten bei dem bleiben, was Sie sicher haben." Ference beugte sich zu ihr. „Mit Verlaub, Madame, Sie spielen um Klassen höher als dieser verquere Quälgeist."

„Ähäm", machte Lennart mit einem gezwungenen Lächeln auf den Lippen, „Ference, ich kann Sie hören."

„Oh", richtete der Concierge sich behäbig auf. „Das tut mir Leid."
Lennart legte die Stirn in Falten. „Tut es gar nicht. Das kann ich Ihnen im Gesicht ablesen, mein Freund."
Das Lächeln verschwand von Ferences Lippen. „Sir", sagte er leise, „Sie sind ganz gewiss nicht mein Freund."
„Eher ein Stachel in Ihrem Hintern?"
„Ach, rutschen Sie mir den Buckel runter."
Lennart und Susanne kicherten Ference nach, der eilenden Schrittes in die Küche stapfte und im Vorbeigehen schnell ein paar Teller abräumte.
„Manfred!" Frau Duschkes durchdringende Stimme zog alle Aufmerksamkeit auf sich. „Steh mir bei, Manfred!"
Susanne drehte sich nach ihr um: „Seit sie pausenlos von dieser Machete redet, glaube ich, nicht nur Frau Thienemann hat eine Schraube locker."
„Offenbar", gab Lennart zurück, „gibt es ein Problem zwischen den Damen. Kein Wunder, wo sie seit Beginn der Mahlzeit gekonnt aneinander vorbei plaudern."
„Buchsbäumchen", sagte Frau Duschke mit lauter Stimme. „Ich bin mir dessen ganz sicher. Buchsbäumchen."
„Niemals!", winkte Frau Thienemann mit beiden Händen ab. „Ich werde wohl wissen, welche Schiffe in meinem Kellerpool fliegen."
„Sie hören ja gar nicht richtig zu", schmollte Frau Duschke. „Sie müssen die Machete immer schön schwingen, besonders wenn Sie es mit einem gefährlichen Pool zu tun haben. Unterschätzen Sie die Zähne nicht und machen Sie lieber gleich finito."
„Als wenn mein Pool gefährlich wäre!" Frau Thienemann fuchtelte heftig mit der Gabel vor Frau Duschkes Nase. „Unterstellen Sie ihm nichts Böses, gute Frau! Er hat mich nie um Geld betrogen und die paarmal, wo er mit anderen Frauen zugange war, habe ich mich mit einem Würstchen getröstet."
Frau Duschke riss Mund und Augen auf. „Sie Ferkel!" Sie schaute zu ihrem Gatten wie ein kleines Vögelchen, das auf die Katze lauert. „Manfred, sag was. Die Alte schweinigelt mit einem Würstchen."
„Ich würde es vorziehen..."
„Immer ziehst du etwas vor." Seine Frau ließ die Schultern fallen. „Du hast ständig tausend Dinge zu tun, die dir wichtiger sind als ich. Nicht mal Kinder haben wir, mit denen ich mich beschäftigen könnte."
„Ach", winkte Herr Duschke ab, „ich will nichts mehr hören von deinen Beschwerden. Es sind ohnehin immer dieselben."

„Nicht mal Kinder", wandte sich Frau Duschke an Frau Thienemann, die den Streit von gerade eben vergessen zu haben schien. „Ist das nicht bedauerlich?"
„Bedauerlich." Frau Thienemann verschränkte die Hände unter dem Kinn. „Armer Herr Duschke. Sie hatten nie Zeit, um Ihre Frau mal ordentlich zu nudeln? Was haben Sie gemacht? Haben Sie lieber im Bad in die Kloschüssel gewichst anstatt in die Möse Ihrer Frau? Da mögen Sie richtig viel Geld und Macht scheißen – Sie sind arme Leute."
Susanne und Lennart tauschten einen bedeutenden Blick und Susanne fasste sich unauffällig an die Stirn. Lennart schmunzelte.
„Wahrscheinlich", meinte Frau Thienemann lapidar, „schwingt Ihre Frau nicht nur die Machete, sondern einem jungen, knackigen Kerl gern auch den Stängel. Immer schön auf und ab und auf und ab..."
„Wenn ich noch einmal das Wort *Machete* höre", sagte Herr Duschke, „falle ich tot um."
Ference füllte Herrn Duschkes Weinglas nach und stellte es auf den Tisch. „Sind Sie nicht fasziniert von der *Machete* Ihrer Frau, Sir?"
Lennart sah, wie Herr Duschke zu seinem Weinglas griff. Im nächsten Moment war der Rotwein überall. Er floss über Herrn Duschkes Brust, den Schoß, das Tischtuch, die Stühle, den Boden. Alles war voll kräftigem Rotwein und die Pfütze breitete sich aus und wurde immer größer. Seltsamerweise war da mehr Rotwein auf Herrn Duschke und dem Boden als in dem Glas gewesen war. Viel mehr, als in ein Glas passte.
Susanne schnappte nach Luft. Sie war vom Stuhl gesprungen und blieb wie versteinert stehen. Auch Lennart konnte sich nicht rühren. Er spürte seine bleischweren Hände und Beine nicht mehr. Das, was er sagen wollte, kam ihm nicht über die Lippen. Er starrte auf Herrn Duschkes Kopf, der für kurze Zeit völlig normal aussah, ehe das Gesicht neben der Nase aufklaffte, vom Kopf rutschte und zu Boden fiel. Es war kein Rotwein, es war Blut, das für zwei weitere Schläge aus dem Körper gepumpt wurde, ehe das Herz seine Tätigkeit einstellte. Herr Duschke sackte nach hinten gegen die Stuhllehne und blieb gesichtslos sitzen.
„Sauber abgetrennt", sagte Frau Thienemann. „Jetzt verstehe ich, was Sie mit dem Schwingen meinen. Sogar die Ohren haben Sie mit einem einzigen Schlag erwischt. Die liegen dort am Boden."
„Haargenau", wog Frau Duschke die Waffe in der Hand. „Die Klinge erledigt die Arbeit von allein, wenn Sie sie nur machen lassen. Sie geht butterweich durch alles hindurch."

„Hilfe", flüsterte Susanne tonlos und kreidebleich im Gesicht. „Hilft mir denn niemand aus diesem Albtraum aufzuwachen?"
Schnelle Schritte waren zu hören. „Lassen Sie mich durch!", rief eine dunkle Stimme. „Ich bin Arzt."
„Nicht das." Susanne zitterte am ganzen Körper und wandte sich von dem Toten ab. „Hört das niemals auf?"
Lennart legte seinen Arm um ihre Schulter und zog sie mit sich. „Kommen Sie weg von hier."
Während er Susanne durch den Nebeneingang auf den Gartenweg führte, hörte er Frau Thienemann sagen: „Wenn wir nach dem Krieg solche Macheten gehabt hätten, wäre das Aufräumen viel schneller gegangen."
„Durch dickste Äste wie nichts", bekräftigte Frau Duschke.
„Wir hätten die Toten nicht mühsam zur Seite schleppen müssen", sagte Frau Thienemann unbeeindruckt. „Wir hätten sie einfach an Ort und Stelle kleingehäckselt und liegengelassen. Einen Winter und niemand hätte mehr was davon gesehen."
Lennart warf einen Blick zu den Damen, die unberührt von dem Geschehen ihre Mahlzeit fortsetzten. Frau Duschke schnitt den Fisch auf ihrem Teller mit der Machete, schob mit der Machete das Gemüse auf die Gabel und graute sich nicht vor dem Blut Ihres Gatten, das sich dabei unters Essen mischte. „Ohne diese Machete", sagte sie kauend, „gehe ich keinen Schritt mehr. Herr Doktor, wenn Sie ein Messer brauchen, ich leihe Ihnen gern meine Machete. Ich bin gleich fertig mit dem Essen."
„Ich fürchte", sagte der selbsternannte Arzt, „da ist nichts mehr zu machen. Das Gesicht will nicht halten, egal wie oft ich es an den Kopf zurücksetze. Ich bräuchte Klebestreifen oder einen Tacker..."
Unwillkürlich beschleunigte Lennart seine Schritte. Auch Susanne ging schneller als es ihr in den hohen Schuhen zuzutrauen war. Endlich waren sie außer Hörweite. Lennart kämpfte ein aufsteigendes Schütteln nieder. Er glaubte zu spüren, wie der Arzt mit dem Tacker zugange war. Das pochende Blut in seinen Schläfen hörte sich an wie Heftklammern, die durch die Haut getrieben wurden und Blutgefäße zusammenquetschten.
An der halbhohen Mauer, die den Gartenweg vom Sandstrand abgrenzte, blieb Susanne stehen und atmete tief durch. Sie ließ sich auf die Steine sinken. Ihre Knie und Finger zitterten und sie hatte Gänsehaut. Lennart schlüpfte aus seinem Sakko und legte es um ihre

Schultern. „Es ist furchtbar", sagte er leise. „Jedes Mal, wenn ich Ihr traumhaft schönes Lächeln sehe und Ihnen sagen möchte, was für eine tolle Frau Sie sind, geschieht ein Unglück." Er setzte sich neben sie. „Offenbar ist es mir nicht vergönnt Ihnen ein Kompliment zu machen."
Sie beobachteten, wie Frau Thienemann und Frau Duschke gemeinsam den Gartenweg entlang kamen. Die beiden betraten eine schmale Brücke, die über den untersten Pool der Kaskade führte, und in einigen Stufen endete. Von dort führte der Weg an einem Beet voller weißer Röschen vorbei. Die Brücke war kaum breit genug für zwei sehr schlanke Personen, geschweige denn für Frau Thienemann und Frau Duschke, von denen jede ein gehöriges Maß an Hüftgold mit sich trug. Weil keine hinter der anderen gehen wollte, kam es zu einem Gerangel. Die Frauen fauchten sich an wie futterneidische Katzen, Frau Thienemann zog den Kürzeren und sie rächte sich mit einem Schubs, den sie Frau Duschke versetzte, gerade als diese die oberste Stufe betrat.

Frau Duschke stürzte. Sie kippte nach vorn und versuchte sich mit den Händen abzufangen. Ein Reflex, der die Rechnung ohne die Machete gemacht hatte. Sie durchdrang Frau Duschkes Brust. Vorn bohrte sich die Klinge durch die Haut, knirschte an den Rippen vorbei, zerfetzte einen Teil der Lunge, was zu einem lauten Pfeifen führte, und drang hinten am Rücken wieder heraus. Frau Duschke war tot, ehe sie auf dem Boden aufschlug und die Nase brach. Das Blut, das auf den Weg quoll, versiegte gleich wieder. Starre Augen glotzten auf akkurat getrimmte Rosenbüsche.

Frau Thienemann tänzelte über die Leiche hinweg. „Zu Ihrem Frosch ist mein Glück nicht hier. Er hätte Sie glatt in Stücke vergraben und im Boden zerrissen. Wissen Sie, seit er meinen Arsch küsst, steht er mir öfter mal im Testament."

„Sehen Sie", sagte Lennart leise und beobachtete, wie Frau Thienemann hinter der Wegbiegung verschwand, „als läge es an mir."

„Tut es nicht", gab Susanne ebenso leise zurück. „Es liegt an diesem Hotel und den merkwürdigen Gästen." Sie rieb sich mit den flachen Händen übers Gesicht, was weder ihrem Make-up noch ihrer Schönheit schadete. „Vier Uhr früh. Herr Schneider, finden Sie, das ist zu früh, um das Hotel zu verlassen, zur Anlegestelle zu gehen und auf das Boot zu warten? Ich will es auf keinen Fall verpassen."

„Vier Uhr", sagte Lennart, „passt mir ausgezeichnet."

Er kehrte in seinen Bungalow zurück, wo er das Sakko auf einen Bügel hängte. Er hatte angeboten, Susanne möge es behalten, bis ihr warm war. Sie drückte es ihm in die Hand und ging.

„Unbegreiflich", sagte er zu seinem Spiegelbild, als er vor dem Waschtisch stand. „Unfassbar." Er wusch sich die Hände. „Das kann keine Realität sein. Nirgendwo auf der Welt kann das passieren. Wahrscheinlich", stützte er sich mit den Händen ab, „hatte ich einen schweren Unfall, liege im Koma und meine Fantasie spielt mir nun einen derart üblen Streich." Er griff zum Handtuch. „Genau. So muss es sein. Ich war mit Matthias unterwegs. Wie er mir seit Jahren androht, hat er mich zum Klettern mitgenommen, und bei mir ist das Seil gerissen. Ich bin abgestürzt. Ich liege mit einem komplizierten Schädel-Hirn-Trauma auf der Intensivstation und ringe mit dem Tod. Dieser bizarr realistische Albtraum ist eine Folge meiner schweren Verletzungen und wenn ich überlebe, werden Neurologen Schlange stehen, um mich untersuchen zu dürfen. Die Psychologen übrigens auch."

Um kurz vor drei schreckte Lennart hoch. Hatte er geschlafen? Das Licht brannte, er saß in bequemen, knielangen Shorts und T-Shirt auf dem Sofa und auf den Knien balancierte er seinen Laptop. Das Gerät war in den Sparmodus gegangen, deshalb war der Bildschirm schwarz und zeigte nicht, was Lennart aufgeschrieben und gespeichert hatte. Wie Ference mit den Gästen umging, die seltsame Liste ohne Abreisedatum, das Theater um Stucks und die vielen Beleidigungen. Vor allem die Beleidigungen und die Todesfälle, um die allein sich acht Seiten in kleiner Schrift drehten.

Ihm waren die Augen zugefallen. Lennart rieb sich übers Gesicht und überlegte, ob er zu Bett gehen sollte. Das hatte er vorhin versucht. Er wälzte sich hin und her, fand keine bequeme Position, ihm war zu kalt, zu heiß und wann immer er die Augen schloss, holte ihn das Tageserleben ein. Deshalb war er aufgestanden. Wenn das, was er erlebt hatte, ihn ohnehin vom Schlafen abhielt, konnte er es ebenso gut aufschreiben. Seine Kehle fühlte sich trocken an. Er stellte den Laptop neben sich auf das Sofa, stand auf und fragte sich, während er zum Kühlschrank ging, warum er aufgeschreckt war. Wenn er auf dem Sofa einschlief, was daheim öfter vorkam, wachte er entweder auf, weil der Laptop beinahe zu Boden gefallen wäre, oder sein Smartphone weckte ihn. Das Smartphone lag friedlich auf dem Tisch und zählte rückwärts. In dreißig Minuten würde es sich mit einer Melodie aus Tschaikowskis Nussknacker bemerkbar machen.

Als er den Kühlschrank, aus dem er sich eine Flasche Saft geholt hatte, mit dem Fuß zuschob, klopfte es an der Tür. Ausdauernd und mehrmals hintereinander. „Herr Schneider? Bitte, wachen Sie auf."
Weinte sie? Alarmiert und das Schlimmste fürchtend, stellte Lennart den Orangensaft auf den Tisch und eilte zur Tür. Er riss sie auf und tatsächlich stand davor eine in Tränen aufgelöste Susanne.
„Ein Glück", schluchzte sie und schnäuzte in ein durchweichtes Taschentuch, „Sie sind wach und es geht Ihnen gut."
„Herrje", trat Lennart von der Tür zurück und zog sie dabei ins Haus, „Sie zittern ja wie Espenlaub. Was ist geschehen?" Er schob sie zum Sofa, wo sie neben seinen Laptop sank und ihre Schultern unter heftigem Schluchzen zuckten. Er holte den Taschentuchspender heran. „Sie beginnen mir Angst zu machen."
Susanne putzte sich die Nase und versuchte die Tränen abzuwischen. „Achim..." Ein heftiges Weinen raubte ihr die Sprache für einen Moment. „Achim ist tot."
„Was?" Ein blitzschneller, scharfer Stich fuhr ihm durch die Eingeweide. Er sank neben ihr aufs Sofa, schreckte jedoch wieder hoch, denn da lag sein Laptop. Er packte das Gerät und legte es unsanft auf den Boden. „Tot? Wie hat das passieren können? War der Arzt...?"
„Nein." Susanne suchte zitternd nach innerer Haltung. Sie schniefte immer wieder. „Der Arzt wollte ins Zimmer, er stand vor der Tür und wollte herein. Er hatte eine riesige Schmutzwasserpumpe dabei. So ein enorm großes Teil, mit dem mein Papa daheim seine Wasserzisterne auspumpt, wenn er sie säubert. Damit wollte er Achim den Magen auspumpen, können Sie sich das vorstellen."
Lennart konnte und es ergab ein schauerliches Bild. Sofern der Ansaugschlauch überhaupt den Weg in den Magen gefunden hätte, hätte es Stucks vor lauter Kraft von innen heraus zerfetzt.
„Als der Arzt durchs Fenster wollte", fuhr Susanne fort, „habe ich ihm mit einer vollen Wasserflasche gedroht. Ich hätte zugeschlagen, wenn er nicht gegangen wäre."
„Also hat er nichts mit dem Tod Ihres Lebensgefährten zu tun?", fragte Lennart.
Sie heulte. „Achim hat sich ständig übergeben, bis er plötzlich still lag. Erst dachte ich, er hätte nun seinen Magen endlich leer bekommen. Er rührte sich gar nicht mehr. Ich fasste ihn an den Schultern. Er verdrehte die Augen, lallte und sank weg. Nicht körperlich, verstehen Sie, geistig. Er dämmerte weg. Seine Augenlider flatterten, schlossen sich und er

hörte zu atmen auf." Sie putzte die Nase. „Ich habe ihn beatmet und auf seine Brust gedrückt, immer wieder. Bis mir eingefallen ist, wie sehr er diese Wiederbelebungsmaßnahmen verabscheute. Er hat sogar eine Verfügung unterschrieben, derlei Dinge bei ihm nicht mal zu versuchen." Sie schluckte mehrmals. „Ich habe ihn sterben lassen."
Lennart drückte ihre Schulter. „Ich weiß nicht, was ich sagen könnte, um Sie zu trösten. Ein furchtbarer Verlust. Sie haben auf grausame Weise einen lieben Menschen verloren. Das tut mir Leid für Sie."
„Das ist nett von Ihnen." Susanne putzte sich erneut die Nase, die nicht aufhören wollte zu laufen. „Für mich war er kein lieber Mensch mehr. Er hat mich mit dieser Reise völlig überrumpelt und angelogen. Er sagte, wir würden ein paar Tage in einer sehr modernen Stadt verbringen. Als ich diese verlassene Insel sah, hätte ich schreien können vor Wut. Ich wollte schleunigst nach Hause, nicht in die Wohnung, die ich mit ihm teilte, sondern in die Wohnung, die ich mir neu gemietet habe. Ich wollte ausziehen, ihn endgültig verlassen, einen Schlussstrich ziehen." Sie warf das zuletzt benutzte Taschentuch in den Papierkorb. „Obwohl ich tierisch sauer auf ihn bin, tut er mir Leid. Einen so grausamen und so frühen Tod hat er nicht verdient. Ich wollte ihn verlassen, nicht beerdigen."
Sie schniefte. Eine neue Tränenattacke kostete weitere Taschentücher. Lennart stand auf und holte aus dem Kühlschrank eine kleine Flasche Wasser, die er auf den Tisch stellte. Er suchte nach einem Flaschenöffner, als er hörte, wie Susanne den Kronkorken an der Tischkante abschlug. Sie brauchte kein Glas. Sie setzte die Flasche an ihre Lippen und trank einen großen Schluck. Das tat Lennart auch, nachdem er den Drehverschluss seines Orangensaftes geöffnet hatte. Für einige Augenblicke dachte Lennart, es würde Susanne besser gehen, doch sie begann wieder zu weinen. „Ich wollte", schluchzte sie, „Achims Eltern informieren und die Polizei und jemanden, der sich um Achim kümmert. Einen Bestatter. Ference lässt es nicht zu. Er sagt, um die Leiche würde er sich selbst kümmern und den Hinterbliebenen könne man nicht Bescheid geben, weil es ja keine Telefonverbindung gebe." Sie weinte aus Zorn, nicht aus Trauer. „Wie kann das sein? Wie kann er mir sämtliche Kommunikation verweigern, wo eine echte Tragödie passiert ist?"
„Schrecklich", flüsterte Lennart und eine Weile dachte er nach. Er hörte Susannes wütendem Jammern zu, ihrer zornigen Trauer, ihrer empörten Hilflosigkeit. Endlich wurde sie ruhiger, ihre Worte weniger

sprengstoffartig und Lennart fragte: „Gehen wir ein Eis essen? Ich könnte jetzt einen riesigen Schokoeisbecher mit Sahne vertragen?"
Susanne begann schniefend zu lächeln. „Negative Gefühle soll man nicht mit Essen kompensieren." Trotzdem nickte sie leicht. „Ausnahmsweise hätte ich gern eine große Portion Eis mit sehr viel Sahne."
Über die riesige Portion vermochte Lennart kaum hinweg zu sehen. Mehrere Kugeln Schokoeiscreme, Vanille, dazu Sahne unter und über dem Eis. Eine herrliche Kalorienbombe, die Lennarts traktierte Nerven streichelte und einen lebendigen Ausdruck in Susannes Gesicht zauberte. „Wissen Sie", sagte sie, „ich liebe Schokoladeneis über alles. Mit Sahne... ein Traum."
„Es ist kurz nach fünf", entgegnete Lennart, nachdem er den Löffel in den leeren Becher gestellt hatte. „Wenn unsere Flucht nicht scheitern soll, müssen wir los. Fühlen Sie sich dazu in der Lage?"
„Ja." Susanne vollbrachte ein Lächeln. „Fett und Zucker haben prima gegen den Schrecken geholfen und Ihre Gegenwart, Herr Schneider, hat mich wieder auf Kurs gebracht."
Gemeinsam schlichen sie den Weg entlang, der abseits des Getümmels um die Hotelanlage herum führte. Derlei Pfade mochte Lennart, denn in anderen Anlagen nutzten die Gäste diese Einladung, um einige ruhige Momente zu verbringen oder ungestört zu plaudern oder Ruhe vor nervigen Animateuren zu finden.
Er hatte in seine Ledertasche gepackt, was er für nötig hielt: Sonnencreme und Wasserflaschen, alles, was an Salzstangen, Chips und Erdnüssen im Kühlschrank gelegen war, seine Papiere und sein Smartphone. Am liebsten hätte er alles Gepäck mitgenommen und sämtliche Spuren seines Aufenthalts im Bungalow getilgt, doch er hatte keine Lust, den schweren Trolley zu schleppen oder über eine holprige Straße zu zerren. Die lederne Aktentasche musste genügen.
In der Aufregung um Stucks hatte Susanne ihre Sachen völlig vergessen. Wenigstens ihre Papiere wollte sie holen. Die lagen im eingebauten Wandtresor des Bungalows und davor scharwenzelte Ference herum. Er räumte auf, putzte, brachte Ordnung ins Chaos und kümmerte sich hoffentlich um den Toten.
„Da können wir nicht hin", flüsterte Lennart. „Wenn Ference uns sieht, macht er uns einen Strich durch die Rechnung. Dieser widerwärtige Kerl."
Susanne reckte ihr Kreuz durch. „Achim hat für diesen Bungalow mit

meiner Kreditkarte bezahlt und ich habe das Recht mir mein Eigentum aus dem Safe zu holen. Warten Sie vor dem Haupteingang auf mich. Ich komme gleich."

„Was, wenn er Sie nicht gehen lässt?"

„Er wird", sagte Susanne fest. „Er mag die übrigen Gäste in der Hand haben, meinen Sturkopf wird er nicht bezwingen."

Lennart verfolgte mit den Augen, wie sie sich dem Bungalow näherte. Als sie eintrat, machte er sich auf den Weg. Freilich hätte er sie am liebsten überwacht und auf sie aufgepasst. Er wollte sie nicht allein in den Bungalow gehen lassen. Ebenso wenig wollte er als besorgter Beschützer dastehen, der einer grandiosen Frau wie ihr keine läppische Handlung zutraute. Er schluckte seine Zweifel hinunter, zwang sich zu einer guten Portion Vertrauen in ihr Selbstbewusstsein und verließ das Hotel durch ein Nebengebäude, das wahrscheinlich zu den Personalräumen gehörte. Jedenfalls hingen an vielen Haken die immer gleichen roten Uniformen, es stank nach kaltem Fußschweiß und Kernseife.

Lennart setzte sich auf einen der großen Findlinge, die die Hotelzufahrt einrahmten. Er saß im Dunkeln, weil ihn keine der Lampen erreichte, mit denen der Name des Hotels nachts beleuchtet wurde: *Inselfrieden*. Gähnend holte er sein Smartphone hervor und tippte aufs Display. Es war halb sechs. Von einem Netz war nichts zu bemerken und so vertrieb er sich die Minuten, indem er ein Puzzlespiel löste. Er wischte mit dem Finger übers Display, bis er in Level fünf ein leises Räuspern hörte.

Lautlos war Susanne zu ihm gekommen und stand nun neben ihm. Sie trug eine kurze Hose, ein T-Shirt und eine Stofftasche über der Schulter. Sie klopfte kurz darauf. „Ich habe Wasser und Sonnencreme dabei, einen Hut und natürlich mein Smartphone und sämtliche Papiere. Geld und Kreditkarten auch, man weiß ja nie."

Am Horizont zeigte sich ein dunkelgrauer Schimmer, der sich deutlich vom schwarzen Nachthimmel abhob, gerade als sie ihren Fußmarsch zum Hafen begannen und Lennart sich fest vornahm, weder Schwäche zu zeigen noch zu jammern. Den gestrigen Marsch hatten seine Beine nicht vergessen. Zu der Mattheit, an die er sich gewöhnt hatte, gesellte sich ein brennendes Drücken, das mehr einer dumpfen Warnung glich. Bei jedem Schritt vernahm Lennart sie deutlicher. Er versuchte seine Muskeln zum Gehorsam zu zwingen, indem er sie stumm daran erinnerte, wer hier der Chef war. Ein Stechen im rechten Knie, außen, wo die Kuhle war, klärte die Verhältnisse: Er mochte sich für den Chef seines Körpers halten, im Moment hatte das Knie wesentlich mehr Autorität.

„Es ist", sagte Susanne in seine Gedanken hinein, „im Grunde nur ein Bootsanlegeplatz. Zu einem Hafen gehört mehr als ein Steg im Wasser."

„Solange ein Boot anlegt", hob Lennart schnaufend die Schultern, „soll mir jede Bezeichnung recht sein."

„Gehen wir zu schnell?" Sofort verlangsamte Susanne ihren Schritt. „Kommen Sie mir bitte nicht außer Atem. Wenn Sie einen Kreislaufkollaps erleiden, haben wir beide ein dickes Problem."

„Sie bekommen vielleicht eines", lächelte Lennart, obwohl er kaum die Luft dafür hatte. „Ich schleppe längst ein dickes Problem mit mir herum."

„Herr Schneider...", hörte er Susanne tadelnd sagen.

„Keine Angst", bemühte Lennart sich um mehr Körperspannung, obwohl sie von ihm in der Dämmerung nur die Umrisse sehen konnte, „heute habe ich bessere Schuhe an." Dabei fragte er sich im Stillen, ob seine Schuhwahl wirklich adäquat war. Fußbettsandalen und bequeme Socken. Nun, wenn die Optik auch zu wünschen übrig ließ, Blasen würde er sich keine laufen.

Der dunkelgraue Streifen wurde zu einem hellgrauen und wenig später zeigte sich ein weißer Strahl, der den Himmel über dem Meer in ein umwerfend schönes Rot tauchte. Bald war der äußerste Rand der Sonne zu sehen. „Wow", sagte Lennart leise, „das geht schneller als ich dachte." Er blieb stehen. „Gewöhnlich betrachte ich den Sonnenaufgang nicht, egal wo auf der Welt ich bin. Da liege ich im Bett und schlafe."

Auch Susanne war stehengeblieben. „Ich jogge gern bei Sonnenaufgang", sagte sie. „Wo auch immer auf der Welt, es ist die ruhigste Zeit des Tages. Man ist völlig mit sich und seinen Gedanken allein. Selbst wenn man auf andere Jogger trifft, wird höchstens ein flüchtiger Gruß getauscht."

Lennart verfolgte den Horizont bis zum Hotel. Er kannte diese helle Sandsteinmauer mittlerweile recht gut, über die hinweg die wunderbaren Rosen wucherten. „Diese sechs Tore", sagte Lennart und zeigte auf das Hotel, „wozu sind sie gut, wo sie erstens abgeschlossen sind und zweitens ohnehin im Nichts einer mit dornigem Gestrüpp überwachsenen Ebene voller spitzer Steine enden."

„Drei." Susanne zeigte mit gestrecktem Arm zum Hotel. „Eins, zwei, drei."

„Sechs", flüsterte Lennart, obwohl er mit einem Blick längst die drei Tore gefunden hatte. „Es waren sechs Tore bei meinem ersten Rundgang. Ich bin mir sicher."
„In beiden Seitenmauern der Anlage, vielleicht?"
„Es gibt nur diese Seitenmauer. Auf der anderen Seite bildet eine dichte Rosenhecke die Begrenzung. Zum Meer hin ist der Strand mit den angrenzenden Steilküsten eine natürliche Barriere und landeinwärts bilden eine Menge Gebäude die Grenze." Langsam hob Lennart die Schultern. „Vielleicht finde ich in der Dämmerung die Hälfte der Tore nicht, weil sie im Schatten liegen?"
Susanne legte den Kopf schief. „Glauben Sie, Ference hat drei Tore zumauern lassen, um Sie an Ihrem Verstand zweifeln zu lassen?"
„Wegen der Osiria, die ich auch nicht gefunden habe?" Lennart kratzte sich nachdenklich am Kinn. „Schwache Ausrede für ein offenbar schlechtes Sehvermögen oder..." Er stutzte und strengte seine Augen besonders an. „Vielleicht sind meine Augen ganz in Ordnung. Das ist Ference, der vom Hotel weggeht."
Susanne folgte seinem Fingerzeig. „Sie haben Recht. Er geht den gleichen Weg wie wir gestern." Sie strengte ihre Augen an. „Was schleppt er mit sich?"
„Einen Teppich?" Lennart hustete beinahe, so absurd war diese Vorstellung. „Warum sollte er einen Teppich den Berg hinauf schleppen?"
„Warum schleppt er überhaupt etwas hinauf?" Susanne wandte den Kopf zu ihm. „Ein dubioser Concierge, der im Morgengrauen eine schwere Last einen Hügel hinauf schleppt, obwohl dort oben nichts als Hügelgipfel sind?"
„Berggipfel", widersprach Lennart. „Wir sollten hinterher. Der Kerl hat Dreck am Stecken und vielleicht finden wir raus, ob es sich um Schlamm oder Matsch handelt."
Wobei sich das Hinterherschleichen als knifflige Angelegenheit herausstellte, denn die Ebene war weit und es gab nur sehr wenige Möglichkeiten, um sich zu verstecken und unentdeckt zu bleiben. Lennart und Susanne hatten anfangs die Dämmerung zu ihren Gunsten. Bald wurde es hell und hätte Ference sich umgedreht, hätte er sie auf den ersten Blick bemerkt. Deshalb bemühten sie sich um Deckung und kauerten sich hinter jeden Stein, der größer als der Durchschnitt aller auf dem Feld liegenden Steine war.
„Sie allein", sagte Lennart einmal leise, „könnten sich problemlos hinter

den Steinen verstecken. Mein Umfang, fürchte ich, blitzt irgendwo hervor."

Susanne lachte leise. „Machen Sie sich keine Sorgen. Ference rechnet nicht mit uns und deshalb wird er höchstens einen flüchtigen Blick hinter sich werfen. Menschen sehen nicht, was sie nicht zu sehen erwarten."

Als die Sonne heiß zu werden begann, etwa eine Stunde nach Sonnenaufgang, stand Lennart der Schweiß auf der Stirn. Er kämpfte sich den Berg hinauf, ächzte und stöhnte innerlich und ließ keinen Leidenslaut hören. „Meine Güte", flüsterte er, „Sherpas sind bewundernswerte Menschen. Sie schleppen so viel Gewicht nach oben, ohne mit der Wimper zu zucken." Er bemerkte das Schmunzeln um Susannes Mundwinkel und setzte nach: „Ich weiß. Im Vergleich zu dem, was auf meinen Hüften sitzt, fällt der Beutel mit der Wasserflasche und dem bisschen Knabberzeug überhaupt nicht ins Gewicht."

„Wortwörtlich." Sie schmunzelte immer noch.

„Ich war nie sportlich." Lennart musste sich an dem Felsen festhalten, hinter dem sie sich verbargen. Er wäre sonst glatt nach hinten gekippt und wahrscheinlich wie ein ausgedörrter Tumbleweed über den Hang nach unten gekullert. „Ich wäre es gern. Sportlich, durchtrainiert, mit einer Abneigung gegen Fett und Zucker, eine Handbreit größer und mit mehr Haaren in den Geheimratsecken."

Nun lachte Susanne so leise wie möglich. „Sie gehen in die Defensive? Herr Schneider, das hätte ich nicht für möglich gehalten." Ihre Augen lächelten, funkelten, blitzten. Ihre Schultern und Hüften berührten sich, so nahe hockten sie beieinander, und Lennart brauchte von dem verfügbaren Raum hinterm Stein gute drei Viertel.

Wenn er sie jetzt küsste, würde sie sicherlich keinen Rückzieher machen. Es war die Art, wie sie lächelte, die ihn so sicher machte. Trotzdem war es kein guter Zeitpunkt. Gerade eben war Stucks gestorben, sie schlichen hinter einem Verbrecher her und, was das wichtigste war, er stank bestialisch. Er – nicht der Verbrecher. Lennart warf Ference vieles vor und das meiste zurecht. Mangelnde Körperhygiene zählte nicht dazu. Ference war stets makellos, geruchlos, fleckenlos, während Lennart den Schweißgeruch an sich selbst abstoßend fand. Das würde er keiner Frau zumuten, mit der er Jahre verheiratet war, geschweige denn einer Dame, die er gerade zu erobern versuchte. Lennart beugte sich vorsichtig zur anderen Seite, nicht zu Susanne, und schmulte am Felsen vorbei. Ference hatte eine

Höhe erreicht, wo die Felsen zahlreicher und größer wurden. „Wenn wir ihn nicht verlieren wollen, müssen wir weiter." Er zeigte auf einen senkrecht stehenden schmalen Felsen. „Dorthin."
Sie huschten auf Zehenspitzen weiter. Lennart zwang die rebellierenden Muskeln in seinen Beinen zur Ruhe. Er hatte jetzt keine Zeit für deren Gejammer. Seine Ohren lauschten auf jedes Geräusch, das Ference verursachte, und hielten den Kontakt zu ihm, wenn Lennart ihn gerade nicht sehen konnte. Ab und zu schaffte es sein Körper auf sich aufmerksam zu machen. Seine Schultern taten weh und seine Finger mochten sich nicht länger in heiße Felsen graben. Vom ständigen Hinhocken und Weiterhuschen hatten seine Knie und Beine genug. Sie wollten sich hinlegen, ausruhen, Pause machen.
„Trinken Sie", sagte Susanne leise zu ihm. „Sie schwitzen recht stark." Sie schirmte die Hand gegen die Sonne ab, die aus den Felsen ringsum heiße Grillsteine machen wollte. „Das ist die Hitze. Männern macht sie schneller zu schaffen, wegen der größeren Muskelmasse."
„Muskelmasse, aha." Mit der Wasserflasche in der Hand schaute er an sich hinab auf den Bauch und die üppigen Waden und die kräftigen Handgelenke. Kein erbaulicher Anblick und dennoch begann er zu lächeln. „Der einzige Muskel, den ich habe, kommt vom Essen. Ich schiebe es lieber auf die Schuhe, wenn es Ihnen Recht ist, und die Socken, die ich trage, um mir keine Blasen zu holen. Socken und Hitze sind eine sehr nachteilige Kombination."
Ob Ference schwitzte, war nicht zu sehen. Lennart trank leise, denn sie waren dicht hinter dem Concierge und durften kein verdächtiges Geräusch verursachen. Während sie ihm folgten, löste sich einmal ein Stein hinter ihnen, der den Hang hinab rollte. Sofort fuhr Ference herum und Lennart und Susanne tauchten gerade rechtzeitig hinter einen Felsen ab. Sie warteten, bis sie sein Atmen und seine schweren Schritte wieder hörten. Was immer er eingepackt hatte in den weißen Stoff, es musste schwer sein.
„Sieht aus", flüsterte Lennart, „wie ein Bettbezug?"
„Könnte auch ein Leinensack sein." Susanne kniff die Augen zusammen, um in der hellen Sonne besser sehen zu können. „Schwer. Länglich. In der Mitte knickt es sich, wenn er es auf der Schulter hat. Sehen Sie?"
„Müll wird es nicht sein, oder?" Lennart überlegte, was das Hotel wohl mit dem vielen Müll machte, der jeden Tag anfiel? Ihm waren keine Container aufgefallen. Eine Feuerstelle auch nicht. „Manche Hotels, die

recht abgelegen sind, wollen sich die horrenden Müllkosten sparen. Sie werfen allen Abfall auf einen Haufen, warten auf günstigen Wind und zünden das über den Müll gekippte Benzin an."
„Erschreckend", flüsterte Susanne zurück, „all das Gift."
„Schockiert mich nicht", winkte Lennart ab. „Ich habe Schlimmeres gesehen."
Susanne erinnerte sich offenbar an etwas. „Das haben Sie tatsächlich, Herr Schneider."
Ference hatte den Gipfel beinahe erreicht und als Lennart hinter sich sah, fand er die Bezeichnung „Berg" durchaus passend. Es ging recht steil hinab und das Hauptgebäude des Hotels war nur als dunkelroter Fleck auszumachen. Darum herum verteilt standen, zum Meer abschüssig, die weißen kleinen Bungalows. Die Poollandschaft strahlte hellblau, die Gärten bildeten einen grünen Flecken in der ansonsten braun und beige gehaltenen Insel. Sein Herz raste und Lennart konnte mit jedem schweren Atemzug weniger nachvollziehen, was Leute in ihrem Urlaub zu einer Bergtour trieb. Oder einem Radelausflug. Oder Trekking. Bei Sonnenaufgang den Rucksack umschnallen und in schweren Bergstiefeln Kilometer um Kilometer durch unwegsames Gelände, über Schluchten, durch Täler und über Hänge kraxeln... Er unterdrückte ein tiefes Seufzen und ein heftiges Schütteln. Er drehte sich um, damit er Ference im Blick hatte.
Mit einem schweren Ächzen ließ dieser seine Last zu Boden fallen. Er zog aus der Hosentasche ein buntkariertes Taschentuch und wischte sich über die Stirn, ehe er es umständlich faltete und wieder einschob. Anscheinend hatte der Kerl tatsächlich geschwitzt und man konnte es wegen der dunklen Uniform schlicht nicht sehen. Ohne auf seine Umgebung zu achten, öffnete Ference die Verschnürung, mit der der weiße Stoff umschlungen war. Eine dünne Paketschnur wickelte er zu einem kleinen Knäuel. Mit ebenso wenig Pathos schlug er den Stoff auseinander. Eindeutig ein Bettlaken. Einen kräftigen Ruck später wickelte sich das aus, was Ference eingepackt und heraufgetragen hatte. Es fiel, ohne am Boden zu landen. Anscheinend stand Ference am Abgrund einer Klippe.
Lennart blinzelte, als ihn ein heißer Schreck durchzuckte. Hatte er richtig gesehen? Ein grauer Fuß, ein fahler Knöchel? Hatte Ference mit einem kräftigen Tritt tatsächlich einen Körper über die Klippe befördert? Lennart hörte tief unten ein Platschen. Etwas Schweres war ins Wasser geschlagen.

Neben ihm war Susanne bleich im Gesicht geworden. Sie hielt sich die rechte Hand über den Mund gepresst, sonst hätte sie vermutlich aufgeschrien. Ihre Reaktion ließ einen zweiten Stich durch Lennarts Eingeweide sausen. Hatte er sich nicht getäuscht.
Einen tiefen Atemzug machte Ference und wickelte nebenbei das Bettlaken auf. Er klemmte es sich unter den Arm, drehte sich auf dem Absatz herum und schlug den Weg ein, den er gekommen war. Im letzten Moment konnte Lennart Susanne am Arm packen und weiter um den Felsen ziehen, sonst hätte Ference sie beide entdeckt. Der Concierge schritt unbeirrt voran, beschwingt, mochte Lennart sagen. Natürlich, denn es ging bergab und Ference hatte keine schwere Leiche mehr auf den Schultern.
Lennart verabscheute den lockeren Schritt des Concierge, die baumelnden Arme, wie er über die kleineren Steine hüpfte und den größeren behände auswich. Als würde er gleich ein Liedchen zu pfeifen beginnen. Lennart spürte ein heftiges Jucken in der rechten Hand. Zu gern hätte er einen Stein genommen und ihn dem Concierge von hinten ins Kreuz geschleudert. Stattdessen drehte sich nach Susanne um.
Sie war die wenigen Meter zu dem Ort gegangen, wo Ference gestanden hatte. Lennart quälte sich die letzten, sehr steilen Meter hinauf. Er erschrak, denn plötzlich war der Berg zu Ende und ein tiefer Abgrund tat sich auf. Viele Meter ging es senkrecht an der Felswand hinab und unten schlugen die Wellen gegen große Steine. Wasser spülte darüber hinweg und flutete ein Felsenbecken, das die Natur in Jahrtausenden geschaffen hatte. Lennart ließ den Kopf sinken und sein Blick verfolgte die Felswand, dunkelrot, helle Streifen, poröse Stellen, Stellen, die felsenfest waren. Ein paar Vogelnester entdeckte er auf dem Weg nach unten zum Felsenbecken, das bei Ebbe vom Meer abgeschnitten war, bei Flut überspült wurde.
Er spürte, wie sich ihm der Magen umdrehte. Ein dicker Kloß stieg in seiner Kehle auf und verstopfte seinen Hals. Lennart schluckte und schloss die Augen. Als er sie einige Atemzüge später wieder öffnete, glotzte ihm aus dem Felsenbecken unverwandt Achim Stucks entgegen. Tot. Zwanzig Meter tiefer. Mehr oder weniger.
Lennart presste die Luft, die er vor Schreck angehalten hatte, mühsam aus seinen Lungen hervor. Wie gebannt starrte er auf die Leichen und vergaß darüber seine übliche Abneigung gegen große Höhen. Obenauf lag Stucks. Er war die vielen Meter gefallen und lag nun auf dem Rücken. Arme und Beine von sich gereckt sah es aus, als wollte er nur

auf dem Rücken schwimmen. Sein Kopf war stark zurückgeneigt, sein Mund offen und sein Gesicht vollkommen unter Wasser. Seinen leeren Blick richtete er in den wolkenlosen Himmel. Eine große Welle überwand die Felsen, die das Becken wie eine Barriere begrenzten, und das Wasser geriet in Bewegung. Stucks' Konturen verschwammen und wurden undeutlich. Sein helles T-Shirt und die alte Jeans, auf die er sich zuletzt übergeben hatte, waren undeutlich zu erkennen.

Unter ihm lag der bedauernswerte Herr Duschke. Nachdem die Wasseroberfläche sich beruhigt hatte, erkannte Lennart das zerteilte Gesicht, das der selbsternannte Arzt, dieser Stümper, mit einem Bürotacker hatte zusammenheften wollen. Es sah widerlich aus, denn die getackerte Naht hielt nicht und mitten im Gesicht klaffte ein Spalt, der mit jeder Welle, die an ihm zerrte, größer wurde. In dem Spalt hatte sich ein schmaler Fisch eingenistet, der seine ungewöhnliche Behausung gegen jeden Neuankömmling verteidigte. Er stieß hervor und biss jeden anderen Fisch weg.

Außerdem waren unter Stucks zwei rot-schwarz verbrannte Beine zu sehen. Wo die Haut fehlte, erblickte Lennart rohes Fleisch, das sich im Salzwasser aufzulösen begann. Zweifellos die Frau, die nicht aus der Sonne hatte gehen wollen. Mit dem Rücken nach oben lag Frau Duschke irgendwie in dem Gewirr aus Armen und Beinen, Körpern und Körperteilen. Sie hatte den Mund weit offen und einen Arm oberhalb ihres Kopfes, als wollte sie im Tod die Machete schwingen und die Körperteile, die um sie herum lagen, kleinhäckseln. Ja, es lagen dort unten auch einzelne Gliedmaßen, Skelette, Knochen. Teile von Menschen. Reste des Lebens. Lennart beobachtete, wie aus einem kahlen, halb verwesten Schädel ein langer, schlangenartiger Fisch kam. Er griff in seine Hosentasche, zückte sein Smartphone, zoomte das Felsenbecken heran und machte Fotos. „Das glaubt uns kein Mensch." Mit hängenden Schultern und gesenktem Kopf stand Susanne da und starrte in die Tiefe. Dicke Tränen rannen ihr über die Wangen und quollen auch hervor, wenn sie die Augen schloss. Lennart kramte in seiner Ledertasche nach Taschentüchern. Er reichte ihr die ganze Packung und Susanne verbrauchte die Hälfte, ehe sie das Gesicht anhob. „Das hat er nicht verdient."

„Niemand hat das." Lennart ging einige Schritte von der Klippe weg und ließ sich auf einen Stein sinken. Der Fels war selbst durch die Hose unerträglich heiß. Lennart überlegte, ob er überhaupt sitzen bleiben und das Prizzeln seines Hinterteils ignorieren sollte. Die Alternative, in der prallen Sonne zu *stehen*, war keinen zweiten Gedanken wert. Er fand sich mit dem Kribbeln ab, holte die Wasserflasche aus seiner Tasche und trank. Nebenbei wischte er mit dem Finger über das Display seines Smartphones und zappte durch die Bilder, die er gemacht hatte. Dazu schirmte er das Display mit einer Hand ab. „Ich hoffe, die Bilder sind am PC besser zu erkennen. In der prallen Sonne versagt die Technik völlig."

Er entdeckte an seiner linken Seite über die Klippe hinab ein weiteres Felsenbecken. Es lag trocken. Das Meer schwappte nicht hinein und deshalb lagen die Koffer und Taschen, Kleider und persönlichen Gegenstände nicht im Wasser. Lennart entdeckte Stucks alten Rucksack, der obenauf lag. Angesichts der Toten rückte dieser Koffer- und Taschenberg in den Hintergrund. Der Vollständigkeit halber machte Lennart Fotos davon. Er verharrte, als eine Möwe landete, aus dem Kleiderberg etwas herauspickte und die einzelne Socke aufs Meer davontrug.

„Wie", stand plötzlich Susanne neben ihm, „wie soll Achim von dort unten geborgen werden? Meinen Sie, man kann mit einem Boot nahe an das Becken heranfahren? Das Meer ist außerhalb des Beckens sehr tief. Ich kann den Grund nicht im schwarzen Wasser sehen."

„Die Wellen schlagen heftig gegen den Fels", überlegte Lennart. „Es gibt wahrscheinlich starke Strömungen. Mit dem Boot heranzufahren, könnte gefährlich sein."

„In dem Fall muss man ihn von hier oben bergen." Sie verschränkte die Arme und schniefte. „Die Wände sind steil und der Abstieg wird schwierig. Es bedeutet Aufwand und Kosten und muss dennoch sein. Unsere Beziehung war am Ende. Trotzdem lasse ich ihn auf keinen Fall hier in diesem nassen Grab als Futter für Krebse und Fische."

„Und Schnecken." Denn eine Schnecke hatte Lennart gerade auf einem seiner Fotos entdeckt. Sie schob sich über ein totes Bein. „Ich hoffe, Ference hat eine Versicherung, die sich an den Bergungskosten aller Toten beteiligt. Das wird ein Vermögen kosten."

Susanne holte ihr eigenes Smartphone hervor. Sie drückte und schaute. „Kein Netz, kein Internet. Meine Güte, der Verkäufer sagte, mit diesem Gerät und der Flat wäre ich rund um die Uhr überall auf der Welt erreichbar. Was für ein Quatsch!"

„Internet ist nicht." Lennart überlegte seit geraumer Zeit, wie das mobile Internet funktionierte. „Ich dachte immer, es ginge über Satellit. Irgendwann muss eines dieser hochtechnischen Geräte direkt über uns sein, die Mails weiterleiten oder einfach mal ein Update fahren." Er rüttelte das Gerät in seiner Hand. „Ständig habe ich mich über Updates oder diese Flut an Werbung geärgert, jetzt wäre ich froh um ein Zeichen von Zivilisation." Er stutzte, als er eine Berührung im Nacken spürte. Lennart wandte sich um. Susanne hielt eine Flasche Sonnencreme in der einen Hand und schmierte mit der anderen seinen Nacken ein. „Danke", sagte er leise.

„Ihre Haut wird rot." Ihre Augen schwammen in Tränen. „Wer weiß, wohin Sie ein Sonnenbrand führt. Ich will Sie auf dieser verlassenen Insel nicht wegen einer Lappalie verlieren."

„Möchten Sie zum Hafen?", fragte Lennart schnell. Es war auch jetzt nicht der richtige Zeitpunkt, um sie zu küssen. Zu viel Schreckliches passierte, zu viele Dinge, die unfassbar waren. Womöglich gab es den richtigen Zeitpunkt nie und er würde nie in den Genuss ihrer Lippen und Hände, ihres Körpers kommen. Lennart schluckte diese Befürchtung hinunter. „Ehrlich gesagt drängt es mich nicht ins Hotel zurück. Vielleicht haben wir Glück und das Boot kommt später. Wir kamen auch am Nachmittag an."

„Mhm", machte Susanne und cremte ihre eigenen Arme und Schultern und Beine ein. Sie streckte sich mühelos bis zum Boden, ohne die Knie auch nur anzuwinkeln. Sie verrenkte sich einfach, cremte sich den Nacken ein und den schmalen Streifen am Rücken, wo das T-Shirt nicht immer ihre Haut bedeckte. Sie ließ die Sonnencreme zurück in ihre Tasche fallen. „Wenn ich genau wüsste, wo diese Hauptinsel liegt, würde ich schwimmen."

„Viel zu weit", setzte Lennart sich langsam in Bewegung. Er hatte sich und seine Muskelkraft überschätzt. Seine Beine ziepten, stachen, brannten. „Mit dem Boot dauert die Überfahrt eine Stunde. Das sind bestimmt..." Er überlegte, was er über die Geschwindigkeit von Booten wusste, und begann zu rechnen. „Selbst wenn es nur fünf Kilometer in der Stunde schafft, wäre das zu weit zum Schwimmen. Dafür bräuchte man mindestens dreieinhalb, vier Stunden. Bei Wellengang und Strömung sehr viel mehr." Er schmunzelte leicht. „Beim Schwimmen kann ich meine miserablen Leistungen nicht mal auf die Schuhe schieben."

Bergauf war jeder Schritt eine Qual, weil Lennart sich von seinem eigenen Gewicht wieder zurückgezogen fühlte. Er musste ständig mit der Höhe kämpfen, die keinen Meter leichtfertig herschenken wollte. Bergab hingegen war die Hölle, denn die Schwerkraft zerrte ihn nach

unten, schneller als es gesund war. Bei jedem Schritt musste er gedanklich die Handbremse ziehen und sich überwinden, nicht dem Drang zu laufen nachzugeben. Es wäre so einfach, wenn sich seine Beine einfach überschlagen durften, im Kreis rotieren, wie bei den Zeichentrickfiguren und – hui – war er unten.
Bald stachen seine Knie als würde jemand mit einer Nadel im Inneren des Gelenks nach einer geheimen Kraftreserve wühlen. Wenn er auftrat, hätte er aufschreien können, weil es derart heftig stach. Wenn die Belastung beim Anheben des Beins nachließ, hätte er vor Schmerz heulen können, weil die vermeintliche Nadel nun aus dem Gelenk nach außen drängte und höllisch wehtat. Seine rechte Hüfte meldete sich ebenfalls mit diesen Stichen. „Ich bin ein alter Mann", seufzte er, als endlich das Gelände flacher wurde. „Meine Oma würde mich locker in die Tasche stecken."
„Die mit den Strapsen?", fragte Susanne. Ein Lächeln tanzte um ihre Mundwinkel. „Besuchen Sie sie oft? Ist sie ein so angenehmer Mensch wie Sie?"
Sie wollte ihn mit dem Gespräch ablenken, das wusste er. Wie man Kinder von einer grausigen Sache oder einem langweiligen Tun ablenkte, indem man sie etwas völlig anderes fragte und die Konzentration dort bündelte. Er war kein Kind und Susanne keine Pädagogin und dennoch sprang er darauf an. Er fühlte sich an einem Punkt angekommen, wo er selbst das Tragen mit einer Sänfte akzeptiert hätte. „Jedes Wochenende. Meistens am Samstag, damit ich einkaufen kann. Sie wohnt in Wolfratshausen, das ist von Schwabing..."
„...eine halbe Stunde mit dem Auto." Susanne lächelte ihn an. „Vielleicht besuchen Sie nächstes Mal nicht nur Ihre Oma, sondern auch mich?"
„Sie wohnen in Wolfratshausen?"
„Eigentlich nicht." Susanne verharrte kurz. „Mit Achim habe ich in Geretsried gewohnt. Die Wohnung, die ich für mich allein gemietet habe, liegt in Wolfratshausen, in einem schnuckeligen Mehrfamilienhaus. Gegenüber ist ein prima asiatisches Restaurant, wo ich einmal die Woche mit meiner besten Freundin esse. Der Inhaber ist seit frühester Kindheit in Deutschland und spricht perfekt bayerisch. Nur in seinem Restaurant pflegt er einen üblen chinesischen Akzent."
„Ja", lachte Lennart, „ich kenne Seppi. Er ist ein netter Kerl. Meine Oma steht total auf ihn und schleppt mich mindestens einmal im Monat dorthin. Erstaunlich. Warum haben wir uns bisher nicht in dem

Restaurant getroffen?"

„Vielleicht haben wir es ja", meinte Susanne, „und Sie haben schlicht nicht aufgepasst und sind an mir vorbei gelaufen?"

„Unmöglich", wehrte Lennart ab. „Sie wären mir aufgefallen."

Sie erwiderte sein Lächeln mit funkelnden Augen und ihm kam der Rest des Weges bedeutend leichter vor. Seine protestierenden Knie kamen mit ihrem Lamento nicht gegen Susannes Zauber an. Sie plauderte von ihrer besten Freundin, ihrem Sport, der Gegend, in der sie lebte, ein bisschen von ihrer Arbeit und es war allein diese Leichtigkeit ihrer Erzählungen, die ihn bis zum Steg trug. Dort ließ er sich erschöpft auf die Holzplanken fallen und tauchte seine Füße samt Schuhen und Socken ins Meer. Die erwartete Dampfwolke blieb aus und auch das Wasser zischte nicht wegen seiner heißgelaufenen Füße. Er wandte den Kopf nach rechts. „Ist das nicht der Minibus, mit dem Ference uns bei der Ankunft zum Hotel gefahren hat?"

„Mhm", machte Susanne und zog ihre Sandalen aus. „Er ist leer; niemand sitzt darin." Sie ließ ihre Beine über den Rand des Steges baumeln und strich mit den Füßen durchs kühlende Wasser. „Wenn der Minibus den ganzen Tag in der prallen Sonne steht, ist die Hitze im Inneren unerträglich."

„Wenn es bei uns so war", überlegte Lennart, „habe ich es entweder vergessen oder verdrängt."

Susanne holte ihre Stofftasche heran, trank Wasser und reichte ihm einen Apfel. „Ich könnte vor Hunger umfallen", sagte sie. „Immerhin habe ich an Obst gedacht."

„Stibitzt?", fragte Lennart und holte eine Tüte Salzstangen hervor. „Deshalb sehe ich so aus wie ich und nicht wie Sie. Wenn es ums Essen geht, stibitzen Sie Obst aus der Bar, ich hingegen räume das fette Knabberzeug aus dem Kühlschrank." Er öffnete die Tüte und bot ihr Salzstangen an. „Überhaupt beginne ich bei Stress zu essen. Das war während des Abiturs so und hat sich beim Studium manifestiert. Je mehr meine Chefin mir jetzt abverlangt, desto höher sind meine monatlichen Lebensmittelausgaben."

Susanne nahm sich zwei Salzstangen und biss hinein, ehe sie den Blick übers Meer gleiten ließ. „Ist das dort hinten ein Boot?"

Lennart folgte ihrem Fingerzeig und hob die Schultern. „Ich kann nichts als Wellen erkennen. Sie haben wohl die wesentlich besseren Augen."

„Ich glaube schon." Sie knabberte ihre Salzstangen weg. „Die Gischt zeichnet andere Muster. Als würde ein Boot übers Meer auf uns zu halten."

Ohne den Blick von der besagten Stelle zu wenden, verspeiste Lennart den Apfel, den Susanne ihm gereicht hatte. Er verputzte auch den zweiten Apfel, trank die Wasserflasche leer, schlang die Erdnüsse und die Chips in sich hinein, futterte die Banane, die Susanne ihm abtrat, und fantasierte hinterher von Pommes rot-weiß, gebratenem Hähnchen und einer großen Portion Nudeln mit Sahnesoße, während er die letzten Salzstangen zerbiss. Daraufhin lachte Susanne, holte die Sonnencreme hervor und schmierte ihn gründlich damit ein. „Wer weiß", lächelte sie, „vielleicht hilft Sonnencreme gegen Wahnvorstellungen?"

„Gegen diese Wahnvorstellungen", fand Lennart, „würde eine ordentliche Mahlzeit helfen. Mein Magen knurrt, also sprechen Sie im Bedarfsfall bitte lauter, um ihn zu übertönen."

Nachdem sie seinen Nacken und seine Ohren ausgiebig eingecremt hatte, widmete sie sich seinen Beinen, was ihm mehr als peinlich war. „Das müssen Sie nicht tun. Bitte, ich mache das selbst."

Sie reichte ihm die Sonnencreme nicht. „Sie könnten es, wenn Sie nicht so starke Schmerzen hätten." Sie verteilte Sonnencreme auf ihren Handflächen und strich über seine Schienbeine und Waden, bis hin zur Wasseroberfläche, denn er hatte die Füße unverändert im Meer hängen. „Es war Ihnen bei jedem Schritt anzusehen, obwohl Sie tapfer die Zähne zusammengebissen haben. Am liebsten wären Sie ins Hotel zurück, hätten sich unter die Klimaanlage gelegt und Ihren geschundenen Körper mit einer Portion Schokoladeneis von innen heraus gepflegt." Sie schob ihre Finger unter den Saum seiner knielangen Shorts und cremte weiter. „Hoffentlich kommen Sie mit einem Muskelkater davon. Wenn Sie sich Bänder oder Gelenke verletzt haben, kann Ihnen nur ein Arzt helfen."

„Lieber lege ich mich mit allen Mächten der Hölle an!"

„Eben." Sie machte mit seinen Armen weiter. Ausgehend von seinen Handgelenken strich sie die Sonnencreme höher und unter die Ärmel seines T-Shirts. Den anderen Arm erwischte sie nicht so gut. Sie hätte hinter ihm rumgehen und die Position ändern können, stattdessen kniete sie sich über seine Beine. Mit zwei Fingern cremte sie seinen Halsausschnitt ein, seinen Hals, die Wangen, die Nase und überhaupt alles in seinem Gesicht. Er schloss die Augen und gab sich diesen Berührungen hin und seiner überaus unanständigen Fantasie.

Wie schaffte sie das nur? Obwohl sie seit Stunden in brütender Hitze unterwegs waren, duftete sie nach Vanille. Obwohl er ihr alles bis auf eine Nektarine und zwei Salzstangen weggefuttert hatte, blieb ihr Magen stumm. Obwohl ihm alles wehtat, wirklich alles, war die Berührung ihrer Finger himmlisch und wesentlich länger und intensiver als es das Eincremen erlaubte.

Ein Motorengeräusch beendete seine Tagträume. Lennart öffnete die Augen. Er bemerkte Susannes breites Lächeln, direkt vor sich. Er hätte nur die Hände ausstrecken und sie an sich ziehen brauchen, seine Chance nutzen und sie küssen und lieben, sie auf den Steg betten, ihr die Kleidung vom Leib schälen und mit ihr schlafen. Jetzt gleich. Lennart musste sich räuspern. „Tatsächlich ein Boot."

Sie kniete unverändert über ihm. „Zum Glück haben wir die Pässe dabei. Fühlen Sie sich fit genug für die Überfahrt?"

„Nach dieser wundervollen Behandlung", sagte Lennart leise, „könnte ich die Strecke glatt schwimmen."

„Tatsächlich?" Susanne hob ein Bein und stieg von ihm. „Vielleicht, wenn ich pausenlos hinter Ihnen schwimme und Sie massiere."

Lennart hatte eine detaillierte Vorstellung davon, wo genau sie ihn massieren sollte, und schaute ihr, als sie sich neben ihn setzte, auf den Hintern und die Beine. Erst als sie den Kopf drehte und er beim Gucken vielleicht erwischt wurde, wandte er sich dem Gefährt entgegen, das übers Wasser kam. Die Nussschale lag tief im Wasser und der Außenbordmotor lief alles andere als rund. Er stotterte immer wieder mal, was die Passagiere nicht störte. Sie saßen unter dem weißen Stoffdach, reckten die Arme in die Sonne und blickten der Insel erwartungsfroh entgegen.

Lennart selbst hatte während der Anreise nicht so empfunden. Bereits bei der Überfahrt hatte er sich geärgert, warum es erst eine Woche später zurückgehen sollte. Ihm hätten drei Tage genügt.

„Ich habe mich nicht auf den Urlaub gefreut", sagte Susanne leise. „Mir kam die Reise sehr ungelegen. Nicht nur, weil ich mich von Achim trennen wollte. Er hat mich bequatscht und mir eine Städtereise vorgegaukelt, an deren Ende ich mich entscheiden sollte. Hätte ich die Lüge geahnt, wäre ich nicht in den Flieger gestiegen. Jetzt denke ich oft an meine Assistentin und diese Hochzeit und die fehlenden Rosen. Das bereitet mir wirklich unruhige Momente." Sie schaffte ein schwaches Lächeln. „Womöglich bin ich pleite und weiß es gar nicht."

„Ich würde gern Ihre Firma mit einer Party retten", entschied Lennart völlig eigennützig. „Richten Sie Partys für sehr wenige Gäste aus?"

Susanne lachte heiter. „Sie meinen, eine Party nur für sich allein?"

„Und für Sie, wenn Sie möchten?"
Er dachte schon, er hätte sie mit dieser frechen Bemerkung gekränkt, denn ihr Gesichtsausdruck wechselte plötzlich. Alle Heiterkeit war weg. Ihr Blick verfinsterte sich, ihre Wangen waren wie eingefallen. Sie hob die Hand über die Augen, um besser sehen zu können. „Das darf nicht wahr sein." Sie stand auf.
„Das *kann* nicht wahr sein!" Lennart stand ebenfalls auf, wenngleich lange nicht so schwungvoll und elegant wie Susanne. Er spürte vorn in seinen Oberschenkeln ein starkes Reißen und wie die nassen Socken an der Außenseite seiner großen Zehen zu reiben begannen. Als er die Füße auf den Steg stellte, floss alles Wasser aus seinen Schuhen und den Socken und bildete eine große Pfütze. „Wie kann er auf dem Boot sein, wo er gerade eben auf dem Berg war?"
„Es ist einige Stunden her", sagte Susanne leise, „trotzdem wundert es mich. Er ging zum Hotel zurück und wir direkt hierher."
Lennart hatte auf dem Weg vom Berg herunter mehrmals verfolgt, wie der rote Punkt – mehr war Ference nicht – sich Richtung Hotel bewegte. „Er muss sich an einer anderen Stelle ein Boot geschnappt und von der Insel geschlichen haben. Hätte er von hier abgelegt, wäre uns das nicht entgangen. Zumindest hätte er uns auf dem Weg hierher überholt. Zu Fuß oder mit dem Bus."
„Hat er nicht."
Dafür hatte er ein diebisches Grinsen im Gesicht, wie Lennart erkannte, als das Boot nahe genug war. Ference steuerte es neben den Steg, stellte den Motor ab und machte aus dem Boot heraus einen großen Schritt auf den Steg. „Madame, Sir, warten Sie etwa auf mich?"
„Auf das Boot." Lennart trat einen Schritt zur Seite, damit Ference das Halteseil an einem Holzpflock festmachen konnte. „Wir möchten auf die Hauptinsel zurück. Unverzüglich."
„Sir", knotete Ference das Seil fest, „das ist unmöglich."
„Das hier ist ein Boot, oder?"
„Und es ist seetüchtig, Sir", richtete Ference sich auf. „Nichtsdestotrotz zieht ein Sturm auf. Sehen Sie die Wolken dort auf hoher See, Sir?"
„So ein Quatsch", verschränkte Lennart die Arme, „das sind Schönwetterwolken."
„Mit Verlaub, Sir", wurde Ference ernst, „Schönwetterwolken quellen nicht in dunkelgrauer Farbe."
„Naja." Lennart wog den Kopf hin und her. Er war nicht blind und er hatte seine Kindheit nicht ausschließlich vor dem Computer verbracht.

Er war auch mal draußen durch den Park getollt und hatte den Hund der Nachbarin durch die Gegend gejagt, damit der fette Dackel von dem Übergewicht verlor, das Frauchen ihm mit Leckerlis antrainierte. Leider hatte Frauchen als Belohnung für den ausdauernden Lennart immer eine Tafel Schokolade springen lassen. Lennart zwang sich nicht an den Geschmack der atemberaubend guten Ingwerschokolade zu denken.
„Den Unterschied zwischen Schönwetterwolken und einem aufziehendem Gewitter kenne ich gut. Jahrelange Erfahrung. Diese Wolken", zeigte er zum Horizont, „halten mindestens einen halben Tag durch, ehe sie den ersten Blitz ausspucken."
„Sir", reichte Lennart einer jungen Frau die Hand, „können wir dieses Gespräch später führen? Wie Sie sehen, Sir, sind Gäste angekommen, die nach einer ermüdenden Anreise gern ins Hotel möchten, nicht wahr, Madame?"
Die junge Frau hielt Ferences Hand nach dem Aussteigen fest. „Keine Kinder, keine Animation", lächelte sie. „Ich war von der Katalogbeschreibung sofort überzeugt. Ich werde mich an den Pool legen und nicht mehr aufstehen. Keinen Schritt werde ich mehr tun und ich werde garantiert keine quengelnden Kinder ertragen müssen, keine nervenden Eltern, keine Kolleginnen, die sich und mich anzicken, keine Sachbearbeiterinnen in Förderstellen, die sich weigern, die Kita mit dem üblichen Satz zu fördern, weil eine unserer Musikpädagoginnen wegen ihrer eigenen Elternzeit eine halbe Stunde weniger arbeiten möchte. Ach", lächelte sie breit, „ich liebe es. Ich vergöttere es!"
„Gewiss, Madame", lächelte Ference mit einem Zucken um die Mundwinkel, „Sie werden genau das bekommen, wonach Sie verlangen."
Prompt drehte die junge Frau sich zu einem Mann um, der einige Jahrzehnte älter war als sie. „Hast du gehört, Schnucki, es ist genauso, wie ich es mir erträumt habe. Ich liege den ganzen Tag am Pool und du, du kannst tauchen."
„Yep", sagte ihr Mann und stieg ebenfalls aus dem Boot. „Wenn das vorgelagerte Riff nur halb so schön wie in Ihrem Werbeprospekt ist, werde ich nicht mehr auftauchen wollen."
„Auch Ihnen, Sir", sagte Ference, „genau das. Wenn Sie nun bitte alle in den Bus steigen möchten? Ich werde Sie auf dem schnellsten Weg zum Hotel und Ihrem Glück bringen."
Die Neuankömmlinge waren mit wenigen Schritten beim Minibus. Anscheinend hatte Ference per Fernbedienung die Türen geöffnet. Als

die Gäste einstiegen, wartete Lennart auf das Gejammer wegen der Hitze und wurde enttäuscht. Er hörte nichts von dem Paar im Bus, nur Ferences lautes Schnaufen. Der Concierge schleppte Koffer zum Bus. In jeder Hand einen. Er wuchtete das Gepäck aufs Dach und band es mit einem Expander fest.

„Ference", nutzte Lennart diese Gelegenheit, „wir werden augenblicklich diese Insel verlassen. Mit diesem Boot dort. Frau Brenner und ich gehen. Jetzt."

„Sir, ich werde augenblicklich zum Hotel fahren." Ference schob einen der Koffer ganz nach vorn an die Absperrung. „Wenn Sie brav bitte sagen, nehme ich Sie im Bus mit. Es ist nur dieses eine Ehepaar angekommen, da kriege ich Sie zwischen den Sitzen locker unter."

Lennart streckte die Hand. „Geben Sie mir den Schlüssel fürs Boot. Ich werde selbst fahren."

„Sie, Sir, können kein Boot fahren."

„Es kann nicht schwerer sein als Autofahren und ich fahre jedes Jahr viele tausend Kilometer."

„Sir", lächelte Ference genervt, „Sie finden den Weg nicht."

„Selbst wenn ich stundenlang auf dem Meer kurve, ist es besser als hier."

„Ach." Ference rüttelte am Expander, der absolut fest saß, und kletterte vom Dach des Minibusses herunter. „Sie setzen Ihr eigenes Leben aufs Spiel? Nun gut, das ist Ihr Recht und davon kann ich Sie nicht abhalten. Sie sollten bitte einen Augenblick nachdenken, ob Sie das Leben einer fremden Frau aufs Spiel setzen wollen?" Er schnaubte. „Machen Sie kein solches Gesicht, Sir. Sie haben vom Bootfahren keine Ahnung und selbst wenn kein Sturm aufzöge, würden Sie die Hauptinsel nicht finden. Wenn Sie Frau Brenner mitnehmen, sind Sie ein ehrloser Lump!"

Diesmal kratzte sich Lennart an der Nase. „Da haben Sie Recht." Er kratzte stärker. „Sie werden diesen Triumph kein zweites Mal erleben, also kosten sie ihn aus. Sie haben Recht." Er drehte sich zu Susanne und ging die paar Schritte zu ihr zurück. „Er weigert sich uns zu befördern. Er behauptet, diese Wolken würden bald einen heftigen Sturm beschwören."

„Sie sind anderer Meinung?"

„Ich bin in den Bergen aufgewachsen", wischte Lennart mit einer kurzen Bewegung seines Handgelenks ihre Nachfrage zur Seite, „dieses Wetter hält Stunden."

„München", lachte Susanne, „oder Wolfratshausen gehören nicht zu den Bergen, bloß weil man sie bei Föhnwetter von dort sehen kann."
„Wo sind Sie denn aufgewachsen?"
„In Eschenlohe und wenn ein Münchner behauptet, er würde in den Bergen leben, stellen sich mir alle Haare auf."
„Sie denken also, diese Wolken halten keine Stunde mehr?" Lennart dachte nach. „Außerdem weiß ich den Weg zur Hauptinsel nicht. Ich werde auf gut Glück losfahren und Sie bleiben hier."
„Wie bitte?" Susanne verschränkte die Arme. „Das müssen Sie mir erklären."
„Sollte ich die Insel nicht erreichen oder tatsächlich in einen Sturm geraten, würde ich Ihr Leben in Gefahr bringen. Frau Brenner, so kaltblütig bin ich nicht." Er streckte die Arme und ergriff ihre Hände. Sanft löste er die Verschränkung. „Ich fahre allein mit diesem Boot zur Hauptinsel. Ich hole Hilfe und ich bin wieder hier, um Sie zu holen, ehe die Nacht hereinbricht."
„Überschätzen Sie Ihre Fähigkeiten nicht?"
„Nein", entgegnete er voller Ernst. „Sie überschätzen meine Leidensfähigkeit. Ich halte es hier keine Sekunde mehr aus. Ich laufe seit Tagen auf Reserve und will sehnlichst weg von hier."
„Okay." Susanne erwiderte den Druck seiner Finger. „Fahren Sie und kommen Sie bitte wieder zurück."
„Das werde ich." Lennart hob ihre Hände höher, beugte den Kopf und küsste ihre Fingerknöchel. „Fest versprochen. Ich komme zurück."
„Küssen Sie nur Hände, Herr Schneider?"
Er richtete sich auf. Sie war eine Handbreit größer als er, sehr viel schlanker und sie lächelte bezaubernd schön. Sie kam einen Schritt näher, beugte sich zu ihm und küsste ihn auf den Mund. Er zuckte nicht zurück. Wenn eine schöne Frau dich küssen will, sagte Oma immer, stoß sie ja nicht vor den Kopf; sie wird wissen, warum. Außerdem fühlte sich dieser Kuss herrlich an. Sie schmeckte nach frischem Obst und Früchten, nach Sommer, guter Laune und stundenlangen Gesprächen am See. Als sie eine Hand an seine Schulter legte, berührte er ihre Taille mit beiden Händen und streichelte ihre Haut dort, wo das T-Shirt aufhörte. Ihre Haut war heiß und feucht von einem dünnen Schweißfilm und er wünschte, dieser Schweißfilm würde von den Laken in seinem Bett aufgesogen.
Minuten später kehrte sein gesunder Menschenverstand zurück, da steuerte er das Boot übers Meer. Wie er den Motor zum Laufen

gebracht und das Boot vom Steg wegbekommen hatte, vermochte er nicht zu sagen. Wenn er versuchte sich zu erinnern, glaubte er Susannes Lippen zu schmecken und ihre Zunge zu spüren und ihre Hände zu fühlen. Eindeutig hatte ihn dieser erste Kuss völlig vereinnahmt.

Lennart schaute zurück. Susanne stand am Steg. Mit der Hand über den Augen verfolgte sie seine Abfahrt. Ference und der Bus brausten in die andere Richtung davon. Lennart lächelte. Was für eine schöne Frau! Was für eine bezaubernde, wundervolle Frau! Er spürte die feste Entschlossenheit, in nicht mehr als zwei Stunden Susanne abzuholen, zu retten und den Rest seines Lebens mit ihr zu verbringen. In der Tasche zu seinen Füßen hatte er seine Papiere und das Smartphone mit den Beweisbildern. In kurzer Zeit würde er mit der Polizei oder der Küstenwache zurück sein und das Richtige tun.

Sein Blick glitt über die Weite des Meeres. Schnell war die Insel mit dem Hotel kleiner geworden. Susanne erkannte er nicht mehr, allenfalls die diesigen Umrisse der Berge. Er steuerte entschlossen gegen die Wellen. „Irgendwo dort", murmelte er, „liegst du." Er meinte die Hauptinsel und er versuchte sich zu erinnern, welchen Weg sie vor Tagen genommen hatten, als sie von der Hauptinsel zum Hotel gefahren waren. Musste er sich an etwas Wichtiges erinnern? Hatte Ference Untiefen oder Korallen erwähnt? Lennart hatte Ference in seiner dunkelroten Zirkusuniform vom ersten Moment an unsympathisch gefunden. Er erinnerte sich, wie Ference sagte: „Was machen Sie sich Gedanken über das Boot, Sir, wo eine herrliche Zeit ohne jede Sorge vor Ihnen liegt?" Von da an hasste Lennart ihn. Als hätte Ference es gespürt, fügte er hinzu: „Dieses Boot und ich bringen viele Leute unbeschadet zur Insel."

Über ihm färbte sich der Himmel zunehmend schwarz. Die Wolken wurden dichter, nahmen stellenweise einen gelben Schimmer an und bald zischte ein Blitz übers Firmament. Entladungen zwischen den Wolken, überlegte Lennart, waren für ein Boot nicht gefährlich. Ein Gewitter, das sich am Boden nur durch Donnergrollen äußerte, hatte ihm auch als kleines Kind keine Angst eingejagt.

Sollte er außen um das Gewitter herumfahren? Links und rechts waren überall dunkle Wolken, überall mit Gelb durchsetztes Schwarz. Selbst hinter ihm war nun alles dunkel. Offenbar steckte er mitten in dem schlechten Wetter drin und ein Richtungswechsel war sinnlos. Besser verlangte er dem Motor sämtliche Leistung ab. Augen zu, dachte er, und durch. Er fasste das Ruder fester, suchte mit den Füßen Halt im Boot und stellte sich innerlich auf hohe Wellen, heftige Brecher und eine ziemlich ungemütliche Überfahrt ein.

Da erreichte ein greller Blitz die Wasseroberfläche. Gischt stob auf. Die Wellen türmten sich und brachen, schleuderten Wasser in die Luft, wirbelten herum und begannen mit dem Boot zu spielen. Sie drückten es zur einen Seite, zerrten es kurz darauf zur anderen und Lennart begann übel zu werden. Ein heftiger Sturm mischte sich in das Spiel ein und degradierte das Boot zu einem Stück Holz, das der Gewalt der Elemente ausgeliefert war. Manchmal verlor die Antriebsschraube den Kontakt zum Wasser und propellerte leer vor sich hin. Der Motor hustete, prustete, die Schraube tauchte wieder ins Meer und weiter ging die Fahrt gegen immer höhere Wellen, die sich dem Boot in den Weg stellten und es zurück zur Insel drängten.

Eine Welle, die nicht einmal besonders hoch war, stülpte das Boot um. Lennart spürte, wie sie es anhob, immer höher, wie die Welle unter ihm durchrollte und dabei das Boot mitnahm, bis der Schwerpunkt irgendwo außerhalb lag und es kippte.

Mit einem Schrei versuchte Lennart sich festzuhalten. Seine feuchten Hände fanden am Ruder keinen Halt, seine Füße an den Holzplanken sowieso nicht. Er stürzte aus dem Boot, fiel einige Meter und landete im Meer. Eine Welle brach über ihm, wirbelte ihn im Kreis, schleuderte ihn umher und als er den Kopf wieder über Wasser brachte, war vom Boot und der Tasche mit seinen Papieren nichts zu sehen.

Lennart hustete heftig und ruderte mit den Armen, um nicht unterzugehen. Wo war die Insel und wo das Hotel? Wo überhaupt irgendwas? Er konnte nur Wellen sehen, Wellen und Wasser, dunkle Wolken, Blitze und tosende Wogen. Das Salzwasser brannte in den Augen und im Hals. Die Gischt schäumte. Er fühlte sich, als säße er in einem schmalen Glas und jemand schenkte sehr schnell Cola ein. Der Donner ließ seinen Kopf beinahe platzen. Ihm dröhnten die Ohren und der Druck des Schalls tat in seinen Organen weh.

Von der Insel weg war er ständig gegen die Wellen gefahren. Sie hatten das Boot angehoben und in die Wellentäler krachen lassen. Wenn er nun mit den Wellen schwamm, würde er zurück zur Insel kommen. Er wusste nicht, wie lange er gefahren war. Was lag näher? Die kleine Insel mit dem schrecklichen Hotel oder die Hauptinsel, die Erlösung versprach?

Lennart machte einige Schwimmzüge gegen die Wellen. Das Wasser

schlug ihm ins Gesicht, kam ihm in die Augen und er verschluckte sich. Es war eine Qual. Hustend kämpfte er sich die Wellen hinauf und hielt am höchsten Punkt Ausschau nach einer Insel oder einem Boot oder einem Schiff oder jemandem, der ihm helfen konnte. Zurück zum Hotel? „Nie!", stieß er aus, als würde ihn jemand hören, „da krepiere ich lieber."
„Das, Sir", sagte eine wohlbekannte Stimme neben ihm, „arrangiere ich höchstpersönlich und mit der allergrößten Freude."
Lennart verharrte in seinen Bewegungen und drehte den Kopf. Er starrte gegen die moosbewachsene Außenseite eines kleinen Bootes, legte den Kopf weiter in den Nacken und entdeckte das verhasste Gesicht über der Reling. „Woher zum Henker kommen Sie?"
„Habe ich Sie nicht vor dem Sturm gewarnt, Sir?"
„Da habe ich schlimmere Stürme überlebt." Er reckte die Hand aus dem Wasser. „Helfen Sie mir ins Boot und fahren Sie mich zur Hauptinsel."
Ference lachte laut und gackernd. „Ich könnte Ihnen ins Boot helfen, damit Sie mich am Arsch lecken und mir die Eier kraulen, Sir!"
„Verdammter Wichser!"
„Vielleicht", wurde Ference ernst, „ist es Ihre Bestimmung, hier im Meer zu ersaufen, und Frau Brenner sitzt bis in alle Ewigkeit am Strand und wartet auf Sie. Nun ja, man wird sehen. Leben Sie wohl, Sir."
„Hey!", brüllte Lennart ihn an, „Sie dürfen mich nicht hier lassen!" Er suchte nach Halt an der schmierigen Holzverschalung. Da war keine Erhebung in den Brettern, kein vorstehendes Stückchen, nichts. Seine Finger glitschten ab, er tauchte unter und als er wieder nach oben kam, war von Ference oder seinem Boot nichts mehr zu sehen. „Scheiße!"
Eine Weile paddelte Lennart auf der Stelle und dachte nach. Er bekam mehr Salzwasser ins Gesicht, als ihm lieb war. Einige Male trat er sich unter Wasser selbst gegen die Waden und das tat mit Sandalen weh. Lennart schlüpfte aus den Schuhen und ließ sie in der Tiefe versinken. Er kam einmal unter Wasser, als er die Socken auszog. So hatte er mehr Gefühl in den Füßen und das Schwimmen fiel ihm leichter, obwohl es sich komisch anfühlte, wenn der Sog an der Blase zerrte, die er sich gelaufen hatte.
Er konnte im tiefschwarzen tosenden Wasser nichts erkennen. Gab es weiteren Ballast, den er loswerden konnte? Die Hose musste er anbehalten und das T-Shirt auch. Sollte er das Gewicht seiner Uhr sparen? Auf keinen Fall. Zwei Bruttomonatsgehälter hatte er für sie hingeblättert und wenngleich die Zeiger sich nicht mehr rührten, konnte

daheim ein Uhrmacher nach ihr schauen. Gewiss war sie wieder flott zu kriegen, bei dem Preis.

Mit kräftigen Zügen nahm Lennart den Kampf gegen die Wellen auf und schob sich vorwärts übers Meer. Der Sturm tobte nicht mehr so heftig, die Wellen wurden flacher. Bald waren sie sanfte Erhebungen, die ihn hoben und wieder abließen, als wollten sie ihn in den Schlaf wiegen. Der Himmel klarte auf. Die schwarzen Wolken wurden grau, lösten sich auf und ein dämmerungsblauer Himmel breitete sich aus. Sterne funkelten, der Mond erhob sich über den Horizont.

Im Mondschein zu schwimmen, war eine schwierige Sache, besonders, wenn er nicht viel Licht hergab. Lennart versuchte die Orientierung zu behalten. Er schwamm nicht dem Mond hinterher, sondern einem Stern, den er für den Polarstern hielt. Der stand im Norden und Norden, das hielt er für die Richtung, in der die Hauptinsel lag. Jedenfalls hatte ihm die Sonne bei der ersten Überfahrt am Mittag ins Gesicht geknallt. Er bekam Hunger und heftiger Durst peinigte ihn. Seine Kehle war trocken, ausgedörrt, staubig. Er nahm einen Mundvoll Salzwasser, den er wieder ausspuckte. Scheußlich. Eine Ewigkeit später schluckte er ein klein wenig Meerwasser. Nun war der Geschmack in Ordnung, sein Durst sorgte dafür. Er musste sich zwingen nicht zu trinken. Um sich von Hunger und Durst abzulenken, konzentrierte er sich auf das, was seinen Körper ausmachte und nicht zur Verdauung gehörte.

Arme und Schultern spürte er am meisten. Sie brannten und zerrten, schmerzten, schmerzten, schmerzten. Nicht mal den Kopf konnte er drehen ohne vor Schmerz zu ächzen. Da hatte sich zwischen Hals und Schulterblatt eine Stelle gebildet, wo die Muskeln vor Anspannung härter als Granit waren. Und erst seine Beine! Er spürte jede Muskelfaser und jede einzelne war völlig kaputt und zerfetzt. Hätte jemand in seine Muskeln schauen können, er hätte nur Vernichtung gesehen.

Ehe er das Rauschen der Brandung als solches wahrnahm, fuhr ein schneidender Schmerz durch sein Knie. Heftiger als alles zuvor. Lennart zuckte zurück, spürte einen festen Gegenstand unter dem linken Fuß und weil er sich fürchterlich erschreckte und an messerscharfe Zähne eines Revolvergebisses erinnerte, stieß er sich davon ab. Er knallte mit dem Kopf gegen etwas Hartes, die schwarze Nacht fiel wie ein Vorhang über ihn und er schlug der Länge nach bewusstlos hin.

Kapitel 7

Sand oder Kies. Als seine Sinne zurückkehrten, schmeckte er kleine Steine zwischen den Zähnen. Es knirschte. Starke Schmerzen bahnten sich den Weg in sein Bewusstsein. Er wollte ausspucken. Mit genügend Spucke wollte er die Steinchen, die an seinen Zähnen scharrten, nach draußen befördern. Weil ihm die Kraft fehlte, versagte er kläglich, und der ganze Schlonz rann über seinen Mundwinkel und die Backe und sammelte sich in einem riesigen schweren Tropfen, der der Schwerkraft widerstand.

War überhaupt alles an ihm dran, was dran sein sollte? Er hatte kein Gefühl in Armen oder Beinen und um sich zu vergewissern, ob seine Gliedmaßen noch da waren, schickte Lennart den Befehl für eine Bestandsaufnahme durch seinen Körper. Er horchte in sich. Er versuchte seine Füße zu bewegen, was unter Höllenqualen möglich war. Die Beine zu bewegen, so weit kam er nicht. Kaum raste der Nervenimpuls vom Gehirn zu den Beinen, grätschte ein sehr viel stärkerer Schmerzreiz dazwischen. So ging es ihm mit jedem Stückchen seines Körpers. Nicht einmal tief Luft holen konnte er ohne vor Schmerz beinahe das Bewusstsein zu verlieren.

Einzig seine Finger taten ihm nicht weh. Die Finger und die Augenlider, was sich änderte, als er blinzelte und nur grellweißes Strahlen sah. Er kniff die Augen schnell wieder zu und wünschte, die Bewusstlosigkeit würde ihn einlullen und erlösen und all diese Probleme für eine Zeitlang von ihm nehmen.

Er blieb zu seinem Bedauern wach. Wenn er sich nicht rührte und keinen Mucks machte, war die bloße Existenz einigermaßen erträglich. Ein bisschen einatmen, vorsichtig ausatmen. Über ihm ertönten dumpfe Geräusche, die ihn an seine Kindheit erinnerten. Mit seinem besten Freund Pit war er am Badeweiher unter den Steg getaucht. Sie hatten mit Schilfhalmen oder Bleistiften die Mädchen geärgert, die auf dem Steg in der Sonne lagen. Man musste nur durch die Spalten zwischen den Planken nach oben pieken, ein Mädchen erwischen und das Quietschen genießen. Pit stach heftig zu, immer wieder, bis die Mädchen wirklich böse waren. Einmal sprang eines ins Wasser, tauchte zu ihnen unter den Steg und verpasste jedem eine gehörige Ohrfeige. Meistens rannten die Mädchen genervt weg und wenn sie wiederkamen, um ihr Sonnenbad fortzusetzen, hörten sich die Schritte an wie das Geräusch jetzt.

Lennart versuchte den Kopf zu drehen und auf sich aufmerksam zu machen. Sein Gehirn hatte überrissen, was passiert war: Er war schnurstracks zur Hotelinsel zurück geschwommen und lag nun unter dem Steg. Prima Leistung, all die Kilometer zu schwimmen, auf ein Ziel zuzuhalten und als körperliches Wrack just am Ausgangspunkt wieder anzulangen.

„Madame", hörte er die Stimme, die er am meisten auf der Welt zu hassen begonnen hatte, „Fett schwimmt oben und die Strömung kreist zur Insel hin. Seine Tasche ist mit der letzten Flut angeschwemmt worden; irgendwann wird zweifelsohne seine aufgedunsene Leiche folgen."

„Ich mag es nicht, wie Sie von ihm sprechen."

„Nicht einmal die Fischer, die an diesen Meeren aufgewachsen sind, legen sich mit Stürmen an, Madame. Sein Leichtsinn hat ihn zu Fischfutter werden lassen."

„Ihre Argumente in Ehren", sagte Susanne leise, „ich werde trotzdem warten."

„Das, Madame, dachte ich mir." Etwas polterte und wurde über das Holz geschoben. „Deshalb habe ich Ihnen Verpflegung mitgebracht. Getränke, verschiedene Speisen, einen Sonnenschirm. Madame, obwohl Sie in ausgezeichneter Verfassung sind, halten Sie nicht stundenlang in der prallen Sonne durch." Lennart hörte Geräusche und als er blinzelte, wurde der Schatten, in dem er lag, dunkler. Offenbar war der Sonnenschirm aufgespannt worden. „Madame, wenn Sie einen Wunsch haben?"

„Nein."

„Vielleicht einen, der erst jetzt in Ihnen aufkeimt? Madame?"

Eine Weile war nichts zu hören, dann sagte Susanne: „Ich möchte mit Lennart zurück nach Hause."

„Ach, Madame", sagte Ference leise und seine Schritte entfernten sich. Lennart hörte einen Motor, der gestartet wurde, ein Fahrzeug, das wegfuhr. Susanne war allein auf dem Steg. Sie schluchzte und begann zu weinen.

Am liebsten wäre er aufgestanden, hätte sie in die Arme genommen und geküsst und nach Hause gebracht. Heim. Er dachte an seine kleine Wohnung mit dem Blick auf einen Supermarkt, das bequeme Sofa, den großen Schreibtisch, sein Bett. Wie er sein Bett vermisste! Wie sehr er seine ständig nörgelnde Chefin vermisste! Er wäre heilfroh gewesen, wenn van Trassen, die alte Cholerikerin, ihm wegen einer drei Minuten zu spät geschickten E-Mail mit einer Abmahnung gedroht hätte. Wenn er van Trassens Sekretärin um ihre innere Ruhe hätte beneiden dürfen. Es war wirklich kein Zuckerschlecken mit einer Chefin wie Dominique van Trassen, aufbrausend, unbeherrscht, sich oft im Ton vergreifend und gnadenlos, wenn es darum ging Kritik auszuteilen. Wie Frau Schiefer sie nur ertrug, sich ihr Lächeln bewahrte und immer einen so entspannten Eindruck machte, war ihm ein Rätsel.

Er selbst fühlte sich nicht entspannt. Er war das genaue Gegenteil, für das er nach dem passenden Wort suchte. Durch den Fleischwolf gedreht. Zerschlagen. Zersplittert. Wie ein Puzzle in der Schachtel geschüttelt, ja, das traf es. Alle Teile waren da, nur nicht an den richtigen Stellen und ein Bild ergab sich auch nicht und die Teile waren vom Schütteln stumpf an den Kanten und faserig eingerissen. Er war völlig zerpuzzelt. Wenn er nur hochgekommen wäre. Wenn er nur irgendeinen Muskel hätte anspannen können, um seine Lage zu verändert. Es ging nicht. Ihm tat alles weh. Wenn er bewegungslos lag, tat ihm vor allem der Kopf weh. Gehirnerschütterung, hörte er die Diagnose des Arztes in sich.

Lennart döste ein und fühlte sich, als läge er mit einer Luftmatratze auf dem Meer. Es wogte auf und ab, Welle um Welle schlug gegen sein Gesicht, gegen seinen Körper, gegen jede schmerzende Stelle. Da erst kapierte er. Es war tatsächlich das Meer, das gegen sein Gesicht schwappte. Die Flut kam und überspülte ihn. Wenn er jetzt nicht in die Puschen kam, war es wirklich aus mit ihm.

Er brummte. Er wusste nicht, was er sonst hätte tun sollen. Er konnte sich nicht rühren, zu groß waren die Schmerzen, er brachte kein Wort hervor. Er brummte erneut und er klang dabei wie ein Bär, den man aus dem Winterschlaf gerissen hatte.

„Lennart?" Er hörte heftiges Poltern auf dem Steg. „Lennart! Du bist am Leben!"

„Zweifellos", hauchte er und schluckte dabei einige winzige Sandkörner. Er wollte tapfer sein und stark, wollte sich umdrehen und ins Gesicht dieser schönen Frau blicken und allein ihretwegen nicht aufgeben. Bewegungsunfähig merkte er, wie Susanne neben ihm auf die Steine sank und ihn vorsichtig auf den Rücken drehte. Auf seiner brennenden Haut fühlten sich ihre Fingerspitzen wie Eiswürfel an. „Du lebst! Und du siehst fürchterlich aus."

Er spürte, wie ihm die Augen außer Kontrolle gerieten. Er strengte sich an, versuchte, seinen Körper zum Gehorsam zu zwingen. Ihre kühle

Hand legte sich an seine Wange. „Ist gut", sagte sie leise, „ich pass auf dich auf. Mach die Augen zu und ruh dich aus."
Als er wieder zu sich kam, lag er höher am Strand. Der Schatten des Steges fiel auf ihn. Die Füße wurden von kühlem Wasser umspült und sein Knie tat bestialisch weh. Sein Kopf auch und von seinen Armen und Beinen wollte er besser keine Rückmeldung haben. Neben ihm kniete Susanne und lächelte ihn an. „Wieder da?" Sie kühlte seine Stirn mit einem feuchten Tuch. „Ich habe dein Knie verbunden. Leider hatte ich keinen Verband, sondern nur meine Stofftasche und ein Tuch, in das Ference Obst eingewickelt hatte. Ich hoffe, das macht die Sache nicht schlimmer." Sie war ein Engel und sie war da. Sie hatte eine Flasche Wasser in der Hand. „Trink." Das gelang mit ihrer Hilfe und Lennart spürte erst nach ein paar Schlucken, wie durstig er war. Fürchterlich durstig. Er war ausgetrocknet.
„Ich habe Schmerztabletten da", sagte Susanne. „Willst du zwei nehmen? Dein Knie sieht fürchterlich aus und eine dicke Beule am Kopf hast du außerdem. Eigentlich sollte ein Arzt mal nachsehen..."
„Tabletten", hauchte Lennart, „zwei Schachteln Schmerzkiller sind prima." Er hätte ohne mit der Wimper zu zucken die ganze Schachtel genommen.
Auf Susannes Handfläche lagen nur zwei Stück. „Diese Dosis reicht völlig."
„Meine Schmerzen gehen weit über normales Kopfweh hinaus", widersprach Lennart heiser.
„Glaube ich sofort", sagte Susanne, „allerdings werden deine Nieren mit nicht mehr als zwei Tabletten binnen sechs Stunden fertig. Es steht so in der Packungsbeilage."
„Kein Mensch liest diesen Zettel."
„Ich schon."
Also schluckte Lennart nur zwei Stück. Er setzte sich mühsam mit dem Rücken gegen einen der Holzpfosten, die das Fundament des Steges bildeten. Susanne hatte alles, was an Stoff zu finden war, zwischen seinen Rücken und das Holz geklemmt. Trotzdem spürte er jeden abstehenden Holzsplitter. Immer wieder wurde ihm schwindlig. Wenn Susanne das merkte – und sie hatte einen untrüglichen Blick dafür – nötigte sie ihn zum Trinken und reichte ihm Obst in kleinen Stückchen.
„Die Wunde", sagte sie mit einem Blick auf sein Knie, „sollte genäht werden."
„Auf keinen Fall von dem Arzt, der hier ist."

„Wenn sie sich entzündet, muss ein Arzt sich das ansehen."
„Auf keinen Fall *dieser* Arzt!" Lennart schüttelte so vehement wie möglich den Kopf. „Der würde mein Knie mit einer Nähmaschine nähen und mir gegen die drohende Entzündung den Inhalt eines Feuerlöschers in die Wunde sprühen." Er legte den Kopf zurück gegen das Holz. „Ich weiß nicht, wie man von hier wegkommt. Ich bin immer gegen die Wellen geschwommen und doch wieder hier gelandet."
„Die Strömung", sagte Susanne. „Ference meinte, mit der sei nicht zu spaßen."
„Leider ist das Boot untergegangen", erinnerte sich Lennart kurz an das Unwetter. In seiner Wasserflasche schwappte bei jedem Wort ein kleiner Rest. „Ein zweites Boot wird Ference mir nicht geben."
„Wir werden", Susanne hauchte einen sehr sanften Kuss auf seine rissigen Lippen, „wir werden zusammen einen anderen Weg nach Hause finden. Ference muss uns gehen lassen, wenn er nicht irgendwann die kritischen Nachforschungen meiner Eltern ertragen will. Besonders mein Vater kann sehr hartnäckig sein."
„Merkwürdig", fand Lennart leise. „Hotelgäste finden immer Grund zu meckern. Zum Beispiel beschweren sie sich über Fluglärm, obwohl im Katalog die Einflugschneise erwähnt wird. Sie beschweren sich über Algen im Meer und Krabben am Strand, über Einheimische und Ausländer, über das Essen, die Betten und die Farbe der Vorhänge. Tote", sinnierte Lennart, „wie es sie hier erschreckend zahlreich gibt, würden sofort Einzug in die Beschwerdeliste finden. Da würden die Telefone heißlaufen, das Internet würde explodieren und eine Menge Leute hätten viele schlaflose Nächte."
„Wie denn?" Susanne legte ihr Kinn an seinen Oberarm. „Ich habe von diesem Hotel erst erfahren, als ich hier angekommen bin. Da hatte ich keine Gelegenheit mehr, um zu telefonieren oder eine Mail zu schicken."
„Ich habe", erzählte Lennart weiter, „unzählige Hotelgäste erlebt, die sich über scheinbar aufdringliche Animateure beschweren oder über Kellner, die ihnen beim Essen Blicke zuwarfen. Ich habe sogar einen Gast erlebt, der sich von der bloßen Anwesenheit des Personals belästigt und zur Abreise genötigt fühlte. In einer Preisklasse, in der die Menschen so empfindlich sind, ist es mir unerklärlich, warum Ference nicht kommentiert wird." Er drehte den Kopf langsam zu Susanne, die ihr Gesicht mit geschlossenen Augen an seinen Arm gelehnt hielt. „Wenn alle glücklich sind, müsste es in diesen Zeiten, wo erschreckend

viele Menschen selbst die Ergebnisse ihrer Verdauung in irgendeinem sozialen Netzwerk posten, wenigstens einen positiven Kommentar geben."

„Es reist niemand ab", richtete Susanne sich auf. „Wir haben in den letzten Tagen nie jemanden gesehen, der bereit zur Abreise im Restaurant oder der Lobby gewartet hätte. Niemand saß auf gepackten Koffern mit einem kleinen Täschchen auf dem Schoß und der Jacke griffbereit, weil es im Flieger oder spätestens daheim empfindlich kühl wird."

„Unmöglich." Lennart bewegte seinen Kopf nicht, obwohl er gewaltig Lust darauf hatte. Heftige Schmerzen in der Schulter verhinderten es. Er tastete mit der Hand nach der Stelle und fand die Verhärtung unter der Haut, als steckte dort ein Stein. Er drückte gegen diese Versteinerung mit zusammengebissenen Zähnen an. „Sterben alle, die hierher kommen?"

„Im Felsenbecken", sagte Susanne, „liegen sehr, sehr viele Tote." Sie drehte sich zur Seite und griff nach der Kühlbox, die Ference ihr gebracht hatte. Mittlerweile waren die Akkus warm geworden; Äpfel und Bananen schmeckten auch warm ausgezeichnet. Sie nahm die vorletzte Banane und schälte sie. „Ich war oben am Felsenbecken", erzählte sie leise. „Heute Morgen, als die Sonne aufging. Ich wollte wissen, ob womöglich du dort...."

„Da lag ich wahrscheinlich hier", zeigte Lennart mit dem Finger auf den Platz unter dem Steg, von dem er sich nicht fortbewegt hatte.

Susanne hielt ihm die Banane hin und er biss ab. „Vielleicht", flüsterte sie, „hat Ference nicht gelogen, als er sagte, von hier reise niemand ab. Die Gäste kommen, tun, weswegen sie hier sind, und sterben. Neue Gäste kommen. Niemand fragt nach, weil niemand einen Grund dafür sieht. Wenn jeder glücklich ist..."

„Susanne", sagte Lennart und versuchte dabei ein Lächeln, „wie sollte er so vielen aufrechten Menschen das Gehirn waschen? Duschke war CEO in einem Großkonzern, dein Ex gehörte zu den jungen Leuten, die alles und jeden im Internet posten? Wie sollte ein Mann all diese Freigeister kontrollieren?"

Susanne zog die Schale der Banane tiefer. „Drogen?"

„Die", biss Lennart erneut ab, „könnte er auch uns verabreichen. Zwei Probleme weniger."

Sie seufzte. „Es sind nicht nur die Gäste, die seltsam sind. Auch das Hotel ist es. Erinnerst du dich an die Rose, die du nicht gefunden hast,

die plötzlich weg war? Oder die Tore in der Mauer? Wir haben uns unterhalten über die drei Tore, weißt du noch?"
„Mhm."
„Du sagtest, dir seien bei deinem ersten Rundgang sechs Tore aufgefallen."
„Da hatte ich mich wohl geirrt."
„Jetzt sind es zwei Tore."
Lennart verspeiste den Rest der Banane und dachte nach. „Tore verschwinden nicht. Selbst wenn Ference sie zumauert, bleiben Spuren von frischem Mörtel oder Farbe, die im Ton nicht stimmt."
„Nichts davon." Susanne packte die Schale in die Mülltüte zu den anderen Resten ihrer Verpflegung. „Ich bin extra an der Mauer entlang gegangen und habe nachgesehen. Ich habe mit den Fingern gefühlt und die Rosen betrachtet. Es sind nur zwei Tore und die gesamte Mauer sieht aus, als wäre sie niemals anders gewesen. Die Rosen scheinen seit Ewigkeiten dort zu wachsen, sind groß und dicht und üppig, das Erdreich fest. Da hat niemand eine gigantische Kletterrose vor ein eben zugemauertes Tor gesetzt."
Links von ihnen ging die Sonne unter und schickte ihre letzten Strahlen herüber zu ihnen. Lennart genoss das Nachlassen der Hitze. Susanne setzte sich auf die andere Seite des Pfostens und legte ihre Wange gegen seine Schulter. „Ich fürchte, wenn wir uns mit Ference nicht gutstellen, lässt er uns nicht gehen."
„Deiner Theorie nach", überlegte Lennart, „gibt es ohnehin nur den Weg ins Felsenbecken. Ference darf uns nicht gehen lassen, sonst würden seine Machenschaften aufgedeckt und dieses Hotel in andere, vertrauenswürdige Hände gegeben. Unsere Abreise bedeutet sein Ende." Lennart schloss die Augen. Ihn strengte jede Bewegung an und selbst das Nachdenken, das ihm zeitlebens immer leicht gefallen war, verursachte ein dumpfes Gefühl der Erschöpfung. „An Kapitulation denke ich nicht", sagte er mit fester Stimme. „Jedem Schurken habe ich bisher das Handwerk gelegt und wenn es mir besser geht, lege ich mich mit diesem an."
Lennart versuchte aufzustehen und Susanne stützte ihn kräftig dabei. Er ertrug den Wackelpudding in seinen Beinen mit so viel Haltung wie möglich. Als er auf seinen Beinen stand und den rechten Fuß für einen Schritt hob, blitzte ein heftiger Schmerz von der Fußsohle bis ins linke Ohr. Instinktiv verlagerte er sein ganzes Gewicht auf Susanne. Sie stöhnte unterdrückt auf.

„Keine hundert." Lennart ließ sich mit schmerzverzerrtem Gesicht wieder in das Kies-Sand-Gemisch unter dem Steg sinken. „Was auch immer dieser miese Kerl behauptet, ich wiege keine hundert Kilo. Irgendwas um die neunzig, aber selbst die sind zu viel für dich. Du kannst mich nicht zum Hotel tragen."
„Ich versuche es", schlug Susanne vor.
Lennart sah sich bei völliger Dunkelheit über das felsige, mit Dornengestrüpp überwucherte Feld tappen. Er konnte seine Füße kaum kontrollieren und würde von einem stacheligen Gewächs ins nächste latschen. Da war die Vorstellung einer Nacht am Strand geradezu anheimelnd. „Nein", sagte er leise. „Wir machen es uns hier bequem. Die Kiesel sind rund und glatt und nicht besonders groß, der Sand ist weich. Kein Vergleich zu einem Daunenbett oder einer Schaumstoffmatratze, angesichts der Umstände eine akzeptable Option."
Die Flut war gewichen und in der Ebbe kamen Krabben und Krebse hervor und suchten nach Futter. In der Dämmerung waren auch Vögel aktiv, die sich an den Krabben gütlich taten, sofern sie sie erwischten. Die kleinen Krabbler waren erstaunlich flink und huschten bei drohender Gefahr schnell zurück in ihre Löcher. Von all dem sah Lennart nicht viel. Er war erschöpft und müde und ließ die Augen zufallen. Ein Weilchen hörte er den Wellen zu. Er spürte, wie Susanne sich neben ihn legte und ihren Kopf an seinen Arm bettete.
Ob sie sich während der Nacht überhaupt bewegt hatte? Als er beim ersten Sonnenstrahl, der seine Nase kitzelte und ihn weckte, die Augen aufschlug, lag sie unverändert neben ihm. Sie lächelte im Schlaf.
Lennart machte einen tiefen Atemzug und stellte erleichtert eine zaghafte Verbesserung fest. Der schlimme Schmerz war einem dumpfen gewichen, einem, den er aushalten konnte. Die Ruhe hatte seinen Muskeln gut getan und seinem Kopf auch. Keine Schmerzen im Kopf. Er tastete mit einer Hand nach der Beule. Sie war da, natürlich, und reckte sich am oberen Hinterkopf in die Höhe. Sie schmerzte, wenn er darauf Druck ausübte, also ließ er das bleiben. Einzig sein Knie tat richtig weh, wenn er es belastete. Der Schnitt, den Susanne notdürftig verbunden hatte, ging wahrscheinlich tiefer als angenommen und war tatsächlich ein Fall für den Arzt. Für *einen* Arzt, verbesserte sich Lennart in Gedanken. Der Arzt, der hier auf der Insel sein Unwesen trieb, würde sich den Schnitt auf keinen Fall angucken.
Er verspürte Hunger und das war ein untrügliches Zeichen für seine

Besserung. Obwohl alles in seinem Körper mit dem Reparieren der Schäden beschäftigt sein musste, meldete der Magen Unmut über seine Untätigkeit. Arg schlimm konnte es ihm also nicht gehen und arg schlau konnte sein Unterbewusstsein nicht sein, wenn es diese Chance auf einen Lebenswandel vertat und einfach so zum Status quo zurückkehren wollte.

Sein Bauch... Zu dick. Er wusste es. Er nahm sich ständig vor weniger zu essen. Sein Alltag war arm an Bewegung, auch das wusste er. Er nahm sich ständig vor mehr zu gehen, zu schwimmen, zu radeln. Ständig. Er war einfach zu faul. Hätte er in der Vergangenheit regelmäßig die Kraft dafür gefunden, läge er jetzt nicht wie ein halb totes Stück Fleisch hier. Ein hungriges halb totes Stück Fleisch...

„Lennart?", fragte eine Stimme neben ihm. „Bist du wach?"

„Bin ich." Lennart öffnete die Augen und drehte den Kopf. „Es geht mir deutlich besser. Den Weg zum Frühstücksbüfett schaffe ich locker."

Susanne lächelte und strich ihm über die Wange. „Ich habe auch Hunger."

Langsam setzte Lennart sich auf und es klappte ohne Hilfe oder übermäßige Schmerzen. „Ich könnte ein ganzes Brot aufessen, dazu Croissants, Butter, Marmelade, Honig und vor allem..." Er hielt einen Moment inne. „Eine große Tasse mit einem richtig starken Cappuccino, das wäre prima."

„Bekommst du alles", lachte Susanne leise, „genau in dieser Reihenfolge."

„Vorher", stand Lennart auf und balancierte auf einem Bein, „vorher will ich duschen." Er belastete seine Beine, um herauszufinden, ob es eine bisher ungeahnte Schmerzquelle gab. Es tat sich nichts Außergewöhnliches. Das Knie, ja, natürlich. Er rieb sich über die Arme, wo außer einer Menge Sandkörnchen auch die Reste vom salzigen Meerwasser klebten. Sein Haar fühlte sich an, als wäre es aus Draht. Im Gesicht hatte er einen grauseligen Stoppelbart und im Mund den ziemlich schalen Geschmack von alten Jogurtdeckeln. „Duschen", entschied er nickend, „ist auf jeden Fall dringend nötig."

Susanne hatte die Stofftaschen und die Kühlbox genommen und war unter dem Steg herausgetreten. In der Morgensonne sah sie bezaubernd schön aus und Lennart betrachtete sie einen Moment lang und fragte sich, was sie an ihm fand. Warum sie ihn mit diesem liebevollen Blick anschaute? Er war beileibe kein schöner Mann und das, was er sein Vermögen nannte, wurde von vielen Männern spielend

getoppt. Diese Frau war gebildet und schön und hatte die freie Wahl, die ausgerechnet auf ihn gefallen war?
„Alles in Ordnung?", fragte sie und dabei starb ihr Lächeln langsam. „Hast du Schmerzen oder trübe Gedanken?" Sie kam zu ihm und fasste sein Gesicht mit beiden Händen, nachdem sie das, was sie trug, einfach in den Sand hatte plumpsen lassen. „Soll ich Ference bitten uns mit dem Bus zu fahren? Du hast in den letzten Tagen Übermenschliches geleistet und brauchst gewiss Ruhe."
„Auf keinen Fall." Lennart wollte Ference nicht sehen. „Dieser Mistkerl würde mit dem Bus über die Klippe rasen, nur um mich loszuwerden." Ob er Susanne erzählen sollte, wie Ference ihn im Ozean hatte treiben lassen? „Nein, da finde ich lieber heraus, ob aus einem Muskelkater mit ein bisschen Übung auch ein Muskellöwe werden kann." So setzte er einen Fuß vor den anderen und machte sich an Susannes Seite auf den Weg zurück zum Hotel. „Es klappt ganz gut", meinte er nach einigen hundert Metern. „Wenn ich bedenke, was mein Körper in den letzten vier Tagen geleistet hat. Es war mehr als in all den Jahren zuvor, wie man sehen kann."
Susanne schritt neben ihm. Sie war mit sämtlichem Gepäck beladen und dennoch grazil und elegant, als würde sie auf einer Abendveranstaltung nur ein halb volles Sektglas halten. „Zieht es dich nie in die Berge? Ich habe daheim immer das Gefühl, ihr Münchner macht in eurer Freizeit nix anderes."
„Nie." Lennart erinnerte sich. „Ich war mal in einem Hotel in Grainau und bin nicht einmal um den Eibsee spazieren gegangen. Im Gegenteil, ich habe mich richtig geärgert, weil die Straßen und Parkplätze dermaßen verstopft sind von all den Leuten, die frühmorgens zum Wandern oder Trekking wollen, mittags sämtliche Berghütten leerfressen und am Abend aus lauter Übermüdung Unfälle verursachen oder gleich als Geisterfahrer auf der falschen Seite der Autobahn brettern."
Susanne schmunzelte. „Also kein Bergfan im Sommer. Was ist im Winter? Gehst du Skifahren?"
„Natürlich nicht!", lachte Lennart kurz auf. „Mein Kollege, Matthias, wollte mich längst zum Skifahren mitnehmen. Früher konnte ich es ganz gut, bevor ich gestürzt bin und mir das Knie verletzt habe."
„Dieses Knie?", zeigte Susanne auf das eingebundene Gelenk.
Lennart berührte vorsichtig den notdürftigen Verband. „War eine schlimme Zerrung und hat wochenlang wehgetan. Ich bin nicht mehr

auf die Bretter zurück. Matthias meint, Skifahren verlernt man nicht. Naja, über dieses Thema müssen wir sprechen, wenn es ihm besser geht." Er vergewisserte sich kurz, ob sie zuhörte. Das tat sie, wie er mit einem dankbaren Lächeln bemerkte. „Matthias ist Mitte Januar gestürzt. Trümmerbruch im rechten Oberschenkel." Lennart machte einen tiefen Atemzug. „Als ich ihn besucht habe, hatte er ziemliche Schmerzen und vor allem die Aussicht auf zwei weitere Operationen. Er wird mindestens bis Juni nicht arbeiten können, was mein Arbeitspensum deutlich erhöht hat. Deswegen war ich für eine kurze Weile richtig sauer auf ihn."

„Tja", hob Susanne die Schultern, „ein Sturz kann dem besten Skifahrer passieren."

„Ihn hat es nicht beim Skifahren zerlegt", gab Lennart sofort zu bedenken und ein leicht böses Lächeln huschte über seine Lippen, „sondern beim Einkaufen."

„Beim Einkaufen?", lachte Susanne. „Meine Güte, wer zieht sich einen Trümmerbruch beim Einkaufen zu?"

„Trümmerbruch?" Unvermittelt war Ference vor ihnen aufgetaucht und musterte Lennart. „Offenbar, Sir, haben Sie sich keinen Trümmerbruch zugezogen. Bedauerlich."

„Woher zum Teufel kommen Sie?", entfuhr es Lennart. „Wir marschieren seit Stunden über diese Ebene, ich halte meine Augen immer nach vorn und als ich nur mal kurz zu Susanne schaue, stehen Sie wie vom Himmel gefallen vor mir."

„Mir deucht, Sir, Sie sind nicht völlig auf der Höhe. Was Sie reden, gibt Anlass zur Sorge."

„Sie!" Lennart nahm die Schultern zurück. „Offenbar ist meine Kondition besser als gedacht. Sie, Ference, hätten mich glatt ersaufen lassen."

„Was anscheinend nicht Ihr Schicksal war." Ference streckte den Arm und nahm Susanne die Taschen und die Kühlbox ab. „Geben Sie mir diese Dinge, Madame, sie sind zu schwer für Sie. Ich nehme an, Sie möchten ins Hotel zurück?"

„Danke", lächelte Susanne, wohingegen Lennart überlegte, auf wie viele Weisen er diesem Mistkerl an den Hals springen konnte. Wahrscheinlich auf keine. Seit Stunden schleppte und mühte er sich voran und das, was er für Kraft gehalten hatte am Anfang des Fußmarsches, hatte sich als vorübergehende Betäubung entpuppt. Er vermochte kaum den Fuß vom Boden zu heben, geschweige denn einem anderen Mann an den Hals zu springen.

„Das sind Sie ja gewohnt, nicht wahr?", versetzte Lennart bitter. „Sie müssen öfter schwere Lasten schleppen."

„Nicht alle meine Gäste", gab Ference zurück, „sind so schwer wie Sie."

Lennart blieb stehen und drehte sich zu dem Concierge um. „Dank Ihrer Fürsorge, Ference, werde ich mit jedem Tag leichter und trainierter."

Ference ließ einen sehr abschätzigen Blick über Lennart gleiten. „Wenn Sie mich fragen, Sir, braucht es Wochen, ehe Sie eine annehmbare Figur haben. Krafttraining, Sir, dürfte nicht schaden." Er machte einen schnellen Schritt nach vorn und schlug mit der flachen Hand leicht gegen Lennarts Oberschenkel. „Hinken Sie, Sir? Brauchen Sie den Arzt? Soll ich ihn für Sie rufen?"

„Nein!", stieß Lennart sofort aus. „Nein, nein, auf keinen Fall. Das heilt von ganz allein, dazu braucht es diesen Arzt nicht."

„Er gibt sich stets die größte Mühe, Sir."

„Ja", machte Lennart und ging weiter, „daran zweifle ich nicht."

Mittlerweile brannte die Sonne sehr heiß vom strahlend hellblauen Himmel. Die Frühstückszeit war längst vorüber. Zum Glück hatte bei dieser Tortur der Magen seine Arbeit eingestellt. Er rührte sich nicht. Nicht mit einem Knurren oder Grummeln, nicht mit einem Ziehen oder Appetit. Als wäre er gar nicht da. Lennart fand, sein Magen sollte diese Vorgehensweise öfter wählen, anstatt sich ständig in den Vordergrund zu spielen. Auch mal der Unbemerkbare sein.

Einen halben Kilometer, schätzte Lennart, bis zum Haupteingang. Selbst wenn es siebenhundert Meter waren... Sobald sie die Hitze der steinernen Mauer spürten, die die Sonnenenergie besser speicherte als das Dornengestrüpp ringsum, hatten sie es so gut wie geschafft. Der restliche Weg von der Lobby zum Bungalow war ein Spaziergang. Lennart stutzte, als er den Weg abschätzte und sich fragte, wie viele seiner winzigen Schritte wohl nötig waren, um bis zum Haupteingang zu kommen. „Zwei."

„Das wird nicht reichen", überlegte Lennart und folgte Susannes Blick zu der Mauer. „Ach so. Ja, es sind tatsächlich zwei Tore."

„Sagte ich ja." Sie schluckte. „Ference, was hat es mit den Toren auf sich? Warum ändert sich die Anzahl?"

Langsam kam Ference zu ihnen. Er hatte die Stofftaschen über der Schulter und die Kühlbox in der Hand. Mit tiefen Falten auf der Stirn fragte er: „Herrschaften, welche Tore meinen Sie?"

„Diese!", sagten Lennart und Susanne gleichzeitig und Susanne hatte

den Arm gestreckt und zeigte auf die Tore in der Seitenmauer der Hotelanlage. „Als wir ankamen", sagte sie, „sah Lennart sechs Tore. Ein paar Tage später waren es nur mehr drei, heute sind es zwei?"
Schneller als es mit Rücksicht auf Lennarts Zustand höflich war, setzte Ference seinen Weg fort. Es war ein gehöriges Maß an Überwindung nötig, damit Lennart den Anschluss nicht verlor und Ference hören konnte: „Nun", sagte der Concierge, „Frau Thienemann hat gestern vergessen zu atmen. Sie kam mit Ihnen an, nicht wahr?"
„Was?", stieß Lennart aus. „Sie ist tot?"
„Sie wollte den Alltag vergessen", hob Ference ungelenk die Schultern, was wegen der Taschen nicht einfach war. „Sie hat ihren Mann und die Immobilien vergessen, wie man sich kleidet und isst, zuletzt das Atmen."
„So ein..." Lennart besann sich und vollendete seinen Satz nicht. Er tauschte einen Blick mit Susanne, die anscheinend das Gleiche dachte. Atmen vergessen. Wie war das möglich? Es passierte von ganz allein, jeden Tag, jede Nacht, ob man sich darauf konzentrierte oder nicht.
„Was", fragte Susanne, „haben die Tore mit Frau Thienemann zu tun?"
„Nichts", machte Ference und Lennart hatte das ungute Gefühl nicht alles erfahren zu haben und vor allem nicht die Wahrheit. Der Concierge lenkte schnell in eine andere Richtung. „Übrigens eine hervorragende Konstellation, die Verbindung, die Sie eingegangen sind. Das Paar, das neu anreiste, wohnt in Bungalow Nummer achtzehn. Frau Brenner, ich habe Ihre Sachen in Herrn Schneiders Bleibe gebracht. Dort ist kein Neuankömmling gemeldet und Sie können nun nicht nur mit sondern auch bei ihm schlafen."
„Sie haben meinen Bungalow neu vermietet?" Susanne schnaubte. „Wie können Sie so dreist sein? Heute ist erst Sonntag und ich habe bis Montag nächster Woche dafür bezahlt."
„Madame", sagte Ference, „es kommen stets neue Gäste, die eine tadellose Unterkunft wünschen. Außerdem kann ich Ihnen beiden an den Nasenspitzen ansehen, womit Sie gedanklich pausenlos beschäftigt sind. Glauben Sie mir, der gemeinsame Bungalow wird diesen Fantasien gehörigen Vorschub leisten."
Lennart zuckte zusammen. „Ich finde", sagte er betont ruhig, „Sie sind ein unverschämter, widerlicher Mensch."
„Sir", Ference beschleunigte seinen Schritt und der Abstand zu ihnen wurde schnell größer. „Sie dürfen Ihre Meinung gern für sich behalten."
„Ference", rief Lennart ihm hinterher, „Sie dürfen mich mal."

Den gesamten Weg zum Hotel fluchte und schimpfte Lennart stumm vor sich hin. Seine Wut auf Ference war unermesslich und ließ ihn seine Muskelschmerzen glatt vergessen. Die kamen urplötzlich zurück, als er die Lobby betrat und sich unversehens vor zwei riesigen Statuen fand. Lennart wich vor Schreck einen Meter zurück, legte den Kopf in den Nacken und staunte. „Wo kommen die denn her? Drei Meter hohe Statuen?"
„Sie stehen unpassend", fand Susanne. „Bei dieser Größe hätte Ference sie lieber im Freien untergebracht." Sie runzelte die Stirn. „Das sind Eris und Janus, nicht wahr?"
Schnell kramte Lennart in seinem Gehirn nach dem Wissen über die alten römischen Götter. „Die Göttin der Zwietracht und der Gott des Anfangs und des Endes. Wie passend."
Er begann zu schwanken, so erschöpft war er, und Susanne nahm schnell seine Hand. „Gehen wir weiter, damit wir der Dämmerung entkommen."
Der Weg vom Steg zum Haupteingang war ihm nicht so lange vorgekommen wie die paar Meter innerhalb der Hotelanlage zu seinem Bungalow. Die Häuschen am Meer waren für Urlauber die schöneren Häuser, denn man hatte nicht weit zum Strand und jene Touristen, die ihre Tage lieber am Pool verbrachten, verliefen sich nicht hierher. Mehr Ruhe und Entspannung. Darauf pfiff Lennart. Er hätte jetzt gern einen Bungalow an einem quirligen, von singenden und hopsenden Animateuren verseuchten Pool gehabt. Er konnte keinen Meter mehr gehen. Seine Beine waren ein einziger Schmerz und seine Füße eine Qual, von der Sonne verbrannt und von scharfen Steinen zerschnitten und zerlöchert von dornigem Gewächs. Die Wunde am Knie pochte, seine Rückenwirbel wollten sich einzeln durch die Haut pieken und das, was einmal Arme und Schultern gewesen war, hing kraftlos zitternd von seinem Rumpf. Er ließ sich auf das Sofa sinken, das erstbeste Sitzmöbel, das er erreichte. Sofort sackte sein Kopf in den Nacken und blieb auf der Rückenlehne liegen. Susanne schob den niedrigen Sessel heran und hob seine Beine darauf. Lennart atmete durch und schloss die Augen und spürte, wie ihn die Schwäche übermannte.
Als er aufwachte, saß Susanne ihm gegenüber im zweiten Sessel. Sie begann zu lächeln, ein von Sorge getragenes Lächeln. „Du siehst völlig erschöpft aus."
„Ich bin fix und fertig."
„Was machen die Schmerzen?", stand sie auf und kam an seine Seite.

Sie setzte sich neben ihn auf das Sofa und legte ihre Hand an seine Wange. „Willst du zwei Schmerztabletten?"
„Keine ganze Schachtel?" Lennart drehte den Kopf zaghaft in jede Richtung. „Zwei Stück sind besser als nichts."
Susanne stand auf und holte ihm die Tabletten und eine kleine Flasche Wasser. Lennart schluckte die runden Dinger und spülte mit sehr viel Wasser nach. Er hatte unglaublichen Durst und auch Hunger. Er bekam mit, wie Susanne sich neben ihn setzte, und schnupperte. Sie duftete nach Pfirsichen, nach Seife, Shampoo und völliger Erholung. Ihre Haut war weich und sanft und hatte nichts mehr von Meerwasser, Sand und Schmirgelpapier an sich. Lennart schloss die Augen und genoss diese Berührung. Sie kühlte, linderte und erfrischte, als wäre es die Hand einer Göttin mit magischen Fähigkeiten. Er spürte ihren Atem auf seinem Gesicht und bevor sie ihn küssen konnte, drehte er sich weg.
„Ich muss duschen."
„Soll ich dir dabei helfen?"
Interessantes Angebot. Ihm fiel so einiges ein, was er mit dieser traumhaft schönen Frau gemeinsam unter der Dusche tun wollte und ihrem Blick nach dachte sie an exakt dasselbe. Der Haken daran war nur: Er war selbst ohne Muskelkater nicht der durchtrainierte Supertyp, der sie mir nichts dir nichts hochheben und im Stehen unter fließendem Wasser lieben konnte. Eher würde er wegrutschen und mit ihr in die Duschwanne purzeln, sie würde sich heftig anschlagen und womöglich verletzen und das alles nur wegen seiner schmutzigen Fantasie...
„Ich denke", sagte Lennart leise, „das muss ich allein schaffen. Wie spät ist es? Gibt es Abendessen?"
„Lennart", lachte Susanne, „es ist drei Uhr früh. Du hast ziemlich tief geschlafen."
„Offensichtlich." Lennart rieb sich über die Augen. „Und du? Hast wenigstens du gegessen oder hast du mir die ganze Zeit beim Schlafen zugesehen?"
„Genau das."
Wow. Lennart erwiderte ihren Blick und begann erneut zu rätseln. Die einzige Frau, die ihm bisher beim Schlafen zugesehen hatte, war seine Mutter gewesen. Beinahe jede Nacht war sie für ein paar Minuten an sein Bett getreten und hatte zugesehen, wie ihr Sohn schlief. Lennart war keine zwanzig gewesen, als das Blatt sich gewendet und er seiner Mutter zugesehen hatte. Der Krebs kostete sie Kraft, sie wurde schwächer, schlief sehr viel und all das, was sie gemeinsam hatten

erleben wollen, blieb als Fantasiegeschichte in dem Bett, in dem sie einschlief und nicht mehr aufwachte.

Susanne strich ihm über die Wange. „Sämtliche Restaurants und Bars haben rund um die Uhr geöffnet. Ich besorge dir gern etwas zu essen, vorausgesetzt du wartest mit dem Aufstehen und Duschen, bis ich wieder da bin."

„Na", lächelte Lennart, „die paar Meter schaffe ich schon."

„Bitte", beharrte Susanne. „Wenn dich deine Kräfte plötzlich verlassen und du fällst... Es braucht hier nicht viel, um die Seite zu wechselnd."

„Welche Seite?"

„Von den Lebenden zu den Toten", sagte Susanne leise. „Bitte, Lennart, warte, bis ich wieder da bin."

„Ich weiß nicht." Lennart erinnerte sich an die letzte Zeit. „Allein Frau Duschkes Machete hätte mich das Leben kosten können, falls es denn meine Bestimmung wäre, hier zu sterben."

„Lennart."

„Die Odyssee übers Meer, schwimmend, wo ich Sport meide, so gut es geht, hat mich auch nicht umgebracht. Das wäre leicht gewesen."

„Lennart!"

Er gab sich geschlagen. Nicht, weil sie ihn überzeugt hatte, sondern weil es ihr wichtig war. Weil sie sich besser fühlte, wenn er nickte und sagte: „Gut. Ich bleibe brav hier sitzen, bis du wieder da bist."

„Ich beeile mich", lächelte sie zufrieden und machte sich auf den Weg.

Als die Tür ins Schloss gefallen war, ließ Lennart die Augen durch seinen Bungalow schweifen. Er suchte, ob es eine Veränderung im Wohnzimmer gab. Die Möbel standen anders. Gegenüber des Sofas standen die Sessel, von wo aus Susanne ihm beobachtet hatte. Außerdem stapelten sich leere Getränkeflaschen auf der Ablage neben dem Kühlschrank und Susanne hatte offenbar ein Päckchen schokolierte Erdnüsse verspeist und die leere Verpackung bei den Flaschen liegen lassen. Lennart schaute, ob im Kühlschrank eine weitere Packung war. Er hatte Glück. Er nahm sich die Erdnüsse mit Schokoglasur, sank zurück aufs Sofa und begann zu essen.

Neben der Eingangstür entdeckte er einen kleinen Rollkoffer, der ihm nicht gehörte. Musste der von Susanne sein, wo Ference sie so uncharmant aus ihrem eigenen Bungalow ausquartiert hatte. An dem Haken neben der Tür hingen eine leichte Strickjacke und ein hellblaues Sakko. Beides gehörte ihm nicht und beides hätte höchstens der einen Hälfte von ihm gepasst. Also Susannes Sachen. Ob sie sich im Bad eingerichtet hatte? Wenn er nachschaute, kassierte er garantiert eine Standpauke. Hoffentlich kam sie ihm mit dem Kühlschrank und den Erdnüssen nicht auf die Schliche.

Gerade als er sich die Schokofinger ableckte, hörte er ein Kratzen an der Tür. Der Schlüssel wurde ins Schloss gesteckt, gedreht und Susanne kam zurück. Auf dem Arm hatte sie ein ganzes Tablett mit Essen. Schnell knüllte Lennart die leere Erdnussverpackung zusammen und ließ sie unauffällig in den Mülleimer fallen, der neben dem Sofa stand. „Du warst schnell."

„Glaubst du", lächelte sie, „ich würde dich länger als nötig allein lassen?" Sie stellte das Tablett auf den Tisch. „Sandwiches, Nudelsalat, grüner Salat mit Obst. Frühlingsrollen, mit Hackfleisch und Spinat gefüllte Fajitas. Schokoladenkuchen. Vanillepudding. Was möchtest du zuerst?"

„Duschen", sagte er, obwohl sein Magen gegen diese Entscheidung heftig protestierte. „Ich rieche meinen eigenen Gestank und das ist mehr, als ich dir zumuten möchte. Gib mir fünf Minuten und ich bin wieder fit." Er stemmte sich vom Sofa hoch und hörte die Wirbel und Bandscheiben laut in seinem Rücken knacken. „Zehn Minuten."

Susanne lachte heiter und Lennart spürte ihre Blicke, als er langsam und vorsichtig ins Bad schritt. Dabei verzog er das Gesicht, was sie zum Glück nicht sehen konnte. Nein, es war nicht der Schmerz, der ihn zu den Grimassen trieb, sondern die Wut über seine körperliche Minderleistung. Er war Mitte dreißig und sollte vor Kraft strotzend im Leben stehen und nicht wie ein alter Mann nachdenken, mit welchem Bein er zuerst in die ebenerdige Duschwanne stieg.

Er fand seine Sachen an genau den Stellen, wo er sie gelassen hatte. Dazwischen standen ein paar Dinge, die ihm ein Lächeln ins Gesicht zauberten. Make-up, Handcreme, Ohrringe, ein kleines Schächtelchen für Kontaktlinsen und diverse Shampoos und Duschgels, die allesamt blumig oder fruchtig waren oder nach Vanille dufteten.

Diesmal würde er nicht zu lange und zu heiß duschen, nahm er sich vor, als er unter der Dusche den Waschlappen nassmachte. Nach wenigen Bewegungen spürte er seine Gliedmaßen. Nein, sie riefen nicht zu kollektiver Rebellion auf. Sie meldeten ein Drücken und leichtes Ziehen und versicherten, diese Nebenwirkungen der Reparaturarbeiten würde er bald nicht mehr spüren. Keinesfalls beeinträchtigten sie, was auch immer er zu tun gedenke, es sei denn – mahnten seine Beine – er wollte einen Marathon laufen. Die Kraftreserven, die seine Muskeln zweifellos

hatten, waren größer als gedacht. Er konnte duschen, sich bücken, sich waschen und dabei war er sogar guter Laune.
Er ließ das heiße Wasser über seinen Kopf laufen, schamponierte kräftig und wusch sich das Salzwasser und den Schweiß und allen Dreck aus den Haaren. Er bewegte sich bedächtig, denn plötzliches Umdrehen oder heftiges Reißen tat weh. Also strapazierte er sich nicht. Um sich an den Knöcheln und Füßen zu waschen, musste er sich nicht an der Wand abstützen oder den kleinen Hocker, der unterm Waschtisch stand, in die Dusche holen, um sich zu setzen. Unterm heißen Wasserstrahl fühlte er sich von Minute zu Minute besser, wozu der belebende Duft des Duschgels nicht unbedeutend beitrug. Einen angenehmen Nebeneffekt hatten die letzten Tage auf jeden Fall: Sein Bauch war lange nicht so aufgebläht wie sonst. Womöglich begann er abzunehmen?
Schnell rasieren, Duft auflegen und die schwarze Hose würde besser denn je an ihm aussehen. „So ein Mist!", fluchte Lennart leise.
Er hörte vor der Tür schnelle Schritte. „Alles in Ordnung?", fragte Susanne mit einer gehörigen Portion Sorge in der Stimme.
„Nein", versuchte Lennart sie zu beruhigen. „Ich habe meine Kleidung im Schrank vergessen. Ich stehe mit nichts als einem Handtuch da."
„Ich dachte schon..."
Lennart kratzte sich am frisch rasierten Kinn. „Die schwarze Hose, die ich anziehen möchte, hängt im Schrank neben dem dunkelblauen Hemd."
„Komm raus", hörte er Susanne sagen, „und hol dir beides."
Dazu, überlegte Lennart, würde er die hellgraue Krawatte mit dem Seidenschimmer tragen. Die lag im selben Fach wie seine Unterwäsche. Er musste also nur die Tür aufreißen, blitzschnell zum Schrank hetzen, dort die Tür öffnen, sich alle seine Klamotten schnappen und ganz schnell zurück ins Bad, wo er sich in aller Ruhe anziehen und herrichten konnte. Ein guter Plan, fand Lennart, und öffnete die Tür.
Direkt davor stand Susanne. Lächelnd. Ehe er auch nur ein Wort sagen konnte, nahm sie sein Gesicht in ihre Hände und küsste ihn. Sie küsste ihn lange und sehr intensiv und sehr innig und es dauerte, bis sie sich kurz von seinen Lippen löste und tief atmete. „Ich will keine Sekunde länger warten."
„Worauf?"
„Auf dich." Sie beugte sich erneut zu ihm und küsste ihn lange.
Lennart genoss mit geschlossenen Augen. Er erwiderte diesen Kuss.

Diese wundervolle Frau berührte seine Brust, seine Arme, seinen Hals und ihre Hände glitten an seiner Taille nach unten und fanden sich auf seinem Rücken. Es faszinierte ihn, wie eng sie sich an ihn schmiegte und wie sie ihn völlig ohne Worte zu seinem Bett dirigierte.
„Bist du sicher?", fragte er leise, als er auf der weichen, blitzsauberen Matratze saß und sie sich über ihn kniete, wobei sie ihn ununterbrochen im Gesicht oder am Hals küsste. „Wo Stucks gerade..."
„Absolut sicher", hauchte Susanne. „Ich habe seit Monaten nicht mehr mit ihm geschlafen, mir eine eigene Wohnung gesucht und bin lieber mit Freundinnen weggegangen als mit ihm. Lennart, innerlich hatte ich mich längst von ihm getrennt."
Er beugte sich zur Seite und begann ihren Hals zu küssen und ihre samtweiche Haut zu liebkosen. „Warum?"
„Er hat sich zu einem Mann verändert, mit dem ich nicht mehr leben wollte."
„Nein", flüsterte Lennart. „Warum willst du mich? Du bist die wundervollste Frau, die mir je begegnet ist. Du bist schön, du bist gebildet, du verdienst genug Geld, um deinem Vater einen ruhigen Lebensabend zu bescheren, du könntest jeden Mann haben, jeden, der das Gegenteil von mir ist."
Susanne küsste seine Nasenspitze und ließ ihre Finger über sein Gesicht streichen. „Du sprichst schlecht von dir selbst, obwohl du ein interessanter Mann bist. Ja, du hast Übergewicht und bist kein Riese, aber mir gefallen dein Charme und deine sehr kultivierte Wortwahl, deine Energie, deine Geduld. Wenn du sprichst, könnte ich dir stundenlang zuhören, weil ich die Melodie deiner Stimme mag. Du bist beeindruckend nervenstark und im übertragenen Sinne viel größer als eins siebzig. Wenn nicht pausenlos ein Unglück geschähe in diesem unseligen Hotel, könnte ich mir keinen schöneren Ort auf der Welt vorstellen, einfach weil du da bist."
Im schwachen Schein der Nachttischlampe drückte sie ihn nach hinten. Sie kniete breitbeinig über ihm, küsste ihn und rieb ihren Körper an seinem. Ihre herrlichen Lippen wanderten über seinen Hals zu seiner Brust. Sie zog das Handtuch weg, das er um die Hüften hatte, und liebkoste ihn dort. Lennart stöhnte auf. Vergessen war der Schnitt an seinem Knie, über den er ein Pflaster geklebt hatte. Er streichelte Susannes schmale Taille, ihre Hüften, die Muskeln an ihren Beinen. Läuferbeine, eindeutig. Begehrenswert. Er mochte das Gefühl, wenn sich diese Muskeln anspannten, er vergötterte ihr leises Stöhnen an

seinem Ohr, ihr genussvolles Seufzen, wenn er sie berührte und erregte. Sie saß auf ihm, gab das Tempo vor, präsentierte sich und es kam ihm nicht so vor, als hätten sie nur Sex miteinander. Da war eine ordentliche Portion Gefühl mit im Spiel.

Kapitel 8

Draußen war es dunkel, als das zum Wecker umfunktionierte Smartphone einen ausdauernden Piepton von sich gab. Sofort war Lennart wach. Er streckte den Arm und stellte das Piepen ab. Sein Arm kribbelte nervös, als Susannes Kopf ins Kissen rutschte und wieder Blut in die Extremität schoss. Lennart drehte sich auf die Seite. Mit dem Zeigefinger fuhr er Susannes Gesichtszüge nach, wovon sie aufwachte. Er hörte es an ihrem Atem.
Mit einem Griff zur Seite machte er die Lampe auf dem Nachtkästchen an. Sie brachte gerade genügend Helligkeit, um einander zu erkennen. Susanne reckte Arme und Beine und gähnte, ehe sie sich an ihn kuschelte. Einen Arm legte sie um seine Taille und sie berührte hinter seinem Rücken nicht das Betttuch. Er war zu dick dafür. Sie hingegen war atemberaubend schlank und ihre Haut samtweich. Er fand, als er sie streichelte, glatte, anschmiegsame Haut, von der er in den vergangenen Stunden nicht genug bekommen hatte.
Er rollte sich halb über sie und küsste sie. Ein leises Lachen entfuhr ihr, ein wohliges Schnurren und wenig später die geflüsterte Bitte, sie jetzt sofort zu lieben. „Auf jeden Fall", raunte er in ihr Ohr. Zwar wollten sie zum Hafen und sehen, ob sie ein anderes Boot erwischten, eines, auf das Ference keinen Einfluss hatte, doch als er sich innerlich vor die Wahl stellte, ob er zum Hafen gehen wollte – gehen, mit den zerschundenen Füßen und den müden Beinen – oder ob er mit Susanne im Bett bleiben wollte...
Sie trafen die Entscheidung durch schlichtes Unterlassen. Sie marschierten einfach nicht los, stattdessen liebten sie sich immer wieder, immer wieder und dazwischen lebten sie von dem, was Susanne in der Nacht geholt und im Kühlschrank verstaut hatte.
Ein bisschen Essen und sehr viel Sex. Es war perfekt und nach einer sehr langen Zeit sagte Susanne leise in Lennarts Ohr: „Es ist wunderschön mit dir."

„Absolut." Er küsste sie. Sie sank in seine Umarmung und strich ihm durchs Haar. „Ich würde so gern ewig mit dir hier liegen und dich in mir spüren."

„Ewig wird nicht gehen", liebkoste Lennart ihren Bauch. Er küsste die Stelle unter ihrem Bauchnabel. Sie wölbte sich ihm entgegen und er setzte seine Zunge auf genau den Punkt, der so empfindlich war. „Früher oder später", unterbrach er seine Zuwendung kurz, „müssen wir aufstehen."

„Später", atmete Susanne zischend ein. „Bitte, hör nicht auf damit."

Erst zum nächsten Abendessen schafften sie es aus dem Bungalow. Lennart konnte nicht aufhören zu lächeln. Er hatte zum Mittagessen gehen wollen, ernsthaft, und vorher wollte er duschen. Er war gerade nass, als Susanne zu ihm kam. Sie seifte ihn ein, bis alles voller Schaum war und er überhaupt nicht mehr denken konnte, weil ihre Hände und Lippen überall waren, weil sie ihn verführte und weil ihr nasser Körper pure Lust war. Er brauchte sie nicht hochzuheben, um sie zu lieben, sie hatte genug Fantasie für andere Möglichkeiten. Da brauchte es einige Anläufe, bis sie endlich beide geduscht und frisch angezogen waren. Ihre Hand schob sich in seine, als sie in der Dunkelheit den Weg zum Restaurant antraten.

Lennart drückte ihre Finger und versuchte sich auf den Weg zu konzentrieren. Auf die Rosen an den Seiten. Auf die Geräusche ringsum und nicht auf das enge lila Kleid, das Susanne trug. Absolut eng. Er hatte nicht mitbekommen, ob sie einen BH trug oder Unterwäsche und diese Unwissenheit hatte fatale Auswirkungen auf seinen Denkapparat. Er schluckte hart, als Susanne vor ihm die Stufen hinaufging, die zum Restauranteingang führten. Da zeichnete sich nichts unter dem Stoff ab und weil sie die ersten beiden Stufen mit einem großen Schritt überwunden hatte, war der Rock ziemlich hoch gerutscht. Meine Güte. Lennart fühlte sich wie ein Teenager vor seinem ersten Rendezvous, Herzrasen, Atemaussetzer und weggewischtes Gedächtnis inklusive.

Am Kopf der Treppe blieb Susanne plötzlich stehen. Lennart wäre beinahe in sie gerannt. Er hörte, wie sie tief Luft holte: „Nein..."

Als hätte ihm jemand einen rechten Haken verpasst. Lennart sah Susanne auf ihren hohen Schuhen zu dem Mann eilen, der am Boden des Restaurants lag. „Was haben Sie?", fragte sie und sank neben ihm auf die Knie. Ihre zarten Finger griffen nach seiner Hand, die er sich auf die Brust presste. Er schnappte nach Luft und ächzte.

Lennart erreichte den Mann am Boden und ging in die Hocke. Er ignorierte das Ziehen in seinen eigenen Waden und strich mit der Hand kurz über die Stirn des anderen. Kalter Schweiß. Schnell drehte Lennart sich zu einem Tisch und holte eine Serviette heran. Er wischte dem Mann die Stirn trocken.

„Was haben Sie?", wiederholte Susanne.

„Mir ist schlecht", sagte der Mann mit leiser Stimme. „Grottenschlecht." Er sog mehrmals hintereinander Luft ein, ohne diese wieder auszuatmen. „Kann nicht atmen. Kriege keine Luft." Er kniff die Augen zusammen und verstärkte den Druck, den er mit der Hand auf sein Herz ausübte. „Mein ganzer Arm ist taub."

„Herzinfarkt", vermutete Lennart leise zu Susanne hin. Ihr Nicken war ebenso ernst wie ihre Handgriffe. Sie öffnete dem Mann das Hemd und nahm Lennart die Serviette aus der Hand. „Haben Sie Tabletten für Ihr Herz?", wischte sie dem Mann über die Stirn. Er ächzte und warf den Kopf schüttelnd hin und her. Also keine Medikamente. Seine Hand zitterte unkontrolliert, als Susanne versuchte, sie zu nehmen. Fest verschränkte sie ihre Finger. „Der Arzt ist unterwegs", flüsterte sie ihm zu. „Versuchen Sie, ruhig zu atmen."

„Ich habe mir schon gedacht", hauchte der Mann mit einer Stimme, die zerbrechlich wie Glas war, „nur der ganze Stress hält mich am Leben. Kaum bin ich zwei Tage im Leerlauf, rafft mich ein Herzkasper dahin."

„Dahinraffen…" Susanne wischte dieses Wort mit der Serviette und einer schnellen Bewegung aus dem Handgelenk weg. „Jeden Moment ist der Arzt hier." Sie tupfte ihm über die Stirn. „Atmen Sie so ruhig wie möglich."

Lange und tief saugte der Mann Luft durch seine geblähten Nasenflügel ein und anschließend atmete er durch den Mund wieder aus. Susanne lächelte schwach. „So ist es gut. Wir atmen zusammen. Einatmen." Sie sog eine große Menge Luft tief in ihre trainierten Lungen. „Langsam und lange ausatmen." Sie tat es und hatte wesentlich mehr Luft als der Mann am Boden. Mehrmals wiederholte sie diese Übungen. Ihr musste schummrig werden von den tiefen Atemzügen. Der Mann japste.

Lennart sah Tränen in ihren Augen aufsteigen. Es war höchste Zeit für ein Wunder und er schaute sich danach um. Gäste, die ruhig aßen, kein Ference, der sich kümmerte. Der Arzt war weit weg und das war ein großes Glück. Der Mann starb und er schaffte das ohne diesen Scharlatan schneller und leichter. Lennart streckte den Arm und berührte den Mann an der Schulter. „Halten Sie durch", sagte er heiser und verheimlichte dem Mann nicht die Wahrheit: „Es ist nur eine Frage von Minuten."

Eine Mischung aus Bewusstlosigkeit und Geistesverwirrtheit erlöste den Armen. Er glitt in diese Zwischenwelt mit einem Lächeln auf den Lippen, das wohl von dem nachlassenden Schmerz kam. Abgestorbenes Gewebe empfand nichts mehr. Seine Gliedmaßen entkrampften sich und er sah entspannt und gelöst aus. Einzig der kalte Schweiß und die schnappende Atmung dauerten an. Ganz so einfach war es mit dem Sterben nicht. Es zog sich in die Länge. Es dauerte.
Während Susanne ihm die Hand hielt und immer wieder drückte und ihm die ständig gleiche Lüge von der baldigen Hilfe ins Ohr flüsterte, stand Lennart auf. Er hatte Ference entdeckt, der von der anderen Seite des Restaurants herüberkam. Blitzschnell packte er den Concierge am Hemdkragen und zog ihn einige Meter von dem Sterbenden weg.
„Sir, ich muss sehr bitten!"
„Nein, ich bitte", herrschte Lennart ihn an. „Ich will weg von dieser verdammten Insel und Ihnen und ich will Susanne mitnehmen." Er rüttelte, um seine Worte zu verstärken, an Ferences Hemdkragen. „Wir gehören nicht hierher, wir machen Ihnen das Leben schwer, also lassen Sie uns gehen."
„Von hier", warf Ference die Arme gen Himmel, „reist niemand ab, Sir. Wer das Hotel gewählt hat, findet hier sein Schicksal."
„So eine gequirlte Scheiße habe ich lange nicht gehört."
„Sir, wenn Sie mir sagen, was Sie im Sinn führen..."
„Ich will weg", sagte Lennart so ruhig er konnte. Am liebsten hätte er den Concierge an Ort und Stelle erwürgt, die Leiche zerstückelt und die Einzelteile über die Klippe ins Felsenbecken geworfen. „Besorgen Sie ein Boot, das Susanne..." Er hatte den Kopf gewandt und in ihre Richtung gesehen. Sie kniete am Boden, löste ihre Hand aus der des Mannes und stand auf. Der Mann war tot. Seine Brust hob und senkte sich nicht mehr, seine geschlossenen Augen über dem lächelnden Mund zuckten nicht mehr. Die Haut seines Gesichts wurde mit jedem Moment heller, blasser und zart wie Transparentpapier. Lennart räusperte sich und sagte zu Ference: „Lassen Sie Susanne und mich gehen."
„Das ist unmöglich, Sir." Ference richtete seinen Kragen, nachdem Lennart ihn losgelassen hatte. „Sie haben das Hotel gewählt und Sie werden hier Ihr Schicksal erfüllen."
Susanne kam neben Lennart. Sie hielt ihren Oberkörper mit den eigenen Armen umschlungen. „Ference", sagte sie leise. „Ich habe

dieses Hotel nicht gewählt. Achim hat mich mit dem Urlaub überrumpelt. Ich stieg ins Flugzeug und ins Boot, weil ich dachte, ich würde ein paar Tage in einer anderen Stadt verbringen. Ich dachte, ich könnte alles, was mir wichtig ist, mit Telefon und Internet erledigen. Wie in den Urlauben zuvor." Ihre traurigen Augen blickten müde. „Ich will mein Leben zurück. Ich will zurück nach Hause, zu meiner Familie, meinen Freunden, meiner Arbeit."

Ference ließ einige Momente verstreichen, ehe er den Kopf wandte. „Sir, Sie haben dieses Hotel bewusst gewählt. Warum? Was an der Beschreibung hat Sie angesprochen. Sir?"

„Nichts." Lennart zuckte die Schultern. „Mein Kollege hat kommen wollen. Weil er sich das Bein gebrochen hat und meine Kollegin schwanger ist, bin ich eingesprungen."

Ference holte tief Luft. Sekundenlang atmete er ein und atmete ein, bis er sämtliche aufgestaute Luft in einem heftigen Seufzer ausstieß. „Sie beide", zeigte er abwechselnd auf Susanne und Lennart, „müssen sofort abreisen."

„Nichts anderes wollen wir seit Tagen", sagte Lennart. „Wenn es nötig ist, schwimmen wir zu Hauptinsel."

„Unbedingt." Ference stöhnte kurz laut auf. „Sie gehören nicht hierher. Packen Sie unverzüglich Ihre Sachen. Ich bringe Sie sofort zurück."

„Hoffentlich", sagte Lennart düster. „Oder werfen Sie uns auf halber Strecke ins Meer?"

„Keinesfalls." Ference war unverändert sehr ernst. „Sir, Sie werden die Hauptinsel erreichen."

„Susanne auch?"

„Natürlich." Ference neigte den Kopf. „Madame, wenn ich das früher gewusst hätte... Sie hätten nicht so viele Tage aushalten müssen."

„Ich habe es mehrmals gesagt", gab Susanne zurück. „Sie haben nicht zugehört."

„Bitte verzeihen Sie, Madame", sagte Ference leise. „Ich werde mir diese Kritik zu Herzen nehmen."

Lennart runzelte schwer die Stirn und verschränkte langsam die Arme. „Wo liegt der Haken?"

„Haken?", lächelte Ference. „Sir, ich verstehe nicht?"

„Ach", machte Lennart, „Sie lassen uns einfach so gehen, Sie bringen uns sogar zurück, obwohl Sie bisher alles unternommen haben, um uns hier zu behalten. Sang- und klanglos lassen Sie uns zur Polizei spazieren, die Behörden und die Reiseveranstalter informieren und

Ihrem Treiben hier ein Ende setzen? Da scheine ich ein bedeutendes Detail nicht mitbekommen zu haben?"

„Sir", behielt Ference sein unerschütterliches Lächeln, „Sie und die Madame werden die Hauptinsel erreichen, was man von Ihrem Gedächtnis nicht behaupten kann. Das wird völlig leergefegt sein und sich nicht einmal in Andeutungen an das erinnern, was Sie hier erlebt haben."

„Käse", sagte Lennart.

„So funktioniert es eben, Sir."

„Welche Drogen verabreichen Sie uns dafür?" Lennart nahm die Arme wieder runter und piekte den Concierge in die Brust. „Sie widerlicher Mistkerl werden für das, was Sie hier tun, zur Rechenschaft gezogen, das verspreche ich Ihnen."

Ference blieb gelassen. Er trat einen Schritt zurück, um Lennarts Finger nicht länger in der Brust zu haben. „Sir", sagte er, „das Hotel findet seine Gäste. Immer. Es zieht sie an. Sie kommen, weil sie suchen, und ich helfe ihnen zu finden. Die Gäste sterben. Neue Gäste kommen. So war es immer und Ihr vergebliches Engagement, Sir, wird daran nichts ändern."

Lennart wollte es nicht glauben. Je länger er in Ferences abgrundtief schwarze Augen blickte, desto langsamer wurde sein Kopfschütteln. Bis es aufhörte. „Wenn ich alles vergesse", sagte Lennart leise, „das Hotel, das Geschehene, die Toten, die Schmerzen, das Leiden, einfach alles..." Er dachte eine Weile nach. „Werde ich auch Susanne vergessen?"

„Natürlich, Sir."

Susanne machte einen schnellen Schritt und stand neben Lennart. Sie ergriff seine Hand. In ihren blauen Augen erkannte er die Reflexion ihrer gemeinsam verbrachten Zeit. Wie sie sich geliebt hatten, atemlos, erschöpft und immer wieder. Susanne ahnte, woran er dachte. Sie drückte seine Finger und kam nahe zu ihm. „Ich will dich nicht vergessen."

„Ich dich erst recht nicht." Lennart wandte sich an Ference. „Angenommen, Sie haben Recht."

„Natürlich habe ich Recht, Sir." Ference lachte leise. „Gestatten Sie mir den Hinweis: Ich habe hiermit", dabei machte er eine ausholende Geste mit beiden Händen, die das gesamte Hotel umfasste, „wesentlich mehr Erfahrung als Sie."

Lennart kratzte sich an der Nase. „Es gibt wohl nichts an dem Deal zu

rütteln, oder? Wenn wir abreisen, vergessen wir einander?"
„Ja, Sir."
„Kein Schlupfloch?", fragte Lennart nach und Susanne setzte hinzu: „Es muss eine Möglichkeit geben, wie wir mit heilem Gedächtnis davonkommen."
„Mhm." Ference begann auf und ab zu gehen. Immer fünf Schritte in die eine Richtung, ehe er umdrehte und zurückkam. „Wie ich es verstehe", sagte er, „geht es Ihnen in erster Linie um Ihre gegenseitigen Gefühle, derer Sie nicht verlustig werden möchten. Schwierige Sache. Vielleicht, Sir, Madame, taugt ein Souvenir als Gedächtnisstütze?"
„Ein Souvenir." Am liebsten hätte Lennart ihm den Hals herumgedreht. „Es gibt hier partout nichts zu kaufen. Keine Geschäfte, keine fliegenden Händler."
„Sir", lächelte Ference breit, „schaffen Sie eine Erinnerung, ein Souvenir, das diese wundervolle Frau an Sie erinnert. Bewahren Sie im Gegenzug eine Erfahrung, einen Duft, ein Gefühl, das Sie unweigerlich mit der Madame in Verbindung bringen." Er hüstelte. „Wenn Sie Ihren Fähigkeiten nicht trauen, Sir, können Sie gern für den Rest Ihrer Tage in dem Bungalow wohnen und die Vorzüge des Hotels genießen. Quasi lebenslanger Urlaub. Madame", neigte er den Kopf Richtung Susanne, „wenn ich nicht auf ewig für Ihr Wohlbefinden sorgen darf – kommen Sie zum Haupteingang, sobald Sie fertig für die Heimreise sind. Dasselbe gilt für Sie, Sir."
Nachdenklich kehrten Lennart und Susanne in den Bungalow zurück. Es war auf der ganzen Insel der einzige Ort, an dem Lennart sich einigermaßen sicher und unbeobachtet fühlte. Wann immer er ihn betrat, verschloss er zuerst die dichten Vorhänge, stellte einen Stuhl unter die Türklinke des Hintereingangs und sperrte die Vordertür mit dem Schlüssel ab, damit Ference nicht erneut urplötzlich in den Raum stürmte.
Die Anspannung löste sich und Lennart atmete durch. Susanne nahm Getränke aus dem Kühlschrank. „Einerseits kann ich mir nicht vorstellen, wie er Einfluss auf mein Gedächtnis nehmen will, andererseits habe ich in den letzten Tagen so viele absurde Dinge erlebt... Ihm glaube ich alles."
„Ich leider auch", sagte Lennart, der eine Flasche Orangensaft geöffnet hatte. Er trank ein wenig. „Nichts von den Vorgängen hier lässt sich mit dem gesunden Menschenverstand erklären. Ference muss einen Weg zur Manipulation gefunden haben und ich fürchte, er wird bei uns sein

Können auf die Spitze treiben."

Susanne drehte die Wasserflasche zwischen ihren Fingern. „Wir verlieren einander."

„Das Souvenir", überlegte Lennart, „bietet es eine Chance? Können wir mit dem richtigen Souvenir unsere Erinnerung bewahren?"

An der Art, wie Susanne ihre Flasche zwischen den Finger drehte, erkannte Lennart ihre Zweifel. Sie sagte leise: „Ferences Einfluss hat Frau Thienemann ihr gesamtes Leben vergessen lassen. Achim hat sich dem Alkohol und den Drogen verschrieben, obwohl er daheim immer die Grenze erkannte, bis zu der er gehen konnte. Wäre die Frau an der Bar bei klarem Verstand gewesen, hätte sie sich nicht schamlos allen Männern angeboten." Sie öffnete die Flasche, indem sie wie immer den Kronkorken an der Tischkante abschlug. „Welches Souvenir kann stärker sein als ein ganzes Leben, als Charakter, Persönlichkeit?" Sie trank einen großen Schluck.

Lennart stellte weitere Saftflaschen auf den kleinen Tisch und rückte den Sessel zurecht, ehe er sich ihr gegenüber setzte. Es war nicht viel Abstand zwischen ihnen. Er nahm ihre Hände. „Sein Gerede von einem Wundersouvenir ist eine Lüge. Wenn wir gehen, vergessen wir einander." Er drückte ihre Finger leicht. „Bleibt die Frage, ob wir gehen oder ob wir bleiben. Was möchtest du?"

Sie erwiderte seinen Händedruck mit einem schwachen Lächeln. „Ich weiß nicht, Lennart, wie lange ich in diesem Hotel zu leben hätte, wenn ich bliebe. Einige Tage oder mehrere Jahre, ist mir einerlei. Gemeinsam mit dir wäre es eine wunderschöne Zeit. Der Gedanke, das, was außerhalb von Ferences Einflussbereich liegt, nicht mehr zu erleben, meine Familie und Freunde nicht mehr zu sehen, keinen meiner Lieben wiederzutreffen, nie mehr zu arbeiten, macht mich traurig. Ich könnte es nur durch dich ertragen. Das Hierbleiben verliert durch deine bloße Anwesenheit seinen Schrecken."

Er hielt ihrem Blick nicht stand, sondern schmulte auf die Flasche mit Orangensaft. Hierbleiben, das kam gar nicht in Frage. Jeder Tag in Ferences Gegenwart war eine Qual, der zu entkommen er Todesgefahr auf sich nahm. Er hatte sogar versucht durch den Ozean zu schwimmen. Allerdings durfte er von Susanne nicht erwarten, ebenso zu entscheiden. Sie liebte ihn und deshalb waren für ihre Augen widrige Umstände nebensächlich, so lange er bei ihr war.

Umgekehrt fühlte er sich überhaupt nicht verpflichtet, ihrer Gefühle wegen seine ganze Lebensplanung auf den Kopf zu stellen und alle

Hoffnung fahrenzulassen, um diese Frau ihm gegenüber für eine unbestimmte, womöglich sehr kurze Zeit glücklich zu sehen. Er zwang sich zu kühlem, rationalem Denken. Er kannte sie kaum. Ja, er hatte grandios guten Sex mit ihr. In ihren Gesprächen bemerkte sie kleine Andeutungen und Details, ihr Lächeln warf ihn um und er fand es wunderschön ihr beim Aufwachen zuzusehen. Erst kehrte eine gewisse Grundspannung in ihre Gesichtszüge zurück, ihre Lider begannen sich zu bewegen, sie blinzelte einige Male, ehe ihr Blick klar wurde und sie ihn anschaute. Sein Herz schlug schneller, wenn sie bei ihm war. Wenn er sie nicht sah, fühlte er eine unruhige Leere in sich. Liebe? Was wusste, was verstand er davon? Seine Kumpels hatten geheiratet, manche sich wieder scheiden lassen und einer, der alle paar Wochen eine Neue anschleppte, meinte, es gäbe überhaupt keinen Unterschied zwischen einer und der Richtigen. Wenn es diese Frau, deren Hände er hielt, nicht gab, würde er eben eine andere finden. Nein, da musste Lennart ehrlich mit sich selbst sein. Er hatte all die Jahre als Single gelebt, weil er bei keiner Frau diesen Glanz in den Augen entdeckt hatte. Niemals war ein Funke geflogen, niemals ein Zittern in seinen Knien gewesen. Mit keiner Frau hatte er sich Urlaub am Meer vorstellen können oder eine Bildungsreise durch halbe Kontinente. Für keine Frau hatte er zu Weihnachten ein Geschenk besorgen wollen, keine Frau in der Nähe seines Kühlschrankes ertragen. Die Vorstellung Kinder zu haben, war aufgelebt, seit er in ihre Augen gesehen, ihr Lachen gehört und mit ihr Zeit verbracht hatte.

Er sah zögernd hoch, fürchtete, ihrem Blick zu begegnen. Sie hatte den Kopf gesenkt und starrte auf zwanzig ineinander verschränkte Finger. So konnte er ihr Gesicht einige Momente betrachten. Ein schönes Gesicht, vollkommen und ebenmäßig, Züge einer eleganten, bewundernswerten Frau, wie sie einem Mann nur einmal im Leben begegnet. Daheim würde er ihr den Himmel auf die Erde holen; es war konsequent, das auch hier zu tun. Tun, was sie glücklich machte. Lennart lächelte, als er die Entscheidung traf: „Wir bleiben." Einmal ausgesprochen, war diese Vorstellung nur mehr halb so schlimm.

Sie schlug den Blick zu ihm hoch und schenkte ihm dieses Lächeln, von dem er zehren wollte, jeden Tag, der in ihrem gemeinsamen Dasein kommen würde. Diese Nähe wollte er auskosten und genießen und teilen, so lange es möglich war.

„Nein", sagte sie sanft. „Wir gehen, selbst wenn es bedeutet dich zu vergessen. Das ist ein schlimmer Gedanke." Sie schluckte hart.

„Schlimmer wäre es, wenn ich jeden Tag in deinen Augen sehe, was du meinetwegen aufgibst." Sie setzte sich aufrecht und beugte sich zu ihm. „Du bist ein wundervoller Mann, Lennart. Du sollst leben und nicht bloß neben mir existieren. Die Welt soll dir offen stehen, dir Möglichkeiten bieten und dir Herausforderungen in den Weg stellen, an denen du wachsen kannst. Ich würde dich hier niemals wahrhaft glücklich sehen. Du wärst nicht mehr der Mann, in den ich mich verliebt habe und den ich sehr zu lieben beginne." Sie zwinkerte die aufsteigenden Tränen weg. „Wir gehen. Ich trage mit dir jede Konsequenz, die sich aus dieser Entscheidung ergibt."

Für eine lange Zeit sah er sie an, verblüfft über ihre Bereitschaft, so bedingungslos mit ihm in dieselbe Richtung zu gehen. Er revidierte sein Urteil, so eine Frau würde einem Mann nur einmal im Leben begegnen. Nur einmal in einer Million Leben! Er verstand nicht, was sie an ihm fand, welches Mysterium sie an ihn band. „Ich glaube, mich hat nie eine Frau so sehr geliebt."

Lächelnd legte sie den Kopf schief. „Ich würde so gern meine Zukunft mit dir teilen und an deiner Seite leben. Morgens neben dir aufwachen, nachts neben dir einschlafen, gemeinsame Träume pflegen und Zeit mit dir verbringen."

Langsam hob Lennart ihre Hände an seine Lippen und küsste ihre Finger. „Wenn ich dich vergesse", überlegte er halblaut, „werde ich im Herzen deinen Verlust spüren. Alle Gefühle für dich werden unverändert da sein. Sollten wir uns zufällig erneut begegnen, werde ich mich beim ersten Blick in deine wunderschönen Augen an alles erinnern. Diese Gefühle lassen sich nicht löschen."

Er beugte sich nach vorn und küsste sie über den kleinen Tisch hinweg. Er liebkoste ihre Lippen, begann ihre Arme zu streicheln und sie kam um den Tisch herum und setzte sich auf seinen Schoß. Der breite Sessel war die perfekte Unterlage für ihr Liebesspiel. Lennart zog Susanne aus, küsste ihren Hals, ihr Ohrläppchen und er umfing sie mit seinen Armen. Er hörte ihr kaum unterdrücktes Stöhnen. In seinem Kopf verwandelte sich ihre Stimme in das Echo vieler Kinderstimmen. Die Kleidung, die zu Boden fiel, erinnerte ihn an das Rascheln von Papier. Bausparvertrag. Kaufvertrag für ein Haus. Alles war möglich.

„Wenn du lieber bleiben möchtest", sagte er später, als sie gerade in eine schwarze Bluse schlüpfte, „brauchst du es nur zu sagen."

Susanne begann die Knöpfe zu schließen. „Auf keinen Fall. Wir packen und reisen ab. Was auch immer passiert, es ist gut so."

Während er alle seine Sachen mit der üblichen Sorgfalt in den Trolley gepackt hatte, war Susanne mit dem Packen im Handumdrehen fertig. Alles, was ihr gehörte, stopfte sie irgendwie in ihren Koffer. Falten, Knittern, auslaufendes Duschgel – war ihr egal. Sie war schneller fertig als er und begann ihm Dinge zu reichen. Vom Tisch nahm sie einen Block, auf dem er sich Notizen gemacht hatte, und seinen Federhalter. Diesen hielt sie ehrfürchtig zwischen ihren Fingern und betrachtete das kostbare Stück.

Lennart kam zu ihr und erklärte: „Den hat meine Mutter mir zum Abitur geschenkt. Sie hat den Anfangsbuchstaben meines Namens auf die Feder gravieren lassen."

„Ein sehr schönes Geschenk."

„Ich trage ihn immer bei mir." Lennart machte eine kurze Pause. „Sie wollte so gern erleben, was ich aus dem Leben mache, für das sie mir den Weg geebnet hat. Wollte sehen, ob ich einen Teil meiner Träume verwirkliche oder völlig neue Herausforderungen finde. Sie hat mir von Herzen alles Gute gegönnt und war glücklich, wenn ich es war. Sie war eine wundervolle Frau und der Federhalter erinnert mich an sie und ihre grenzenlose Liebe. Möchtest du ihn für mich aufbewahren?"

Susanne zog die Kappe ab und betrachtete die goldene Feder mit dem eingravierten L. Sie lächelte.

„Nachdem ich ihn ohnehin beinahe im Meer verloren hätte", sagte Lennart, „könnte ich mir keinen besseren Platz für ihn vorstellen als deine Obhut."

Susanne zuckte die Schultern. „Vielleicht weiß ich heute Abend nicht mehr, ob er einem Ludwig, Louis, Lionel oder eben meinem Lennart gehört. Es wäre schade, wenn du ihn nicht zurückbekommst." Sie steckte den Federhalter in seine Hemdtasche und ließ ihre Hand an seiner Brust liegen. „Wenn wir uns daheim immer noch gut leiden können, werde ich ihn gern bei mir aufnehmen. Mitsamt Besitzer."

„Darauf", ließ Lennart seine Hände zu ihren Hüften gleiten, „komme ich auf jeden Fall zurück." Er zog sie zu sich und küsste sie. Er spürte, wie sie sich an ihn schmiegte, als wollte sie völlig mit ihm verschmelzen.

Ein Räuspern von der Seite beendete jäh den innigen Moment. Susanne wich zurück und Lennart musste sie loslassen. Er hasste es, mit welcher Selbstverständlichkeit Ference auftauchte. „Es ist taktlos, dermaßen unverfroren in die Räume anderer Menschen einzudringen. Wollten Sie nicht am Haupteingang auf uns warten?"

„Sir", ignorierte der Concierge diese Kritik, „darf ich mich um Ihr Gepäck

kümmern? Madame?" Er zeigte kurz auf die offene Tür in seinem Rücken. "Ich war so frei und habe den Wagen gebracht. Es sei denn, Sie wollen lieber zu Fuß gehen?"
„Haben Sie es eilig?", sagte Lennart ungehalten. „Ich wollte gern vor der Abreise eine Kleinigkeit essen. Quasi frühstücken."
„Bedaure", hob Ference die Schultern. „Wir müssen uns sputen. Ich erwarte die Ankunft neuer Gäste."
„Mhm", machte Lennart düster und schob seinen Trolley mit dem Fuß Richtung Ference. „Sie können es wohl kaum erwarten Ihre Gäste ins Jenseits zu befördern."
„Meine Gäste, Sir, können es nicht erwarten." Ference griff nach dem Trolley. „Haben Sie vergessen, wie glücklich lächelnd die Gäste aus dem Boot steigen, wenn sie hier ankommen? Hat sich irgendwer meiner Gäste über das Hotel oder meine Gegenwart beschwert?"
„Ja", hob Lennart die Hand. „Frau Brenner und ich."
„Sir", näselte Ference und brachte den Trolley schnell nach draußen, „nachdem Sie Ihre Gurke oft genug eingepflanzt haben, brauchen Sie die Etikette nicht mehr zu wahren. Sprechen Sie ruhig von Susanne, wenn Sie Frau Brenner meinen."
Lennart begann stumm zu zählen. Er war bei zwanzig angekommen, als Susanne ihre Hand in seine schob. „Nicht ärgern. In wenigen Stunden sind wir zurück im Leben und alles ist gut."
Lennart hätte ihren Worten gern geglaubt. „Dein besorgter Blick straft deine Worte Lügen."
„Sir", unterbrach Ference, „Madame, steigen Sie bitte ein. Ich habe es eilig."
Deshalb hatte er den Minibus hinterm Bungalow geparkt, das Gepäck zwischen die Sitzreihen gestellt und Ference saß hinterm Lenkrad, ehe Lennart eingestiegen war. Er ließ Susanne den Vortritt, natürlich, und setzte sich neben sie. Warum sie die erste Reihe gewählt hatte? Wahrscheinlich, weil es der Platz war, der am nächsten lag.
Ference schloss die Tür per Knopfdruck und gab Gas. Er raste buchstäblich den Weg an der Außenmauer entlang, bretterte die Steigung hinauf und preschte durch ein weit geöffnetes grünes Eisentor, das Lennart zuvor nicht aufgefallen war. Auch Susanne runzelte die Stirn. „Wo kommt das plötzlich her?"
„Weiß der Teufel...", hob Lennart die Schultern.
Ference bog auf die Hauptstraße ein. „Das Tor", sagte er über die Schulter nach hinten, „finde ich überaus praktisch. Nun kann ich mit

dem Wagen in die Anlage fahren und spare mir Zeit beim Laufen."
Lennart hielt sich mit einer Hand vorn am Griff fest. „Sie hätten statt eines Kleinbusses einen Geländewagen nehmen sollen. Der Berge wegen."
Ference schmunzelte über diesen Rat. Er schaltete einen Gang höher und gab mehr Gas. Vor ihnen tauchte das Meer auf, das unter einem ausgeblichenen Mond an den Strand schlug. Der Steg stand im Wasser, die Wellen schwappten schwarz dagegen. Zu Lennarts Erstaunen taumelte ein Boot auf den Wellen, stieg mal höher, fiel mal ab, folgte den Bewegungen. Es war gut festgebunden. Über den Sitzplätzen gab es zum Schutz vor der Sonne ein Stofftuch, das vielleicht bei Nacht auch gegen einen kühlen Luftzug half.
Mitten im Weg ließ Ference den Kleinbus stehen. Er sprang vom Fahrersitz, nachdem er die Tür geöffnet hatte, schnappte sich sofort die beiden Gepäckstücke und eilte auf das Boot zu.
Susanne stand von ihrem Platz auf. „Ihm pressiert es wirklich."
„Offenbar", stimmte Lennart ihr zu, „kann er es nicht erwarten uns loszuwerden."
„Je eher", sagte Susanne, „desto lieber ist es mir. Ich will unbedingt hier weg."
Lennart stieg aus dem Bus. Er spürte ein Ziehen im Knie, wo die Schnittwunde ohne ärztliches Zutun zu heilen begonnen hatte. Seine Muskeln waren erholt und er hätte den Weg vom Hotel hierher durchaus bewältigt. Trotzdem war er froh um die Fahrt mit dem Bus. Er blieb zögernd vor dem Boot stehen. Trotz der Dunkelheit erkannte er das schäbige Äußere. Klein, von jämmerlichem Aussehen. Holzplanken waren löchrig und modrig, die Farbe lang nicht erneuert worden. Der Seelenverkäufer kam nicht gut weg.
„Was geht Ihnen denn jetzt wieder durch den Kopf, Sir?", fragte Ference und zeigte aufs Boot. „Hopp-hopp."
Lennart streckte den Arm übers Meer. „Keine Luft von keiner Seite! Todesstille fürchterlich."
„Ach", schnaubte Ference, „Sie und Ihr altdeutscher Dichter können mir den Buckel runterrutschen."
„So gereizt?", fragte Susanne, die neben Lennart gekommen war. „Sind Sie vor lauter Eile gar nicht froh uns loszuwerden?"
„Überaus froh." Ference neigte leicht den Kopf. „Ich muss sagen, die Tage mit Ihnen beiden waren alles andere als angenehm." Er klatschte in die Hände und ein breites Lächeln überzog sein Gesicht. „Wohlan,

steigen Sie ein, damit wir fahren können. Wie Sie sehen, Sir, Madame, ist Ihr Gepäck bestens verstaut."

„Was?", staunte Lennart, „Sie fahren uns zur Hauptinsel? Sie persönlich?"

„Ich habe Sie herüber geholt und werde Sie auch wieder zurück bringen, Sir."

Lennart spürte einen Stich im Magen. „Kann das nicht jemand anderes tun?"

„Sir", streckte Ference den Arm und zeigte mit spitzem Finger auf das Boot, „Sie sind bei mir in den besten Händen."

„Mhm", murrte Lennart, „sobald ich tot auf den Wellen treibe. Ehe ich bei Ihnen mitfahre, lenke ich diese Nussschale selbst übers Meer."

Nun lachte Ference trocken. „Sir, das haben Sie versucht und es ging gründlich schief. Diesmal haben Sie Ihr Betthäschen dabei. Nun, ich kann verstehen, wenn Ihnen das Leben einer beliebigen Schnalle nicht viel wert ist."

Lennart spürte eine heftige Antwort in sich aufsteigen. Ebenso spürte er Susannes Hand an seinem Arm. Dort, wo das kurzärmelige Hemd gerade aufhörte, berührte sie ihn. Scheinbar hielt sie sich mit beiden Händen an ihm fest, dabei stand sie felsenfest und sie lächelte höflich.

„Nicht wahr, Ference, Sie werden uns sicher zur Hauptinsel bringen. So, wie Sie es versprochen haben."

Ference neigte den Kopf. „Wenn wir nur endlich losfahren könnten, Madame."

„Lennart", sagte Susanne leise in sein Ohr, „es wird gutgehen. Vertrau mir, bitte. Wir steigen in das Boot, lassen uns fahren und wir werden die Insel in einer Stunde erreichen."

„Eine Stunde?", überlegte Lennart.

„Nicht wahr, Ference?", fragte Susanne, wobei sie nicht den Concierge, sondern Lennart anschaute.

Ference war zum Boot gegangen und eingestiegen. Unter seinem Gewicht schwankte es kaum. „Eine gute Stunde, Madame. Sir."

Lennart spürte, wie Susanne seinen Arm drückte. Er roch den Duft ihres Parfums, sah das Funkeln in ihren Augen und das Glitzern ihrer silbernen Ohrringe. „Okay. Gehen wir."

Er stieg zuerst in das Boot und als Ference Susanne helfen wollte, schlug er ihm die Hand weg. „Unterstehen Sie sich." Er ließ Susannes Hand nicht los, als sie sich setzte. Sein Platz war neben ihrem.

„Mit Verlaub", sagte Ference, „es wäre für die Balance des Bootes

besser, wenn Sie, Sir, sich an die andere Reling setzten. Wir haben Schieflage."
„Ist mir egal", sagte Lennart fest und rückte zu Susanne, bis sein Knie ihres berührte und seine Hüfte an ihrer war. Kein Blatt Papier wollte er zwischen sich und dieser Frau wissen.
Ference rollte die Augen. „Meinetwegen." Er setzte sich ans Heck, ließ den Motor aufheulen und das Boot tuckerte los.
Es war Lennart nicht geheuer. Jeden Moment, das ahnte er, würde Ference das Boot kippen, sie beide ins Wasser werfen und allein zur Insel zurückkehren. Er rechnete jederzeit mit diesem Angriff und erschrak, als Susanne sich plötzlich zu ihm beugte. „Übrigens", flüsterte sie in sein Ohr, „ich habe mein Parfum in deinen Trolley getan. Sollte Ferences Ankündigung wahr werden, wirst du dich später wundern, wie ein Frauenparfum in deinen Trolley kommt. Hoffentlich fällt dir alles wieder ein."
„Und du", flüsterte Lennart zurück, „wirst dich über einen Federhalter wundern, der ein eingraviertes L auf der Feder trägt." Er drückte kurz ihre Finger. „Ich konnte nicht widerstehen und habe ihn dir in deine Tasche getan. Mein Stern, ich bin sicher, ich werde ihn zurückbekommen."
„Na", lächelte Susanne, „wenn das keine Beziehung für die Ewigkeit ist, weiß ich auch nicht."
Gern hätte Lennart länger ihre Heiterkeit genossen. Sein Blick jedoch ging zurück zur Insel und dem Hotel. Ference fuhr eine Strecke, die Lennart nicht im Traum für möglich gehalten hätte. Er hatte einen wunderbaren Blick auf die Anlage. „Schau nur", sagte er leise, „obwohl die Außenmauer beleuchtet ist, sieht man kein einziges Tor."
„Sir?", fragte Ference mit lauter Stimme, „gibt es etwas, das Ihren Unmut hervorruft?"
„Die Außenmauer", zeigte Lennart Richtung Insel. „Die beiden Tore sind weg."
Ference zuckte ohne hinzusehen die Schultern. „Nun ja, Sir, Sie und die Madame reisen ab."
Eine Weile saßen sie schweigend nebeneinander. Lennart hielt Susanne fest an der Hand. Er unterdrückte den Impuls loszulassen und seine schwitzige Hand an der Hose abzuwischen. Wenn er sie losließ, fürchtete er, wäre das die perfekte Chance für Ference und seine üblen Machenschaften. Lennart traute dem Concierge alles zu, selbst wenn dieser ruhig auf seinem Platz saß.

„Mir", sagte Susanne unvermittelt, „bist du beim Warten in München aufgefallen. Du hast auf der langen Wartebank gesessen und pausenlos in deinen Laptop geguckt. Kein Blick war übrig für die Frau, die vor dir stand."
Lennart konnte sich an zwei schlanke Beine erinnern, die eine Weile vor ihm gewesen waren. Er hatte absichtlich nicht hochgeschaut, denn niemand interessierte sich je für ihn und seinen Laptop. Erst recht keine schlanke, schöne Frau. „Und wenn ich hochgesehen hätte?"
Susanne gab ihm einen kurzen Kuss. „Wäre dir eine Einladung zu einem Kaffee sicher gewesen."
„Die hätte ich auf jeden Fall angenommen." Lennart erwiderte ihren Blick, so gut es in der Dunkelheit möglich war. Er sah ihre Augen glitzern und sein Herz machte einen Sprung. Er stutzte, als es einen zweiten Hüpfer tat. Nein, mit seinem Herzen war alles in Ordnung. Es lag am Boot, das zu schaukeln begonnen hatte. Vom Mond war nichts mehr zu sehen, ebenso wenig standen Sterne am Himmel. Schwarze Wolken hingen tief vom pechschwarzen Firmament. Entsprechend unruhig war die See. Hinter einer Wolkenwand flackerte ein grellweißer Blitz. Rasend schnell bauten sich gewaltige Berge an dunklen Quellwolken auf. „So etwas", sagte Lennart, „habe ich noch nie gesehen."
„Mhm", schmunzelte Susanne, „in den Bergen passiert ein Wetterumschwung genauso schnell. Ich habe das in meiner Kindheit oft erlebt und musste immer sofort nach Hause, wenn sich solche Wolken aufgetürmt haben."
„Angst?"
„Blitz und Donner", lächelte Susanne, „haben mir nie Angst gemacht. Meine Mutter schon. Wenn sie mich bei Unwetter draußen erwischt hätte..." Sie fasste über die Bootswand und streckte ihre Finger zwischen die Wellen. Dunkelgraue Schaumkronen verfingen sich dazwischen, aufgewirbeltes Sediment trübte das Wasser.
Plötzlich tat das Boot einen Satz. Es war eine Welle hinaufgeklettert und in das Tal dahinter gefallen. Lennart spürte sein Herz stolpern und klammerte sich an dem Holzbrett fest, auf dem er saß. Seine andere Hand hatte Susanne fest gepackt. Nein, sie war nicht erschrocken. Völlig gelassen saß sie da, die langen Beine leicht gestreckt. Ihre Füße mit den schwarz lackierten Zehennägeln steckten in zierlichen Sandalen mit hohen Absätzen. Glitzernde Steinchen reflektierten das wenige Licht, das vom Display ihres Smartphones kam.
Sie bemerkte seinen fragenden Blick. „Keine Spur von einem Netz." Im

gespenstischen Widerschein des Geräts lächelte sie. „Keine Angst. Er hat uns die Rückkehr zur Hauptinsel versprochen und Versprechen muss man halten."

„So?" Lennart drehte den Kopf in die andere Richtung. Ference saß am Ruder, den Blick nach vorn gegen die Schwärze gewandt. Tatsächlich, überlegte Lennart, waren der Himmel und Ferences Augen vom selben Farbton. „Es ist nur", sagte er leise zu Susanne, „diese Strecke musste ich schon einmal schwimmen und der anschließende Muskelkater ist nicht zu verachten."

Sie lachte. Bezaubernd. Heiter. Unbeschwert. Lennart fragte sich, wie sie so zuversichtlich sein konnte, wo ihr Chauffeur ein durch und durch schlechter Mensch war. Als sie sich zu ihm beugte und ihn küsste, schloss er die Augen und fand die Überfahrt, das Schütteln, Ruckeln und Schwingen des Bootes nur mehr halb so schlimm. Jedenfalls für kurze Zeit. Eine große Welle rüttelte am Kahn und zerrte Susanne von ihm weg.

„Oh", sagte Susanne, „ich hoffe, Ference weiß, was er tut. Es schaukelt ganz schön."

„Mhm", machte Lennart und krallte seine Finger in das Holz unter seinem Hosenboden. Sobald das Boot in die Wellentäler donnerte, verlor er zeitweise den Kontakt zum Sitz, schwebte in der Luft und spielte mit dem Gedanken zu beten. Das harte Aufsetzen, wenn das Boot wieder Wasser unterm Kiel hatte, führte sicherlich zu einigen blauen Flecken und sehr viel Schmerz beim Sitzen in den nächsten Tagen.

„Sollten wir…" Lennart spürte Übelkeit in sich aufsteigen. Der Kopf tat ihm weh vom Geschaukel und er fühlte sich elend. Er schluckte. „Sollten wir nicht besser umkehren? Wir sind von pechschwarzen Wolken umgeben, die gar kein Ende nehmen wollen." Obwohl Lennart laut gerufen hatte, hörte ihn Ference nicht. Der Concierge saß aufrecht auf seinem Platz, steuerte unverwandt einen Flecken am Horizont an und reagierte nicht. „Hey, Ference!", schrie Lennart und seine Worte wurden vom Sturm davongetragen.

Aus einigen Metern Entfernung rollte eine Wasserwand auf das Boot zu. Eine gewaltige Welle, sehr viel größer als das Boot selbst. Sie wuchs und wuchs, türmte sich nach oben, zog weiteres Wasser von den Seiten, fraß andere, kleinere Wellen und, nachdem sie sich wie in Zeitlupe mit aller Inbrunst vorbereitet hatte, erreichte sie den kleinen Kahn. Die Krone stürzte herab, donnerte direkt neben Lennart aufs Holz, zerbrach es, durchstieß es, zerschmetterte jedes Brett. Lennart wurde umgestülpt. Er versuchte, wenigstens oben zu bleiben und Susannes Hand nicht zu verlieren. Bei dermaßen viel Wasser und einem derartigen Trubel wusste er nicht mehr, wo oben war. Die Wucht der brechenden Welle schleuderte ihn herum, sein Kopf stieß hart an. Die Luft ging ihm aus. Er spürte, wie sich gegen seinen Willen seine Finger öffneten und eiskaltes Wasser über die Handfläche strich. Er wollte nach Susanne rufen. Er grabschte nach ihr, als könnte er sie in all dem Durcheinander erwischen und diesmal fester halten. Seine Hände erwischten Gischt und rasende Luftblasen.

Bevor seine Lungen platzten, stieß er die Luft aus. Es blubberte in seinen Ohren und seinem Kopf. Er blinzelte. Er ignorierte das brennende Salzwasser in seinen Augen und suchte im finsteren Wasser nach einem Anhaltspunkt. Die Wogen schoben ihn in sämtliche Richtungen. Er spürte, wie Luftbläschen an seinen Wangen hochstiegen. Das war die Rettung! Wenngleich er selbst kein Gespür mehr für oben oder unten hatte, war auf die Physik Verlass. Lennart schloss sich den Luftblasen an und folgte ihnen an die Wasseroberfläche.

Ringsum stürmte und blitzte es und von dem Boot war nichts zu sehen. „Susanne!", brüllte er aus Leibeskräften. „Susanne!" Weitere Wellen schlugen über ihm zusammen, tauchten ihn unter, wirbelten ihn herum. Er zwang sich die Augen zu öffnen. Unter Wasser hielt er Ausschau nach Susannes heller Kleidung, dem Funkeln ihrer Augen, dem Strahlen ihres Lächelns. Jeden Blitz nutzte er, um zu schauen. Da war nur Dunkelheit. Trübe Finsternis, die ihn lockte und ihm eine Pause versprach. „Komm", wisperte die Tiefe, „lass dich in meine Arme fallen. Ich halte dich sicher bis in alle Ewigkeit."

Lennart kämpfte sich zurück nach oben zwischen die Schaumkronen. Kein Stück vom Boot oder eine Spur der anderen. Selbst um Ferences verhasstes Gesicht wäre er froh gewesen. Im Widerschein eines Blitzes erkannte Lennart nichts als meterhohe wütende Brecher und tosendes, rollendes Meer. Der Donnerschlag zerriss ihm fast das Trommelfell. Es tat weh in den Ohren und in den Eingeweiden. Schmerz begann seinen Körper zu durchziehen, breitete sich vom Magen über die Lunge aus. Das Herz stach heftig und holperte außer Takt gekommen vor sich hin. Er bekam keine Luft, konnte nicht denken, nicht rufen. Erneut lockte die Tiefe. „Ein kleines Weilchen nur", hauchte sie. „Ruh dich aus, Lennart, und du willst nicht mehr weg von mir."

Kapitel 9

„Die Anlage umfasst dreiundvierzig luxuriös ausgestattete Bungalows. In jedem einzelnen wird der Gast sich bedingungslos wohlfühlen und zu seinen innersten Bedürfnissen vorstoßen. Sechs großzügige Pools laden zum Verweilen und Entspannen ein. Verlieren Sie sich in völliger Ruhe und Stille, genießen Sie es, rundum von qualifiziertem Personal versorgt zu werden. Schwimmen Sie ausgiebig und lange im Meer oder dem Pool, locken Sie Ihren Körper zu einer sportlichen Herausforderung und genießen Sie die völlige Grenzenlosigkeit Ihrer Pläne und Wünsche. Für jedes Interesse wird Sorge getragen, Ihre innersten Wünsche werden Wirklichkeit. Wenn Sie die Gelegenheit nutzen und sich Ihrem Schicksal ergeben wollen, werden Sie hier eine unwiederbringliche Zeit verleben."
Lennart überflog die Katalogbeschreibung des Hotels, das er nicht besuchen würde. Von der Wortwahl unterschied es sich von den übrigen Hotels, wenngleich die Bilder genauso nichtssagend waren. Weitwinkel, um Größe zu suggerieren, Sonnenschein und blaues Meer, unbewegte Palmen, keine Menschen auf den Fotos. Nur auf einem war ein Hoteldiener in einer dunkelroten Uniform abgebildet. Seine schwarzen Haare und die abgrundtief schwarzen Augen machten keinen besonders vertrauenserweckenden Eindruck. Allein für den Fotografen hätte der Mann sich mehr Mühe geben können. So kam sein künstliches Lächeln allenfalls höflich rüber, keineswegs freundlich. Nein, dieser Mann weckte keine Neugier auf das Hotel, jedenfalls nicht bei Lennart. Außerdem lag es abgeschieden und einsam, ohne Internet, Telefon oder Fernsehen im Bungalow oder wenigstens einem Raum an der Rezeption. Absolute Ruhe und Abgeschiedenheit, der Gast stand mit seinen Wünschen im Mittelpunkt, es würden auf Nachfrage sogar diverse Kurse angeboten, von Gärtnerei bis Tauchen, von Tanzen bis zu persönlichem Sportmanagement. Damit wollte das Hotel punkten, und genau deswegen würde er selbst es nicht buchen. Lennart war froh nicht hinzumüssen.
Gedankenverloren zeichnete er mit einem Kugelschreiber kleine Kreise neben die Beschreibung. Er verzierte den Absatz, der dem Gast einen ungestörten Aufenthalt ohne jegliche Medien versprach.
Sein Smartphone klingelte. Gleich nach dem Aufwachen im Krankenhaus hatte er sich ein neues zugelegt, weil das alte irgendwo auf dem Grund des Ozeans zwischen hier und der kleinen Insel Fatum

lag und er daheim unbedingt Bescheid geben wollte. Außerdem geschah hier im Flughafencafé nicht viel, was sich zu beobachten lohnte, und die Minispiele, die er sich aus dem Netz geholt hatte, vertrieben ihm ein wenig die Zeit. Er hob das Smartphone hoch und erkannte die Nummer seiner Chefin. „Hallo?"
„Ihr Flug landet am späten Vormittag", sagte Frau van Trassen und Lennart ahnte, worauf es hinauslief. Er kam seiner Chefin zuvor: „Sie meinen, ich solle gleich nach der Ankunft ins Büro kommen?"
„Exakt. Herr Schneider, es gibt heftigen Widerspruch seitens des Managements des Lu Ping Hotels. Ich möchte nicht unvorbereitet in das Gespräch gehen und deshalb einige Punkte vorher mit Ihnen besprechen."
„Was ist mit dem *Inselfrieden*?", fragte Lennart. „Wollen Sie die Prüfung wirklich verschieben? Ich könnte mit dem nächsten Boot übersetzen und wäre kommenden Dienstag zurück."
„Nein. Nein, nein. Sie haben ohnehin so viel Zeit verloren und mir die Pläne für den Rest des Jahres über den Haufen geworfen. Ihr Kollege wird außerdem nicht vor Anfang August einsatzfähig sein. Alles ist mir durcheinander gekommen und ich werde Wochen brauchen, um alles wieder aufzuholen. Ihr kleiner Unfall hat mir tatsächlich eine schlaflose Stunde bereitet." Sie atmete lange aus. „Egal. Sie könnten ja auch tot sein."
Das hatte Lennart oft gehört. Von der Krankenschwester, die sein Aufwachen bemerkt, vom Arzt, der ihn untersucht hatte, vom Pförtner, der die neugierige Presse abgewimmelt hatte. Lennart fühlte sich unwohl bei diesen Gedanken, denn er hatte keine Erinnerung an das Unglück. Er wusste nicht einmal, wo er die letzten elf Tage gewesen war. Vorgestern hatte man ihn am Strand gefunden, angespült wie ein Stück Treibgut. Er erinnerte sich an die Menschen, die ihn in die Klinik gebracht hatten, an ihr aufgeregtes Gestikulieren, ihre nervösen Stimmen, die hektische Unruhe. Gestern war er nach einer weiteren Bewusstlosigkeit aufgewacht und seitdem ging es ihm gut, abgesehen von dem unbestimmten und sicher grundlosen Gefühl, er hätte etwas Wichtiges vergessen. „Das Boot", erinnerte er sich leise und mehr für sich selbst als für seine Chefin, „machte einen guten Eindruck, sonst wäre ich nicht eingestiegen."
„Ich weiß." Am anderen Ende der Welt blätterte van Trassen in Papieren. „Alle Ewigkeiten zieht ein Sturm durch diese Meerenge und ausgerechnet den mussten Sie erwischen. Nun ja, es hätte schlimmer

kommen können. Seien wir froh um den glimpflichen Ausgang. Sie können arbeiten, oder?"
„Nur eine Schnittwunde am Knie", sagte Lennart. „Die belastet mich ebenso wenig wie die Beule am Kopf. Es geht mir gut. Wirklich."
„Sie klingen so…" Ein besorgter Unterton mischte sich in ihre Stimme, den Lennart erst einmal bemerkt hatte, als vor Jahren der Tsunami sämtliche von ihr betreuten Hotels an der Westküste Thailands weggefegt hatte. „So…"
„Gelangweilt?", half Lennart seiner Chefin aus. „Ich sitze seit vier Stunden in diesem Café und warte auf meinen Flug, der erst in vielen Stunden geht. Ich trinke abwechselnd Wasser und Kaffee, höre zum vierten Mal das Album von den Eagles und überfliege die Unterlagen, die mir Frau Schiefer gefaxt hat. Zugegeben, die Musik gefällt mir."
„Das hat sie? Gut, gut." Als wüsste van Trassen nicht haargenau, was ihre Sekretärin tat. Sie war besser informiert über alle Geschehnisse in der Firma als sonst jemand. „Nun, dann sind Sie ja im Bilde. Die Prüfung der nächsten drei Häuser wurde um jeweils einen Tag gekürzt, damit Sie die Zeit reinholen, die Sie durch das Bootsunglück verloren haben. Gleich morgen Abend machen Sie sich auf den Weg nach Mauritius. Das haben Sie gelesen, oder?"
„Habe ich." Lennart war in Gedanken den Ablauf zu Hause durchgegangen. Er brauchte den Ersatzschlüssel für seine Wohnung, den er bei seiner Großmutter aufbewahrte. Er musste sich um die Post kümmern; gewiss war einiges liegen geblieben, weil er ja nur eine Woche hatte wegbleiben sollen. Einkaufen musste er auch und die Sachen ersetzen, die in seinem Kühlschrank verdorben waren. Oma beruhigen. Am Telefon hatte sie sich kühl und beherrscht gegeben, in Wahrheit tigerte sie eher auf und ab und sah pausenlos aus dem Fenster, bis Lennart auftauchte und sie sich persönlich von seiner Unversehrtheit überzeugen konnte. Seine Freunde hatte er angerufen, um sie alle zu beruhigen. Sein bester Kumpel wollte ihn unbedingt sehen, „bevor dich deine Chefin zum nächsten Hotel schickt; wie ich sie kenne, gönnt sie dir keinen Tag Pause." Das erinnerte Lennart an van Trassen, die er am Telefon hatte. „Ich werde gegen zehn bei Ihnen sein", sagte er, „und den Flieger um achtzehn Uhr nach Mauritius erwischen."
Er beendete die Verbindung und legte das Smartphone zur Seite. Er musste unbedingt den Bericht des Lu Ping Hotels parat haben und jedes Detail kennen, damit er auf sämtliche Einwände fundiert

reagieren konnte. Der Manager war während der Prüfung wenig kritikbereit gewesen, hatte Lennarts Vorschläge als persönliche Angriffe empfunden und ihn mehr als einmal sehr unhöflich zur Abreise gedrängt. Das würde kein angenehmes Gespräch, das dem Manager mit van Trassen bevorstand, denn van Trassen, das wusste Lennart, war eine perfektionistische Bulldogge, wenn es um die Verbesserung ihrer Hotels ging. Bei Bedarf machte sie ihren Einfluss geltend und engstirnige, wenig kooperationsbereite Manager wurden gefeuert.

Mit wenig Lust blätterte Lennart durch die Papiere, die das Fax im Krankenhaus ausgespuckt hatte. Es war ein altes Faxgerät mit Thermopapier, das übel roch und Lennart Kopfschmerzen machte. Anstatt die Mängelliste zu lesen und sich darauf zu konzentrieren, hätte er lieber draußen an der frischen Luft einen Spaziergang gemacht. Er ließ seinen Blick zum Fenster gleiten, wo sich hinter der dicken Glasscheibe hohe Palmen im Wind bogen. Das Blätterrauschen konnte er nicht hören, ebenso wenig wie er die Hitze spüren, den salzigen Geruch der Luft riechen und sich dem quirligen Verkehrstreiben hingeben konnte.

Arbeit. Lennart sammelte seine Gedanken. Das Protokoll des letzten Gesprächs, das er vor seiner Abreise mit dem Manager zu führen versucht hatte, lag obenauf. Ihn fröstelte. Hier im Flughafencafé regulierte die Klimaanlage die Temperatur gnadenlos auf achtzehn Grad herunter. Sein Sakko hing auf dem Stuhl gegenüber und Lennart überlegte, ob er aufstehen und es holen sollte. Ein bisschen wärmer angezogen war bestimmt nicht verkehrt. Lennart drehte den Kugelschreiber zwischen den Fingern.

Aus den Augenwinkeln bemerkte er den Kellner, der eine Frau zum Nebentisch geleitete. „Nehmen Sie hier Platz, Madame. Hier können Sie in aller Ruhe auf Ihren Flug warten."

„Sie haben nicht zufällig ein Ladekabel für dieses Smartphone? Ich fürchte, man hat mir im Laden das falsche Kabel mitgegeben?"

„Bedaure, Madame. Ich kann Ihnen mit einem Getränk die Wartezeit verkürzen?"

Sie machte angesichts dieser Frage einen völlig überforderten Eindruck. Langsam setzte sie sich und legte das Smartphone vor sich ab. Mit leicht zitternder Hand rieb sie sich die Stirn. „Wissen Sie, in den letzten Nächten haben mich fürchterliche Albträume gequält. Von einem Felsenbecken im Meer, in dem Tote gestapelt liegen. Der Mann, der das verunglückte Boot steuerte, bewachte es und entließ

niemanden, den er erst erblickt hatte, aus seinen Fängen. Ein grausamer Mann, der seine Opfer auf schlimme Arten zu Tode brachte."
Sie starrte auf die Tischplatte, zwinkerte und rang sich zu einem Lächeln durch. "Verzeihen Sie, ich fürchte, mir hat das Bootsunglück übel zugesetzt. Ich langweile andere mit meinen banalen Gedanken; ich bin ein Wrack."
„Nette Gesellschaft", sagte der Kellner, „täte Ihnen gut. In zwei, drei Stunden beginnt sich der Flughafen zu füllen, wenn die Touristen auf ihre Nachtflüge warten. Bis dahin kann ein Glas Wasser nicht schaden. Ein Schlückchen Sekt dazu?"
„Ich trinke keinen Alkohol."
Lennart wollte nicht neugierig sein. Trotzdem beobachtete er, wie sie leicht fröstelnd ihre Arme rieb und das Smartphone wieder bemühte. Das Ergebnis blieb auch nach einigen Minuten unverändert und sie lehnte sich zurück. Ihrem Gesichtsausdruck nach war nicht nur das Boot untergegangen, sondern die halbe Welt mit dazu. Seltsam. Er konnte sich nicht erinnern sie auf dem Boot gesehen zu haben und ein zweites Unglück hatte es rund um diese kleine Insel eher nicht gegeben. Lennart wartete, bis ihr Blick ihn traf. „Wollen Sie mein Smartphone benutzen?"
„Oh", machte die junge Frau. „Ich habe mir in aller Eile eines gekauft, um meine Familie anzurufen. Leider macht es keinen Mucks. Ich fürchte, man hat mich über den Tisch gezogen."
„Meines funktioniert." Er stand auf und legte das Smartphone vor sie. „Benutzen Sie es ruhig. Ihrem Blick nach scheint es dringend zu sein. Haben Sie keine Hemmungen wegen der Kosten; ich habe eine internationale Flat."
Sie ließ das Smartphone unbeachtet. „Waren Sie auf dem Boot, das bei der Überfahrt Schiffbruch erlitten hat? Ich glaube, ich kann mich an Sie erinnern?"
„Tatsächlich?"
„Mhm", machte sie. „Nicht übermäßig groß, zu runde Figur, kleiner Kopf. Wie diese Urlaubsbungalows mit Aufbau, in dem die Heißwasseranlage versteckt wird." Sie ließ die Hände sinken, mit denen sie gestikuliert hatte. „Entschuldigung, wenn ich zu frech war; es kam einfach über mich."
Ihre Art sich zu bewegen, ihre Mimik und ihre Stimme kamen Lennart angenehm vertraut vor. Graziös schlug sie die Beine andersrum übereinander. Die schwarze Hose passte ihr perfekt und Lennart

bewunderte still ihre schlanke Figur. Kurzes, schwarzes Haar, lange Ohrringe, perfekte Zähne, funkelnde blaue Augen. Er war hingerissen. „Bitte, darf ich Sie zu einem Espresso einladen? Wie trinken Sie ihn? Schwarz?"
„Ganz genau."
Er holte seine Sachen vom Nebentisch, bestellte zwei Tassen Espresso und kam zu ihr. „Ja", antwortete er auf ihre Frage. „Ich war auf diesem unseligen Boot. Beim Einsteigen hatte ich kein gutes Gefühl, obwohl es einen tadellosen Eindruck machte. Es sah sehr seetüchtig aus und der Skipper sagte, das Boot hätte schon viele Gäste zur Insel gebracht."
„Mich haben Urlauber am Strand gefunden und ins Krankenhaus gebracht. Von meinem Freund fehlt bisher jede Spur." Sie atmete tief durch. „Er wird wohl ertrunken sein."
„Das tut mir Leid für Sie."
„Für seine Familie und Freunde", sagte sie leise und nicht besonders traurig. „Er dachte, dieser Urlaub würde unsere Beziehung retten, dabei habe ich längst eine eigene Wohnung gemietet und einige meiner Sachen dort untergebracht. Ich habe mit ihm nicht den Mann verloren, mit dem ich mein Leben hätte verbringen wollen."
Espresso und das Glas Wasser wurden serviert. Der Kellner summte eine Melodie aus Tschaikowskis Nussknacker. „Sie haben Gesellschaft gefunden, Madame, das freut mich für Sie." Er stellte einen Teller mit Mandelkeksen in die Tischmitte. „Sir, behandeln Sie diese Madame gut. Sie ist eine Frau, wie sie Ihnen im Leben nicht nochmal begegnet. Versuchen Sie die Kekse. Sie sind hausgemacht."
Lennart hielt sich zurück, um die junge Frau, die ihm ausgesprochen gut gefiel, nicht unangenehm aufmerksam zu machen. Sie lächelte. „Mögen Sie keine Kekse?"
„Ich sehe nicht aus wie jemand, der Essen verabscheut."
„Sie sehen auch nicht aus wie jemand, der vor einer Schüssel Mandelkeksen Angst hat."
Déjà-vu. Eine Situation, die man glaubt schon einmal erlebt zu haben, dabei konstruiert das Gehirn nur etwas, das ihm hilft, die Gegenwart zu verstehen. Trotzdem war der Eindruck, diese Worte ein zweites Mal zu hören, ungeheuer stark. Lennart war ihr wegen der wenig charmanten Einschätzung nicht böse. Er nahm sich einen Mandelkeks, kaute und genoss das Aroma. Der Kellner hatte Recht. Ausgezeichnete Kekse.
Lächelnd griff die junge Frau zu ihrem Wasserglas und nippte daran. „Sie sind also ein mutiger Mann mit einer sehr angenehmen Stimme

und einem charmanten Sinn für Humor. Haben Sie weitere positive Eigenschaften?"

„Meistens", schob er sich den zweiten Keks in den Mund, „mögen mich die Leute nicht. Ich bin Hotelprüfer und mache mich vor allem beim Management schnell unbeliebt."

„Klingt interessant." Sie stützte sich mit den Armen auf den Tisch. „Steht das *Inselfrieden* als nächstes auf Ihrer Liste? Wie wäre es, wenn Sie dem Management einen Namenswechsel vorschlagen. Ich finde, *Inselfrieden* hört sich eher nach einem Friedhof als nach einem Hotel an."

Lennart lachte mit ihr. „Es stand tatsächlich auf meiner Liste. Nur wird aus der Prüfung nichts. Durch das Bootsunglück habe ich fast zwei Wochen Zeit verloren, mein Kollege liegt mit einem komplizierten Beinbruch selbst im Krankenhaus und wenn ich einige Tage in das *Inselfrieden* investiere, rücken alle anderen Hotels um Wochen nach hinten. Das ist es nicht wert." Lennart griff zum nächsten Keks. „Außerdem hat sich nie jemand beschwert über das Haus. Es muss erstklassig sein. In dieser Preiskategorie meckern die Gäste ungeheuer schnell und wenn es nur ein zu heftiger Wind ist, der Sandkörner in den Kaffee weht." Er schluckte, genoss das Mandelaroma und fragte: „Werden Sie dort ein paar Tage verbringen?"

„Ursprünglich hatte mein Freund zwei Wochen gebucht. Ohne mein Wissen. Er hat mich vor vollendete Tatsachen gestellt und dreist mit meiner Kreditkarte bezahlt. Von dem Hotel weiß ich nur den Namen." Sie lächelte kurz. „Ich weiß nicht, ob es mich irgendwann dorthin verschlägt, jetzt möchte ich nach Hause. Meine Assistentin ist nicht unendlich belastbar. Bei den anstehenden Events braucht sie Hilfe."

„Sie organisieren also?" Lennart rührte einen Löffel Zucker in seinen Espresso. „Welche Events genau?"

„Was immer mein Auftraggeber anschafft." Sie schlug die Beine übereinander und lehnte sich im Stuhl zurück. „Bevor ich abgereist bin, war es eine Hochzeit, bei der vom Blumenschmuck bis zu den Sektflöten und der Unterwäsche der Braut alles den gleichen Farbton hat." Als sie die Erinnerung durchlebte, lachte sie. „Es gab Probleme, weil die Rosen, die der Gärtner liefern sollte, nicht die richtige Farbe hatten."

„Kann ich nicht nachvollziehen", sagte Lennart leise, „warum Leute heutzutage überhaupt heiraten."

„Wegen der Kinder", antwortete sie. „Wegen der Geschenke, der

Verwandtschaft, der Party."

„Liebe?", schlug Lennart vor.

Die Frau ihm gegenüber wurde ernst. „Paare, die sich von mir eine Hochzeit organisieren lassen, heiraten nicht aus Liebe. Dieser Bräutigam tut es, weil es ihm beruflich mehr Anerkennung bringt. Die Braut sichert sich mit der Hochzeit und dem bald folgenden Kind ihre finanzielle Zukunft."

Lennart kam sich vor wie in einem Film, der noch einmal gedreht wurde. Dieses Gespräch hatte er bereits mit ihr, dieser reizenden, wildfremden, irgendwie vertrauten Frau geführt. Ihr Name lag ihm auf der Zunge.

Ihre Augen funkelten und das Lächeln kehrte auf ihre Lippen zurück. „Irre ich mich oder klingt bei Ihnen ein leichter bayerischer Dialekt durch?"

Mit Mühe riss Lennart sich zusammen. „München." Seine Stimme klang heiser und er räusperte sich. „Ich komme aus Schwabing, um genau zu sein."

Die Frau ihm gegenüber strahlte übers ganze Gesicht. „Ich wohne in Wolfratshausen, das ist..."

„...mit dem Auto keine halbe Stunde entfernt." Lennart kannte den Ort natürlich. „Meine Großmutter wohnt dort. Direkt gegenüber eines asiatischen Restaurants. Sehr gute Küche, sehr zu empfehlen."

„Mit einem Besitzer, der perfektes Bayerisch spricht, und seine Gäste mit einer unverständlichen Mischung aus Deutsch und Chinesisch quält?" Sie lachte heiter. „Ich liebe dieses Restaurant und meine neue Wohnung liegt genau gegenüber. Nummer zwölf, erster Stock, rechter Eingang."

Lennart konnte es nicht fassen. „Meine Großmutter wohnt in der unteren Wohnung."

„Schön", sagte sie mit einem Zwinkern um die Augen. „Vielleicht sehen wir uns mal?"

„Auf jeden Fall", nickte Lennart fest.

Zwischen ihren schlanken Fingern balancierte sie die Espressotasse. Ohne Milch oder Zucker hineingetan zu haben, pustete sie vorsichtig und nahm einen kleinen Schluck. Fasziniert verfolgte Lennart den Schwung ihrer Finger und die grazile Silhouette ihrer Gestalt. Ihr Augenaufschlag war eine Wucht. Alles, was bisher an Langeweile und Ärger über seine Chefin und den Nachtflug in ihm gewesen war, fegte ihr Blick zur Seite.

Der Kellner trat an den Tisch. „Möchten Sie eine Kleinigkeit essen?

Mein Cousin Ference hat gerade seinen Dienst angefangen und er macht herrliche Fajitas. Na, kann ich Sie überreden?"
„Ference?" Lennart betrachtete den Kellner. Ein freundlicher, herzlicher Mann, ein aufmerksamer Beobachter. Sein schwarzes, lockiges Haar hing ihm in die Stirn, seine dunklen Augen blitzten freundlich. „Kommt dieser Name hier häufig vor?"
Der Kellner schnitt eine Grimasse. „Es kommt von Indiferencía, dem Wort für Gleichgültigkeit. Seiner Mutter war egal, wie das siebte Kind heißt. Um es nicht schlimmer zu machen, hat mein Cousin beschlossen, er sei nach dem Zentauren aus den Harry-Potter-Büchern benannt. Obwohl er zwanzig Jahre älter ist als die Bücher." Er lachte kurz. „Darf ich ihm eine Bestellung bringen?"
„Ja", sagte Lennart. „Mein Flug geht erst in einer Ewigkeit. Wahrscheinlich wird dieses Café so lange meine zweite Heimat."
„Fajitas, also. Vegetarisch, Hackfleisch mit Spinat, Garnelen? Alles beste Zutaten."
„Hackfleisch mit Spinat", bestellte Lennart und sah zu Susanne. Sie nickte leicht. „Für mich bitte auch." Sie sah dem Kellner kurz nach, ehe sie sich mit den Armen auf den Tisch stützte und ihre Hand drehte. Ihre Finger legten sich um die von Lennart. Ihm wurde warm. Nie hatte er mit dieser Selbstverständlichkeit die Hand einer Frau gehalten – nach nur wenigen Minuten, die sie miteinander gesprochen hatten.
„Mein Flug nach München", sagte sie leise, „geht um zweiundzwanzig Uhr."
„Meiner auch." Plötzlich war der Nachtflug keine schlimme Notwendigkeit mehr. Lennart rechnete nach. „Acht Stunden, um Sie kennenzulernen und herauszufinden, ob ich einen Sitzplatz neben Ihnen buchen kann."
„Sehr gern", lachte sie. „Ich sitze auf 12A."
Lennart zog die Bordkarte aus seinem Papierstapel nach oben. „Unglaublich. 12C. Ich kann mir die Umbuchung sparen."
Sie lachte herzlich. Angenehm. Gewinnend. „Wo wir die nächsten acht Stunden wohl am selben Tisch sitzen werden und wahrscheinlich auch nebeneinander im Flieger, sollten Sie wissen, mit wem Sie es zu tun haben. Ich bin selbstständige Eventmanagerin, achtundzwanzig Jahre alt und ich heiße Susanne Brenner."
Natürlich, wollte Lennart sagen. Nur dieser Name passte hervorragend zu ihr und ihrer offenen, liebenswerten Art. „Lennart Schneider", stellte er sich vor. „Hotelprüfer. Vierunddreißig Jahre alt, absoluter

Sportgegner, Genussmensch und Klugscheißer."
Sie lachte immer noch. Sie strich sich durch das kurze Haar, zupfte an ihrem Ohrring, flirtete. Sie drückte seine Hand leicht. „Freut mich sehr." Einen Moment später riss sie die Augen auf. „*Lennart* Schneider?"
„Ja", nickte er schwach, wohingegen Susanne plötzlich sehr aufgeregt war. Sie holte ihre Tasche nach vorn und begann darin zu wühlen. Ihr gesamter Arm verschwand in der Tasche.
„Wissen Sie", sagte sie, „als ich am Strand gefunden wurde, lagen einige Dinge bei mir, die mir nicht gehörten. Ein Smartphone war darunter, leider völlig zerstört und die Daten konnten nicht gelesen werden. Außerdem ein Portmonee, das die Polizei behalten hat, und das hier." Sie hatte gefunden, was sie suchte, und legte es auf den Tisch. „Gehört es zufällig Ihnen? Lennart?"
Lennart erkannte den Federhalter und wollte weinen vor Glück. Er streckte die Hände und nahm das Schreibgerät vorsichtig zwischen die Finger. „Den hat meine Mutter mir zum Abitur geschenkt. Sie hat in die Feder ein L gravieren lassen."
Susanne lächelte übers ganze Gesicht. „Ein ganz besonderes Geschenk."
„In doppeltem Sinn." Lennart starrte ungläubig auf den Füller. „Ich dachte, ich hätte alles verloren."
„Freut mich", sagte Susanne. „Nun haben Sie einen kleinen Teil Ihrer Vergangenheit wieder."
Der Kellner brachte zwei Portionen Fajitas. Lennart bestellte sich ein Glas Rotwein dazu, Susanne blieb bei Wasser. Sie aßen und plauderten. Lennart spürte den Füller in der Brusttasche seines Hemdes, genoss das Essen und vor allem genoss er Susannes Gegenwart.
Als die Teller leer waren und Lennart seinen Wein ausgetrunken hatte, wusste er, wen er vor sich hatte. Das war die Frau, die mit ihm alles durchstehen würde. Sie war es, mit der er sein Leben teilen wollte, die er immer an seiner Seite haben würde. Hals über Kopf hatte er sein Herz an diese Frau verloren.
„Alles in Ordnung?", fragte sie.
Er fühlte sich beim Staunen ertappt und widmete sich schnell den Blättern mit seinem letzten Bericht, die unter den Tellern verschwunden waren. „Es war nie besser."
„Es ist einige Zeit vergangen", fuhr sie fort. „Möchten Sie weiter arbeiten? Halte ich Sie davon ab?"

„Ja, das tun Sie."

„Ich könnte", schlug sie vor, „durch den Flughafen spazieren gehen, damit Sie zu Ihrer Arbeit kommen?"

„Auf keinen Fall." Lennart fasste über den Tisch hinweg ihre Hand. „Eine Frau wie Sie begegnet mir in einer Million Leben nicht noch einmal." Wieder dieses ungewöhnlich starke Déjà-vu-Gefühl. „Ich möchte hier sitzen, Ihnen in die Augen sehen und mich ein Leben lang an diesen Moment erinnern."

Aus dem langen Blick wurde zärtliche Übereinstimmung. Lennart beugte sich nach vorn, Susanne kam ihm entgegen. Ihre Lippen berührten sich. In seinem Kopf tauchten Bilder auf von Kindern, die ihre Augen und ihre Anmut hatten, von einem Bausparvertrag auf seinen Namen, von einem Haus auf dem Land und Rosen im Garten. Ja, er wollte unbedingt eine Rose, die nach Zitronen duftete.